# やり直し令嬢は竜帝陛下を攻略中4

永瀬さらさ



23137

角川ビーンズ文庫

c o n t e n t s

# キャラクター紹介

ラーヴェ
竜神。
魔力が強い者
でないと姿を
見られない
ジェラルド・
デア・
クレイトス
クレイトス王国
の王太子。
本来の時間軸で
は、ジルの婚約
者だった
ハディス・テオス
・ラーヴェ
ラーヴェ帝国の若き皇帝。
竜神ラーヴェの生まれ変
わりで“竜帝”とよばれる
ジル・サーヴェル
クレイトス王国サーヴェル辺
境伯の令嬢。
２度目の人生をやり直し中
やり直し令嬢は
竜帝陛下を
攻略中
4

ローレンス・マートン

クレイトス王国の出身。
ジェラルド王太子の部下

フェイリス・デア・クレイトス

クレイトス王国第一王女。
ジェラルドの妹

エリンツィア・テオス・ラーヴェ

ラーヴェ帝国第一皇女。ハディスの異母姉。
ノイトラール領の竜騎士団長を務める

リステアード・テオス・ラーヴェ

ラーヴェ帝国第二皇子。
ハディスの異母兄

カミラ（本名はカミロ）

竜妃の騎士。弓の名手

ジーク

竜妃の騎士。大剣を使う

## ～プラティ大陸の伝説～

愛と大地の女神・クレイトスと、理《ことわり》と天空の竜神・ラーヴェが、それぞれ加護をさずけた大地。

女神の力をわけ与えられたクレイトス王国と、竜神の力をわけ与えられたラーヴェ帝国は、長きにわたる争いを続けていた――

本文イラスト／藤未都也

# 序章

片足を蔓《つる》で巻き上げられ逆さに吊《つ》り下げられた夫が、質問した。

「……ねえ、ジル。僕、どういう状況《じょうきょう》かな？」

「はい。陛下は罠《わな》にはまり、魔力《まりょく》の蔓に巻き上げられて木に逆さ吊りになってます！」

そうじゃない、とジルの夫は力なく首を横に振《ふ》った。その顔色はやや悪く、服装も全体的に薄汚《うすよご》れてラーヴェ帝国《ていこく》の皇帝《こうてい》という威厳《いげん》はあまり感じられない。

だが竜神《りゅうじん》ラーヴェの生まれ変わり、天剣《てんけん》を持つ正真正銘《しょうしんしょうめい》の竜帝《りゅうてい》ハディス・テオス・ラーヴェは、とにかく顔立ちがよろしい。泥《どろ》にまみれようが月のような玲瓏《れいろう》な美貌《びぼう》が損なわれることはなく、土埃《つちぼこり》をかぶった黒髪《くろかみ》も物憂《ものう》げな金色の瞳《ひとみ》も、嘆息《たんそく》と一緒《いっしょ》におろした睫《まつげ》の先が作る影《かげ》まで完璧《かんぺき》に美しい。

逆さで木に吊り下げられる姿でさえ、天上の絵画のようだ。

だが見惚《みと》れている場合ではない。逆さ吊りのままでは、頭に血が上ってしまう。ただでさえ夫は体が弱いのだ。

ハディスとは別の罠、地面に足を縫《ぬ》い付ける魔法陣《まほうじん》に片足を捕縛《ほばく》されていたジルは、よいしょという声と一緒にぶちぶちぶちぃっと音を立てて魔力の蔓を引きちぎった。

「今、お助けしますね、陛下」

「いや……大丈夫《だいじょうぶ》だよ、自分でおりられる……そういうことじゃないんだ……」

「じゃあ早くおりてきてください。頭に血が上って、体調が悪くなったら大変です」

「僕、君のご両親に結婚《けっこん》の許しをもらいにきたんだよね」

逆さ吊りになっているハディスの真下までやってきたジルは、その確認《かくにん》にちょっと恥《は》ずかしくなって小さく頷《うなず》く。

すると穏《おだ》やかに微笑《ほほえ》んでいたハディスが突然《とつぜん》、叫《さけ》んだ。

「なのにどうして、ラキア山脈で突然のサバイバルさせられてるの⁉」

「どうしてって……うちの本邸《ほんてい》はラキア山脈の中腹にあってですね」

「だからってなんなのこの山、道が道じゃないし魔術の罠だらけ！　どうかしてる、下手な戦場よりひどい！」

「陛下、ゆれてます。あぶないですよ」

興奮で叫ぶたびにぶらぶらとゆれが大きくなっていく。だがハディスは構わず両手で顔を覆《おお》った。意外と三半規管は強いのかもしれない。

「ぼ、僕、失礼のないように一生懸命《いっしょうけんめい》、身なりとか整えたのに……っ！」

「大丈夫ですよ、陛下はどんな格好でも美形です！」

「お土産《みやげ》とかだって、たくさん準備して、考えてっ……」

「ちゃんと別の道をいってる本隊――カミラとジークが運んでくれてますよ」

「この道を突破《とっぱ》したら結婚できるって何それ！　ラーヴェ帝国なめてる⁉　実は僕、なめられてるのかな⁉　ねえ⁉　天剣でここ一帯、吹《ふ》き飛ばしていい⁉」

「あーもう、それがしきたりって話なんだからつべこべ言わずに足動かせってーの！」

天剣という言葉に反応したのか、わめくハディスの胸から竜神ラーヴェが出てきた。

白く長い肢体《したい》に翼《つばさ》が生えた生き物。竜《りゅう》を模した形なのだろうが、威厳よりも愛嬌《あいきょう》がある。ハディスに「羽の生えた太ったヘビ」などとよく評されているが、これでもラーヴェ帝国を守護する空と理《ことわり》の竜神だ。そしてハディスの育ての親でもある。

「吹き飛ばすったって、お前まだ魔力半分しか戻《もど》ってないだろーが。ただでさえ神域に近いラキア山脈は磁場で魔力が狂《くる》いがちだ。そんなあぶねーことできるかっつーの」

「やればできる」

据《す》わった目をするハディスの頭を、ラーヴェがぺしんと尻尾《しっぽ》で叩《たた》いた。

「できてもやるなっつーんだよ。結婚の許しが欲しいんだろ。嬢《じょう》ちゃんの両親に頭さげにきたんだろ。しっかりしろ、嬢ちゃんが困ってるだろうが」

育て親に鼻先で説教されたハディスが嘆《なげ》くのをやめて、眼下のジルを見た。

ジルはちょっと気まずくなって視線をさげる。

「すみません、うち、ちょっと特殊《とくしゅ》で……変わってますよね、魔術の罠だらけの道をふたりで突破して屋敷《やしき》に辿《たど》り着けば結婚を認める、とか」

「そっ……そんなことないよ！」

慌《あわ》てたようにハディスが空中でくるりと一回転して、ジルの前に跪《ひざまず》いた。足首に絡《から》みついていた蔓は跡形《あとかた》もなく綺麗《きれい》に消え去っている。魔力の気配さえ感じさせない早業《はやわざ》だ。ジルは感心した。このひとは、息をするようにこういうことができる。

「大丈夫だよ、ごめんねジル。想定外のことが多すぎて、びっくりしただけなんだよ。ふたりでちゃんとお屋敷まで辿り着こう」

「ほんとですか」

「うん。君の両親に結婚の許しがもらえるよう、僕、頑張《がんば》るよ」

「じゃあ、次の関門も頑張りましょう」

ジルが指さした先には、大きな石造りの門と壁《かべ》が道を遮《さえぎ》っている。ジルと握《にぎ》り合った手の力をゆるめて、ハディスが顔をこわばらせた。

「え、関門……なんでわざわざ関門なんて準備して……？」

「あの門、ただの門じゃないだろ。魔力が走ってないか」

「よくわかりましたね、ラーヴェ様！　あの門は同じ魔力圧で通り抜《ぬ》けないとぐちゃってなるんです！」

「ぐちゃって……」

「サーヴェル家は求婚者を殺しにかかる家風なのか？」

やや青ざめたハディスとラーヴェに、ジルは首を横に振った。

「大した魔力じゃありませんよ。わたしと陛下なら平気です！」

「うん、そうかもしれないけど……その……殺しにきてる家風が僕、ちょっと、ほんとにちょっとだけだけど、怖《こわ》いかなあって……発想的にね？」

「何を言ってるんですか、こんなの序の口です！」

「序の口なのか」

ラーヴェの確認に、「はい！」と元気よくジルは答えて、門のほうに体を向けた。

「次からは魔獣《まじゅう》もいて、襲《おそ》いかかってくるって聞いてます！　頑張りますよ陛下！」

「ねえ君、実は楽しんでない……？」

「これがサーヴェル家風『ふたりの初めての共同作業』なので！　憧《あこが》れだったんです！」

気合いも入るというものだ。ハディスが遠い目をした。

「そ、そっかあ。……そこは僕、普通《ふつう》にケーキ入刀とかにしたいなあ……」

「俺もそこは同意する……」

「ケーキもいいですね！」

ハディスは料理がうまい。お菓子《かし》もそんじょそこらの菓子店のものよりおいしいものを作ってくれる。つい頬《ほお》が緩《ゆる》みかけたジルは慌てて気を引き締《し》めた。

「ここから先はわたしの両親も苦戦したそうです」

「……参考までに聞くけど、この道を突破するのにどれくらいかかるものなの」

「平均は半月、最短記録は一週間と聞いてます。ただわたしたちは最短記録以上に時間をかけてしまうと、色々間に合わなくなるかもしれません」

サーヴェル領最南端《さいなんたん》の港町から通常の街道を行く本隊は、ラキア山脈麓《ふもと》のサーヴェル家別邸に向かって行軍している。隊の規模や荷物の量からして、十日ほどかかるだろう。一方ジルたちが進んでいる道の出口は、ラキア山脈中腹にある本邸付近にある。早く辿り着かねば、本隊を出迎《でむか》えるため麓の別邸におりる両親と入れ違《ちが》ってしまう可能性が高い。

まして、本来の予定に遅《おく》れる形になっては格好がつかない。

「ですがわたしと陛下ならきっと大丈夫！」

振り向いたジルは、立ち上がったハディスをにこにこ見あげた。

「ふたりで新記録を出しましょう！　お父様とお母様をびっくりさせるんです！　わたしのきょうだいも！　そうしたらどんなに反対されようが、結婚を許してもらえます！」

自分の選んだハディスがどんなにすごいかわかってもらえる。期待で胸をいっぱいに膨《ふく》らませるジルに、ハディスが光のない目で笑った。

「そうだね、頑張ろうか。……ラーヴェ、天剣で吹き飛ばしていいか」

「嫁《よめ》さんの実家との付き合いだ。限界まで頑張れ」

「妻帯者ってつらい……！」

「いきますよ、陛下！　わたしたちならできます！」

気合いを入れ直して両の拳《こぶし》を握り、ジルは大きな歩幅《ほはば》で歩き出そうとする。そして関門である石造りの大きな扉《とびら》を蹴《け》り開けた。

# 第一章　竜帝夫婦の結婚サバイバル

「まあ、いよいよクレイトス王国に向かわれる日程が決まったのですね」

「はい！」

「ジル様、カップの持ち方。人差し指に引っかかってしまってますよ」

「あ」

　家庭教師から注意をされて、ジルは慌てて目の前のお手本を真似《まね》る。カップのハンドルは人差し指と親指でつまみ、中指で支えるのが基本だ。こつがいるので、気を抜くと人差し指に引っかけてしまう。

　ラーヴェ帝国《ていこく》の帝都ラーエルムは、天空都市という呼称《こしょう》のとおり高所にある。特に帝城は帝都を見おろせる高台に建設されており、初夏を感じさせる今の気温でも、窓をあけていればさわやかな風が涼《すず》しさを運んでくれる。そしてここは、政務などが執《と》り行われる帝城の内廷《ないてい》よりさらに奥、皇帝が住まう宮殿《きゅうでん》。その一角の、ジルに与《あた》えられた部屋だ。

　本来ならジルは竜妃《りゅうひ》として後宮に入るか、あるいはハディスの婚約者《こんやく》として別の宮殿を与えられるのが一般《いっぱん》的だ。だが、十一歳という年齢《ねんれい》や仮想敵国クレイトス出身というような様々な事情が交差して、政情が落ち着くまでハディスが住む宮殿の部屋のひとつをもらうことになった。よりによってラーヴェ帝国の最上人である皇帝ハディスの宮殿と同じというのは本末転倒《ほんまつてんとう》な気がするが、とにかくジルの立場はややこしいのだ。

何より、内紛《ないふん》続きだったハディスの身辺がややこしい。

金もない、人手もない、ないないづくしというのがハディスの兄リステアード・テオス・ラーヴェの嘆きだ。とはいえ、ハディスのもうひとりの兄で皇太子でもあるヴィッセル・テオス・ラーヴェが有力貴族の金と人手を脅《おど》し取る、もとい協力を取り付けてから、ずいぶん状《じょう》況《きょう》は改善された。何より、ハディスが先のラーデア領で起こった内争で、名実ともに帝国軍を手中におさめたのは大きい。臨時で帝国軍の将軍位についたのは姉のエリンツィア・テオス・ラーヴェ。ラーヴェ帝国随一《ずいいち》のノイトラール竜騎士《りゅうきし》団を率いる実力者である。

兄と姉の力を借りて地盤《じばん》を整えつつあるハディスに、今のジルができることは少ない。

実は十六歳から十歳に逆行し、二度目の人生をやり直しているとはいえ、軍神令嬢《れいじょう》として名を馳《は》せたジルの得意分野は戦闘《せんとう》だ。その役割も帝国軍に奪《うば》われつつある。

となると、次にジルがこなす課題は、花嫁修業《はなよめしゅぎょう》――礼儀《れいぎ》作法に刺繍《ししゅう》に詩歌にといった妃《きさき》教育である。やっと帝都が安全になったということもあって、家庭教師も用意された。

「最近はすぐに間違《まち》いがわかるようになられましたね」

「スフィア様のおかげです」

カップを置いたジルに、スフィアがまあと嬉《うれ》しそうに笑った。その仕草も淑女《しゅくじょ》の見本のように優雅《ゆうが》だ。それもそのはず、スフィア・デ・ベイルは由緒正《ゆいしょただ》しい侯爵《こうしゃく》令嬢で、皇帝ハディスの

お茶友達もつとめた女性だ。今はジルの家庭教師である。

本日の講義は、ただスフィアと一緒《いっしょ》にお茶をするだけ。だがこれが難しい。礼儀作法は常に注意されるし、お茶や菓子、茶器選びにまで駄目《だめ》だしが飛んでくる。いちごのホールケーキばかりでは駄目らしい。しかもいずれ、スフィアに招待状を出すところからすべてジルが取り仕切って小さなお茶会を開くテストをすると言われている。

（スフィア様、意外と厳しいんだよな……）

だが、合格後は皇帝陛下を招待してみましょうねと言われると、やる気が出てしまうのが恋《こい》の魔力というやつだ。ジルは十一歳で、ハディスは十九歳。年齢差のせいか、たまには大人の振《ふ》る舞《ま》いをみせて、びっくりさせたくなってしまう。

「出発はいつなんでしょうか？」

「来週には出発すると聞いてます」

「あら、もう時間がありませんね。準備や先方へのご連絡《れんらく》とかは……」

「全部、陛下たちが調整してくれてます。まず竜でレールザッツ領までいって、リステアード殿下《でんか》のお祖父《じい》様に軽く挨拶《あいさつ》して、そこから船でサーヴェル家の港に入って、月末にはもうクレイトスにいますね、わたし」

「そうですか。それで――」

ちらとスフィアが横目で、窓辺にあるソファを見た。そこには、くまのぬいぐるみと、毛繕《けづくろ》いをしている立派な鶏《にわとり》。さらに、頭から毛布をかぶってなぜか尻《しり》を出している、小さな黒竜がいる。

「ロー様は、すねてらっしゃるんですね……」

「そうなんですよ。でも、竜ってクレイトスの植物を食べられないんですよね」

「うきゅうっ！」

不満げに尻、もといローが鳴く。ジルはカップを置いて嘆息《たんそく》した。

「いつまですねてるんだ、ロー。ソテーとくま陛下と帝都でお留守番って決めただろう」

「っきゅん！」

「だったらレアや他《ほか》の竜を説得してこい」

「きゅ……」

途端《とたん》にローの声から勢いが消える。

それもそのはず、ジルたちがローをどうするか検討する前に、番《つがい》である黒竜レアがすっ飛んできて猛抗議《もうこうぎ》したのだ。帝都中の竜も断固反対とばかりに、一切の命令を聞かなくなった。こうなると人間はお手上げだ。肝心《かんじん》のローはなんとかレアに許してもらおうと、甘えたり怒《おこ》ったり色々頑張《がんば》ったようだ。だが、「いくなら私を殺していけ」とレアに宣言され、妻の本気に震《ふる》え上がったローは、留守番を受け入れた。

今も自分は納得《なっとく》してないぞと言わんばかりに尻尾《しっぽ》をぶんぶん振ってみせているが、それもレアが飛んでくればおとなしくなる。そのレアは休暇《きゅうか》を返上して、他の竜たちと帝都周辺を警備していた。竜騎士団も真っ青の完全な竜の包囲網《ほういもう》、絶対にローをクレイトスに行かせない布陣《ふじん》である。レアがまったくローを信じていないあたりが、とても頼《たの》もしい。

「カミラさんとジークさんは、クレイトスに同行されるんですか？」

「はい。ふたりは竜妃の騎士《きし》ですから。こちらから随行《ずいこう》するのはそれくらいです。荷運びもクレイトスに入ってからは、サーヴェル家——うちのほうで用意した人間にまかせるって聞きました。まあ、戦争しにいくわけじゃないですしね」

ふとスフィアが考えこむ仕草をした。ジルはシュークリームを取る。作法さえ守ればおいしいお菓子《かし》が食べられるのがこの講義のいいところだ。

「でしたら、講義はお休みになりますわね」

「あ、そうですね。でもお土産《みやげ》買って帰りますから！」

「有り難《がと》うございます。移動先でもできる宿題を考えないといけませんわね……刺繍にいたしましょうか」

「えっ。そ、そんな時間あるか——」

「ジル様、お口にクリームが」

「あ」

「とりあえずハディス様のお名前だけは、早く縫《ぬ》えるようになってしまいましょうね」

クリームに気を取られている間に宿題が決まってしまった。

「お土産などの準備も、ハディス様が？」

「あ、はい。ものすごく張り切ってるみたいで……わたしはどうしようかなって……」

「ジル様は里帰りですものね。公的なものではなく、私的に喜ばれそうなものをご用意されてはいかがでしょう」

「うーん……そうですね。でも一番のお土産は陛下なので！」

断言したジルに、ややスフィアが笑顔《えがお》を引きつらせた。

「そ、そうですわね。ハディス様におまかせしておけば大丈夫《だいじょうぶ》ですわ」

「ナマの竜帝なんて滅多《めった》にお目にかかれないので、絶対喜ぶと思うんですよ」

「……。い、いずれにせよ、これで和平への道筋ができればよろしいですわね。何より、ジル様とハディス様の婚約が両国に認められれば私も嬉しいです」

かつてハディスの婚約者候補だったスフィアにそう言われると、なんだかくすぐったい。

「そういえばスフィア様はどうですか、お婿《むこ》さんさがし！　素敵《すてき》なひと、いましたか⁉」

スフィアが故郷である水上都市ベイルブルグを離《はな》れ帝都にきたのは、ジルの家庭教師をするためでもあるが、婿さがしも兼《か》ねている。

スフィアの父ベイル侯爵《こうしゃく》はハディスに反目し、その咎《とが》で爵位を剝奪《はくだつ》された。一方でスフィアはハディスのために父を告発した。そのため爵位は現在ハディスが預かる形になっており、スフィアが選んだ花婿が新たなベイル侯爵となることが決まっているのだ。

「まだ早いですわ、ジル様。帝都にきて一月もたっていないのに」

「そうですけど、運命の出会いとかなさそうですか」

「あったら素敵ですわね。でも、水上都市ベイルブルグを治める方ですから……」

ベイル侯爵の領地にある水上都市ベイルブルグは、交通路的にクレイトス王国の王都にいちばん近い。公的な窓口は国境付近のレールザッツ公爵《こうしゃく》領が使われるが、民間の窓口はベイルブルグと言われている。軍事的にも政治的にも軽く扱《あつか》えない場所だ。

「確かに、ベイルブルグを治めるって難しいですよね。クレイトス相手に外交も軍事もできないといけないし、国内にも目を光らせないといけない……」

「しかも父があんなことをしでかしたあとです。私の意向よりは、まず皆様《みなさま》が信を置ける方でないといけないと思っています。ですからまずは、お友達作りからですわね」

「情報収集ですね！　わかります」

ご婦人方の諜報《ちょうほう》能力は侮《あなど》れない。うんうん頷《うなず》くジルに、スフィアはにっこりと笑った。

「いい方が見つかるとよいのですけれど。……でも私よりも、ラーヴェ皇族の方々のお話が先ではないでしょうか。ヴィッセル皇太子殿下は婚約《こんやく》者がおられるそうですが、エリンツィア皇女殿下もリステアード皇子殿下も、婚約すらまだでしょう。ナターリエ皇女殿下も」

「そういえばそうですね。フリーダ殿下は……さすがに早いですか、八歳ですし」

「先の皇太子連続死でそれどころではなかったのでしょうね。でもこれから色々、話を整えていくのではないでしょうか。特にナターリエ皇女殿下は、年齢《ねんれい》的にも立場的にも、早々に話が決まるかもしれませんね」

ぎくりとジルは身をこわばらせた。

ナターリエ・テオス・ラーヴェ。とても勝ち気で、皇女様らしい皇女である彼女は十六歳、確かに婚約など考えるにはいい頃合《ころあ》いだろう。長姉のエリンツィア・テオス・ラーヴェと違《ちが》って国の要職にもついていない。

事実、ジルの知るかつての未来でも、十六歳のときに婚約の話が持ちあがって——そして死んだ。誰《だれ》に殺されたのかもわからないまま、クレイトス王国で。

（……だ、大丈夫……だよ、な？）

時期はもうとっくにすぎているし、彼女の婚約を取り決めた人物ももういない。

「それもこれも、ジル様とハディス様の結婚の日取りが決まってからですけれども。これからいろんなお祝い事が増えますわ」

「そ、そうですね！」

「ジルおねえさま！」

無理矢理笑顔で頷いたところに、小さな影《かげ》がノックもせずに部屋に飛びこんできた。足元に飛びつかれたジルはまばたく。

「フリーダ殿下。どうしたんですか」

「たいへんなの、ナターリエおねえさまが、クレイトスにお嫁《よめ》にいっちゃう……！」

「え」

固まったジルに、引っ込み思案なフリーダが必死でしがみついてきた。

「お、おにいさまたちが、ナターリエおねえさまを、クレイトスの王子様と、婚約させるってお話してるの……！」

クレイトスの王子様。今でも未来でも、それはたったひとりしかいない。ジェラルド・デア・クレイトス——一度目の人生の、ジルの婚約者。そしてかつてもナターリエ皇女と婚約話が持ちあがった相手だ。

立ち上がったジルは、フリーダの説明を待たずに駆《か》け出した。ハディスの予定と居場所は把握《はあく》している。今なら執務《しつむ》室にいるはずだ。

「あっちょ、ジルちゃん⁉」

「お茶の時間はどうしたんだ」

講義中、出入り口を見張っていたカミラとジークにも答えず、まっすぐ宮殿《きゅうでん》を出た。階段は三段跳《さんだんと》びだ。

「りゅ、竜妃殿下《りゅうひでんか》。現在、会議中で誰もいれるなと——」

「どけ、緊急《きんきゅう》だ。失礼します、陛下！」

勇敢《ゆうかん》にも立ちはだかろうとした帝国《ていこく》兵を黙《だま》らせ、執務室の扉《とびら》を音を立てて開く。

まず振《ふ》り向いたのは、執務机の前にあるソファに座っていたヴィッセルとリステアードだった。ふたりとも突然《とつぜん》のジルの乱入にしかめっ面《つら》になっている。

「ジル！」

だが部屋の主である夫のハディスは、ぱっと顔を輝《かがや》かせた。

「どうしたの、おなかがすいた？　おやつはもう少しあとだよ」

にこにこしているハディスの心配に、顔が赤らむ。そんなに自分はいつもお菓子をねだっているだろうか。

「ち、違います」

「え、違うの？　今日のおやつが何か聞きにきたんじゃないの？」

「それも大事ですが違います！　ナターリエ殿下《でんか》の件です。婚約って本気ですか⁉　しかもジェラルド様と！」

「誰だ、情報を漏《も》らした奴《やつ》は」

面倒《めんどう》そうにつぶやいたヴィッセルの言葉は、肯定《こうてい》の意を含《ふく》んでいた。

「わ、わたし、です……」

ジルを追いかけてカミラやジークと一緒《いっしょ》にやってきたフリーダが、自己申告してからジルのうしろにすぐ隠《かく》れた。ヴィッセルが舌打ちして正面のリステアードを見た。

「情報管理もできないのか、無能」

「……申し訳ない。あとで原因解明と再発防止を検討する。フリーダ、さがっていなさい。お兄様はまだ仕事――」

「な、なんで、ナターリエおねえさまなの！」

精一杯《せいいっぱい》張り上げたのであろう同母妹の声に、リステアードが困ったように眉《まゆ》をよせる。頬杖《ほおづえ》を突《つ》いたヴィッセルが答えた。

「和平交渉《こうしょう》の一環《いっかん》だ。年齢的にも釣《つ》り合いがとれる。将軍の姉上を送りこむわけにもいかないだろう」

「だ、だからってっ、ナターリエ、おねえさまがっ……」

「言っておくがこれはナターリエからの提案だ。私は反対した」

一生懸命《いっしょうけんめい》、兄たちに訴《うった》えようとしていたフリーダが、びっくりしたように固まる。内心、ジルも驚《おどろ》いた。フリーダとジルの表情を見てヴィッセルが皮肉っぽく笑う。

「私の案だと思ったか？　残念だったな。私はそういう危険な賭《か》けには打って出ない」

「なんで……おねえさま……」

「それが最善だと思ったからよ」

出入り口から凛《りん》とした声が響《ひび》いた。振り返ったところに、仁王立《におうだ》ちしたナターリエと苦笑いをしているエリンツィアがいる。

「なんなの、大騒《おおさわ》ぎして。また兄様たちが喧嘩《けんか》してるのかと思って、エリンツィア姉様をつれてきちゃったじゃない」

「喧嘩じゃなくてよかったじゃないか、ナターリエ。私だって毎回、弟を殴《なぐ》って回るよりは楽しくお茶でもしたい。お前たちもそうだろう？」

最年長の姉にぐるりと見回されて嫌《いや》そうな顔をする弟たちは、最近何かしら喧嘩をするたび言い訳より先に頭をはたかれている。

なついているナターリエと頼《たよ》りにしているエリンツィアの姿を見て気が緩《ゆる》んだのか、フリーダの目が潤《うる》んだ。

「おねえさま……お、お嫁に、いっちゃうって、ほんとう……？」

「まだ先の話よ。打診《だしん》もしてないんだから。でも、悪くない話でしょう？」

にっとナターリエに笑われて、フリーダが目をぱちぱちさせた。まさかの前向きなナターリエに、ジルは仰天《ぎょうてん》する。

「ジェラルド王子ですよ⁉　いいんですか⁉」

「和平を結ぶなら敵国じゃなくなるし、神童だって噂《うわさ》じゃない。顔も悪くないわ」

「じゃなくて、最低の腐《くさ》れシスコン野郎《やろう》ですよ⁉」

怒鳴《どな》ったあとで口を両手でふさいだ。それはジルの、かつての死因だ。

ぱちりとまばたいたエリンツィアが首をひねる。

「確かに、ジェラルド王子とフェイリス王女の仲の良さは有名だが……それは言いすぎじゃないか。私としては弟たちに見習ってほしいくらいなんだが」

「よそはよそ、うちはうちですよ、姉上」

かつてフェイリスと対峙《たいじ》したことがあるリステアードが、その場をごまかすように言う。フリーダが聞き耳を立てているからだろう。

だが、未来でジルが処刑《しょけい》されることになったのは、ジェラルドと彼の実妹であるフェイリス王女との禁断の愛を目撃《もくげき》したのが原因だ。言いふらす間もなく見事に冤罪《えんざい》をでっちあげられ拘《こう》束《そく》、処刑と話が進んだ。ナターリエも同じ目に遭《あ》わないとなぜ言えるのか。

しかし、そんな醜聞《しゅうぶん》を公言して和平交渉が台無しになっても困る。ふたりが今そういう関係だとも限らない。何よりこんな荒唐無稽《こうとうむけい》な話を、証拠《しょうこ》もなしにどう伝えればいいのか。

「いずれ我が国の国母となる女性が、隣国《りんごく》の王族に対し軽率な発言をすべきではない。礼儀《れいぎ》作法以前の問題だ。まさか、和平という概念《がいねん》から私は説明しなければいけないのか？」

あげく、ヴィッセルに嫌みを言われる始末だ。ジルは視線を泳がせる。

「こ、言葉が、悪いのは認めます。でも──あの兄妹《きょうだい》は、特殊《とくしゅ》っていうか……」

「どうせならもっと正確に表現すべきだ。あれはシスコンなどという微笑《ほほえ》ましい関係ではないだろう。殉教《じゅんきょう》者と女神《めがみ》だ。あの妹に何かしようものならば、ジェラルド王子はいくらでも手を汚《よご》す。ラーヴェ帝国の皇女だろうが、うまく始末してみせるだろう。まだ若いが、それだけの権力も知恵《ちえ》もジェラルド王子にはある。神童というのはそういうことだ」

ヴィッセルの評価に、フリーダが顔を青ざめさせる。ヴィッセルはナターリエを見ないまま続けた。

「だから私は反対してるんだ。戦えもしなければ特に頭が回るわけでもない、とどめに魔力《まりょく》もない凡庸《ぼんよう》な皇女が、魔術大国で何ができる。せいぜいその死を利用されて終わりだ」

「やってみなくちゃわからないでしょ」

「と、本人がこう言うんだ。どうせだったら説得してほしい」

匙《さじ》を投げたようなヴィッセルの態度に、リステアードも難しい顔で黙っている。フリーダがおずおず、ナターリエの手をにぎった。

「お、おねえさま、どうして……？」

「今が好機だからよ」

凜とナターリエが顔をあげた。

「ラーヴェ国内は落ち着いてきたわ。なら次は国外。和平には、政略結婚《けっこん》が最善手よ」

「それは、そうだけど、でも……」

「状況《じょうきょう》的に私がジェラルド王子に嫁《とつ》ぐのが手っ取り早いじゃない。ハディス兄様はジルと結婚するんだから」

思わずジルは声をあげた。

「あの、そんな、わたしと陛下のために」

「勘違《かんちが》いしないで。私は私のためにやるのよ。考えたの。エリンツィア姉様みたいに軍を率いることができるわけじゃない。フリーダみたいに後ろ盾《だて》がはっきりしていて、国内で貴族の結束を固めるための結婚ができるわけでもない。そんな私が役に立つ方法。――クレイトスの王太子妃《ひ》なんて、すごくない？」

ふふんとナターリエが笑って、髪《かみ》をうしろに払《はら》った。

「何よりそこの嫌みなヴィッセル兄様だって黙らせられるのよ。最高でしょ」

「大した理想だ。万が一にもそんなことになれば、なんでも願いをひとつ叶《かな》えて差し上げることにしよう」

「あら、約束よヴィッセル兄様」

強気に笑っているが、不安がないわけではないだろう。ナターリエはジルよりもよほど自分の行動の影響《えいきょう》や、情勢が考えられる皇女なのだ。因縁《いんねん》の仮想敵国に嫁ぐ、その危険性をわかっていないはずがない。

だが静かな目には、強い意志が宿っていた。

「私はラーヴェ皇女なのよ。使いどころは、今のはず。間違えないで」

本当にナターリエを止めたいなら、どんな手を使ってでも阻止《そし》するであろうヴィッセルや反対し続けるであろうリステアードが、沈黙《ちんもく》し続ける。それこそが答えでもあった。

国防の要《かなめ》であるエリンツィアを嫁がせるわけにはいかないし、フリーダは幼いうえに三公と呼ばれるラーヴェ皇族と姻戚《いんせき》関係にある有力貴族との関係がややこしい。

年齢《ねんれい》的にも立場的にも、ナターリエが最適なのだ。おそらくジルとハディスのことがなくても、和平のための確実な一手なのだろう。

(でも……大丈夫《だいじょうぶ》なのか。また前と同じようにクレイトス国内でナターリエ殿下が誘拐《ゆうかい》されて殺されたら、それこそ和平も何も……)

救いは、かつてのジルの経験と今の状況が違うことだ。あのときナターリエをクレイトスに送りこんできたのはハディスと争っていた叔父《おじ》のゲオルグで、紛争《ふんそう》中の独断だった。今はナターリエの意思で、ラーヴェ帝国《ていこく》の外交になるだろう。以前はナターリエの死をラーヴェ帝国が深く追及してくることはなかったが、今回はナターリエに何かあればラーヴェ帝国が調査に乗り出す。それだけでクレイトス国内の対応も変わるはずだ。それにクレイトス国内も、少なくともジルがジェラルドの婚約者でないという点で状況が違う。

「私はナターリエならできると思うぞ」

それぞれの複雑な沈黙を、エリンツィアが明るい声で破った。

「こんなに賢《かしこ》くて可愛《かわい》い私の妹なんだ。きっとジェラルド王子だって気に入るさ。フェイリス王女とだって仲良くやれる。それに、まだ提案の段階だ。相手と顔合わせもしていない状況でああだこうだ言ってもしかたないだろう？　クレイトスの出方もわからない。駄目《だめ》だったら駄目で、なかった話にすればいい」

「単細胞《たんさいぼう》め、尻拭《しりぬぐ》いをするのは誰《だれ》だと思ってる」

「何か言ったか、ヴィッセル」

「いいえ姉上、なんでもありません。言っていることはわかりますよ。打診だけでも、和平交渉《こうしょう》にどれだけ真剣《しんけん》に応じる気があるのか、クレイトスの出方を見る試験紙にはなる」

ナターリエとの婚約話を受けるのか、断るとしたらどんな理由になるのか。クレイトスの反応は、情報のひとつになる。頷《うなず》いて、エリンツィアが皆《みな》をぐるりと見回した。

「だったら、ナターリエを信じてまかせてみよう」

「こんな凡庸皇女のどこに信じられる要素が？」

「なんですって」

「ヴィッセル。お前はどうしてそう、素直《すなお》に妹が心配だと言えないんだ」

「は？　やめてよエリンツィア姉様、気持ち悪い」

「まったくだ」

同意し合ったヴィッセルとナターリエに、エリンツィアが呆《あき》れた顔をする。

「お前たちは、仲がいいんだか悪いんだか……」

「──慎重《しんちょう》にならざるを得ないんですよ、姉上。もしナターリエに何かあればクレイトスとの関係だけではなく、ハディスの失策になって国内にも響《ひび》く。やはりハディスはラーヴェ皇族など認める気がないのではないか、とね」

両膝《りょうひざ》に肘《ひじ》を突《つ》いた前屈《まえかが》みの姿勢で、リステアードが唸《うな》るように続ける。

「だが……僕もナターリエに賭《か》けたいとは、思う。ラーヴェ皇女だからこそできる策だ。同じラーヴェ皇族として、妹に先をこされるのは悔《くや》しいがね。大したものだ、よく腹をくった」

「な、何よいきなり、リステアード兄様……」

「事実だ。ジル嬢《じょう》がジェラルド王子の婚約者候補だったことへの埋《う》め合わせにもなるし、三公も承知のうえでナターリエを送り出せば、安全は最大限確保できる。最善の外交手段だ」

リステアードがまっすぐヴィッセルを見た。

「レールザッツ公の説得は僕がする。ノイトラール公はこういったことには口出しはしてこないだろう。フェアラート公はあなたが押さえられるだろう、ヴィッセル兄上」

片眉《まゆ》をあげたヴィッセルが、大きく嘆息《たんそく》し、ハディスを見た。

「お前はどうなのかな、ハディス。反対か、賛成か」

決断をするのが皇帝《こうてい》のハディスの仕事だ。ジルもちょっと緊張《きんちょう》してしまう。皆に注視される中、ハディスが真顔で言った。

「僕がジルのご両親にちゃんとご挨拶《あいさつ》するのが先だと思う」

しんと沈黙が落ちた。リステアードが顔を覆《おお》って唸る。

「それは、そう、かもしれない……がっ……この雰囲気《ふんいき》でもう少し何かないのか、こう！」

「そんなこと言われても……みんな先走って考えすぎだよ。ジルも」

「えっ」

「さっきから自分のせいかもって心配してるでしょ。でもナターリエの話は、僕と君の結婚がちゃんとご両親に認められるかどうかによるんだよ。まだ打診《だしん》もしてないんだから」

「そ、そうですけど……ジェラルド様がナターリエ殿下《でんか》に何をするかと思うと」

どうしても不安が拭《ぬぐ》えないでいると、ハディスがにっこり笑った。

「ジル、そもそも和平交渉ってどういうことかわかる？」

「……ええと、戦争をしないように、約束します。書面を交《か》わして、握手《あくしゅ》するとか！　裏では互《たが》いをつねり合ってるかもしれませんけど、表面上はそうします」

「それは和平の結果だよね。その前はこんな感じ」

ハディスが左手を、握手するように差し出した。つい左手を出そうとして、ジルは止まる。左手を差し出す一方、ハディスは笑顔《えがお》で右手を拳《こぶし》にしていた。要は殴《なぐ》りかかる体勢だ。

「わかった？」

「……えっ？」

「……せいぜい有利に働けるようにしておけ、リステアード」

「僕は穏便《おんびん》にいきたいがね。まあ確かに和平となると、そこからか」

「えっ？えっ？」

ジルが呑《の》みこめないうちに、ヴィッセルとリステアードが話を進めてしまう。ナターリエが不満そうな顔になった。

「ちょっと、何。どういうことなのよ。和平交渉するのよね？　エリンツィア姉様」

「そうだと思うが、わかるようなわからないような……最前線に立つと交渉には疎《うと》くて。でも大丈夫だ、最終的に何があっても私が迎《むか》えにいってやるから」

「それ戦争起こってない⁉」

「ナ、ナターリエ、おねえ、さまは……自分で決めた、んだよね」

小さなフリーダの声に、皆が静まった。ぎゅうっとドレスのスカート部分をつかんでうつむく妹の前に、ナターリエが膝をつく。

「大丈夫よ。まだ先の話」

一度唇《くちびる》をへの字にしたあと、フリーダは頷いた。

「わかっ……おね……さまが、決めたなら……応援《おうえん》、する」

ところどころ声が途切《とぎ》れるのは、泣き出すのを我慢《がまん》しているからだろう。だがそれはナターリエに伝染したようで、やだ、とナターリエのほうが洟《はな》をすする。

「もう、そんな顔しないのフリーダ……」

「そうだ、おめでたいことなんだぞ。おめでたいことに、しなきゃいけないんだ」

妹ふたりの肩《かた》をまとめて抱《かか》えたエリンツィアは正しい。ヴィッセルが冷ややかに言った。

「その根回しは誰がすると？」

「さあ、面倒《めんどう》なことは賢い弟たちに全部まかせて、私たちはおいしいものでも食べて元気を出そう！　スフィア嬢、おすすめのお茶とお菓子《かし》を用意してくれないか」

そこで初めて、ジルは扉《とびら》をふさぐカミラとジークのうしろに、ローを抱《だ》いたスフィアがいることに気づいた。足元にはハディスぐまを引きずったソテーもいる。どうやらスフィアの護衛をしているようだ。

スフィアは驚《おどろ》いた顔をしたが、すぐに優雅《ゆうが》に微笑《ほほえ》んだ。

「喜んで。ジル様も、せっかくですから準備を一緒《いっしょ》にお願いできますか」

「あ、はい！　……あれっまさかそれ講義の続き……」

「じゃあ僕も」

「許されるわけがないだろうが、ハディス！　お前にはこの決裁書類の山が見えないのか⁉」

ジルについていこうとしたハディスが、頭をリステアードに押さえ込まれた。

「えーやだ。ジル、助けてー」

「頑張《がんば》ってください、陛下！」

「ひどい」

「本当にひどい婚約者だ」

そう言いながら、ヴィッセルは執務《しつむ》机に連れ戻《もど》されたハディスの目の前にさらに書類を積み上げている。ハディスが絶望的な顔をした。

自分に飛び火する前に退散を選んだジルに、ローが甘えて飛びつく。続いて、資料を持ったリステアードも執務室から出てきた。フリーダが振《ふ》り向いた。

「もう、わたし、だいじょうぶ……おにいさま」

「あ、ああ。それは、わかっているが……」

「私が見ているから面倒なあれこれはまかせたぞ、リステアード」

エリンツィアが胸を張る。リステアードは恨《うら》めしげに言った。

「姉上にも、面倒を引き受けてほしいんですが。それこそナターリエを見習って」

「さあ行くぞ、ナターリエ、フリーダ」

「もう姉様、引っ張らないで！」

エリンツィアが先に歩き出してしまう。廊下《ろうか》で待っていたカミラがジルに耳打ちした。

「妹をだしにお説教から逃《に》げてるわよね、あれ」

「ですね……エリンツィア様は内政とか外交とか苦手そうですから」

「隊長もだろ」

余計なことを言ったジークの足を踏《ふ》もうとしたら、逃げられた。エリンツィアを見送ったリステアードが、くすくす笑っているスフィアに近づく。

「スフィア嬢。妹と姉を頼《たの》みます。ああ見えて、ナターリエも不安がっているでしょうから」

話しかけられてスフィアは驚いたようだったが、すぐ穏《おだ》やかに応じた。

「私でお役に立てることがあれば、喜んで」

「申し訳ない。あなたもお忙《いそが》しいのに。確かあなたが帝都《ていと》にきたのは――」

リステアードが途中《とちゅう》で言葉を詰《つ》まらせた。珍《めずら》しいことに、ジルはつい振り向いた。

スフィアの正面に立ったリステアードは、何かに気づいたような顔をしていた。一方でスフィアはまばたいている。だがほとんど間をあけず、淑女《しゅくじょ》らしくふわりと微笑み直した。

「どうかされましたか？」

「――いや」

資料を抱え直して、リステアードも微笑み返す。

あれ、とジルは思ってしまった。リステアードが言いよどむのも珍しいが、見事に整った微笑を浮《う》かべるのも珍しい。きゅ、とジルの腕《うで》の中でローも首をかしげている。

「ここではなんです。改めて後日、お礼にうかがっても？」

「え？　いえそんな、リステアード殿下にそこまでお気遣《きづか》いいただくことでは――」

「あなたはジル嬢の家庭教師です。なのに姉と妹がその仕事の邪魔《じゃま》をしているのですから、礼を尽《つ》くすのは当然ですよ。あとで屋敷《やしき》に連絡《れんらく》を入れます。では、失礼」

資料を脇《わき》に抱え、リステアードは踵《きびす》を返した。相変わらず決断が早い。取り残されたスフィアが、頰《ほお》に手を当てて戸惑《とまど》っている。皇子から直々に礼をしに屋敷を訪問すると言われれば、当然だろう。不思議に思って、ジルは尋《たず》ねた。

「スフィア様、リステアード殿下と親しいんですか？」

「ど、どうでしょう。ハディス様とお茶友達だったときにご挨拶はすませてますが、きちんとお話ししたことはあまり……」

「あ、でもこの間わたしの講義も兼《か》ねてフリーダ殿下とお茶はしましたよね。そのときスフィア様、刺繍《ししゅう》のお手本をフリーダ殿下に見せてたじゃないですか。そのお礼かも」

リステアードはフリーダをとても可愛《かわい》がっている。だがスフィアは腑《ふ》に落ちない顔だ。

「それにしても、大袈裟《おおげさ》なような……お忙しい方ですのに」

「いいんじゃねーか。実際、今からお茶会とか、仕事増やされてるだろ」

「そうよぉ、もらえるもんはもらっときなさい、スフィアちゃん」

ベイルブルグで面識があるジークもカミラも、スフィアに対して気安い。リステアードが何を考えているかはわからないが、ジルも付け加える。

「リステアード殿下は紳士《しんし》ですから、変なことにはならないと思いますよ」

「そ……そうですよね。ふふ、きちんとしたラーヴェ皇族の方を前にしたのは久しぶりで、緊《きん》張《ちょう》してしまいました」

「スフィアちゃん。それ、不敬よ。つい最近挨拶《あいさつ》したでしょ、陛下に」

「あっすみません！　で、でもエプロン姿だったので、私、気絶してしまって……」

「いいんじゃねーの。気にしないだろ、陛下も」

そこは気にしてほしいが、ジルが言えた義理ではない。

（わたしも頑張らないと。ナターリエ殿下に負けないように）

ハディスはああ言ったが、ナターリエの婚約《こんやく》話は、ジルとハディスの結婚にまつわる一手には違《ちが》いない。ハディスとの結婚がとんとん拍子《びょうし》で進めば、打診もせずに終わるかもしれない。

ならばまずすべきは、実家の説得だ。

一度目の十一歳のときはあまりぴんときていなかったが、従軍してそこそこ世間を見てきた分、今は実家が特殊《とくしゅ》であることを知っている。国の問題はいっそハディスたちにまかせておいて、ジルは『強いが正義』が家訓の実家をねじ伏《ふ》せることを考えるべきだろう。

戦闘《せんとう》民族と称《しょう》されるだけあって、サーヴェル家は権力にわかりやすくおもねらない。だがクレイトス王国に忠誠を誓《ちか》っている。そうでなければ生活が成り立たないからだ。そこに三百年ぶりの竜帝《りゅうてい》がのこのこ挨拶にくるとなれば、ぜひ一度お手合わせ願いたいとばかりにわくわくしているだろう。下手をすれば、「開戦まだかな」くらいの前のめりな姿勢で待っているかもしれない。

そして家族全員に本気でかかってこられたら、ジルは負ける。全力でも一対一でも勝ち抜《ぬ》いていける自信はないのに、今は魔力《まりょく》が封《ふう》じられている状態だ。ハディスは規格外に強いとはいえ、ジルと同じように魔力は半分戻ったところ、何より体が弱い。敵国でどこまで戦い抜けるか、あらかじめ考えておかねば負ける。

たとえ反対されても、家族に結婚を認めさせる戦略が必要だ。

そこでふと思い出した。

サーヴェル家には結婚を反対されても押し切ることのできる、古いしきたりがある。今は箔《はく》付《づ》けのために使われることが多い、試練の道だ。両親も箔付けでやったと聞いていた。あれをハディスと一緒に最速でぶっちぎれば、もし反対されたとしても、文句は言われない。

だからジルは、クレイトス王国に入るなりカミラとジークに荷物をまかせて、ハディスを引きずり、登山を開始したのである。

そこで再確認《さいかくにん》したことは。


「陛下ってやっぱり強いですね！」


きらきらした目で見あげると、ハディスが焚《た》き火に照らされた頬を赤らめた。

「そ、そうかな……」

「はい！　あの魔獣《まじゅう》を一撃《いちげき》で倒《たお》した的確な蹴《け》り……！　しかもこんなにおいしい猪肉《ししにく》のトマトスープが飲める野宿、初めてです！」

ハディスがいつも携帯《けいたい》している荷物には、色々便利な旅の道具が入っている。包帯や消毒液などの救急道具一式に、小さな鍋《なべ》とナイフ、カップにスプーン。そこに調味料も忘れていないあたりがさすがだ。その用意のよさをカミラは「追放され慣れている」と評していたが、ジルは頼《たよ》りになるのだと思うようにした。そのほうが悲しくない。

「クレイトスではどこでもなんでもとれるから、食べるには困らないよね」

そう言ってハディスがジルのカップにおかわりをよそってくれた。ジルは、湯気がのぼるじゃがいもを、ふうふう息《ふ》を吹きかけてさます。

大きな樹木の根元は、重なり合った木の葉が屋根のように、大きな木の根が椅子《いす》のようになっていて、ちょっとした秘密基地のようだった。ハディスのかたわらの丸太に座っているラーヴェが、ぐるりと周囲を見て嘆息《たんそく》する。

「中腹とはいえラキア山脈にネギとトマトとじゃがいもが生えてたの衝撃《しょうげき》なんだけど、俺……植えたのはやっぱサーヴェル家なのか？」

「この辺はうちが管理してますけど、種が落ちて勝手に生えただけじゃないでしょうか」

ラキア山脈をはさんでクレイトス王国とラーヴェ帝国は地続きだが、その風土や気候はまったく違う。愛と大地の女神《めがみ》クレイトス、理《ことわり》と天空の竜神ラーヴェの加護の差だ。

「でもこんなにおいしいスープになるのは、陛下の腕だと思います！」

「君が猪肉を狩《か》ってくれたおかげだよ。もう、見事にさばいてくれたし……」

「そういうのは得意です！　おまかせください！」

ちなみにハディスが塩こしょうで味付けし、串刺《くしざ》しの猪肉を焼いてくれた。こんがりと焼き上がったそれは、とっくにジルのおなかの中に入っている。

「今、距離《きょり》的にどの辺かな」

「半分くらいだと思います。この先何があるかにもよりますけど、明日《あした》か明後日《あさって》には着くんじゃないかなって。それならもう絶対に、結婚を許してもらえます！」

「そ、そう……僕が用意したお土産《みやげ》とか持参金とかの意味は……」

「考えるなハディス。形式は大事だ」

「お屋敷に着く前に、せめてどこかで身支度《みじたく》をととのえたい」

服の裾《すそ》の汚《よご》れを払《はら》いながらハディスが嘆息する。焚き火の幻想《げんそう》めいた光と影《かげ》の中にいるハディスは、物憂《ものう》げでとても綺麗《きれい》だ。ジルはあたたかいスープをすすりながら、こっそりその顔を盗《ぬす》み見る。

「陛下がどんな格好でも、両親は気にしない気がしますけど……」

「僕は気にする。そうでなくたって、ずっとどの立ち位置でジルのご両親に向かうべきか悩《なや》んでるのに」

「なんですか、それ」

嫌《いや》な予感がしてつい顔をしかめたジルに、ハディスがすねたような顔で答える。

「だってほら、僕と君は竜の世界ではもう夫婦《ふうふ》だし、ラーヴェ帝国では婚約者だけど、まだ挨拶もしてないご両親の前ではまた別でしょ？　夫婦ですって言っても婚約者ですって言っても角が立つよ。生意気だって怒《おこ》られるんじゃないかな」

「うーん、うちの両親なら気にしないと思いますよ。そもそも陛下、わたしを両親の目の前からさらっちゃったじゃないですか。今更《いまさら》では」

「そうだけど！　少しくらい、印象良くしたい」

自分より背の高いハディスに上目遣《うわめづか》いで見られると、ジルは弱い。頭をなでて甘やかしたくなってしまう。それをごまかすように咳払《せきばら》いしてから、一応考えてみた。

夫婦でもない、婚約者でもない、十九歳の男性との関係。恋人《こいびと》というには、十一歳の自分が幼すぎて、おままごとみたいに聞こえてしまう。

「じゃあ……彼氏、とか？」

「彼氏!?」

何気なくつぶやいたジルに、ハディスが仰天《ぎょうてん》した声をあげた。と思ったら視線をうろうろさせ、いきなりそばにあった就寝《しゅうしん》用の大きな掛《か》け布をがばっと頭からかぶる。

「か、かれっ、か、かかかか、かれし……!! ぼ、僕が君の、彼氏だなんてそんな!!」

「嫌なら別に……」

「嫌じゃないよ!!」

がばっと顔をこちらに向け、全力で否定された。だがすぐにハディスは真っ赤になって、もじもじし始める。

「い、嫌じゃないけど、その……っこ、心の準備がまだできなくて！」

「婚約の挨拶にきてるのにですか」

「それとこれとは別だよ！　か、かれ、彼氏っていったら、君と手をつないだり、デートしたりするんだよね!?　恋人ってことだよね！」

「別に婚約者でもすると思いますけど……」

「全然違うよ！」

ものすごく力説されるので、あくびをしているラーヴェに尋《たず》ねてしまった。

「違うんですか？」

「こいつの中では違うんだろ。……俺、もう寝《ね》よ……」

「だっ、だって、婚約は契約《けいやく》じゃないか。でも彼氏って違うよ、好き同士ってことだよ！　なんの義務も権利もないのに好きで手をつないだりデートしたりするんだよ!?」

このひと、何を言っているんだろうか。まさか、ジルの気持ちをここにきてまだ信じていないのか。

半眼になったが、ハディスは両手で顔を覆《おお》って何やら悶《もだ》えている。

「僕がそんな、君の彼氏だなんてそんな……っ」

「嫌なら」

「嫌じゃない!!」

はあ、とジルは溜《た》め息まじりに相づちを返した。とりあえずハディスの中で、彼氏という単語に夢がいっぱい詰《つ》め込まれているのはわかった。

(そんなに照れるものかな。別にわたし、陛下の彼女って言われても、今更……)

最後のスープを飲み干そうとしていたジルは、そこで口を閉ざした。むせないよう、いったんカップを口から離《はな》す。ちょっと頬《ほお》が熱くなっている気がするけれど、ずっと焚き火の前にいるからに違《ちが》いない。

「……あの、ジル」

「なっなんですか!?」

気づいたら三角座りしたハディスがこちらを見ていた。過剰《かじょう》反応してしまったジルと目が合うなりぱっと顔をそらし、でもちらちらとこちらをうかがいながら、口を動かす。

「か、彼氏ってことは、いちゃいちゃしてもいい？」

「は？」

「さ、寒くない？　寒いよね？」

確かにここはラキア山脈という高所で麓《ふもと》より気温が低く、夜であるが、今は夏である。

(調子にのってるな、陛下)

だがそわそわ、ご馳走《ちそう》を前にした犬のように待たれては、叱《しか》る気にもなれない。ラーヴェはいつの間にか姿を消している。ハディスの中に入って眠《ねむ》っているのだろう。

カップを持ったままジルは立ち上がり、ぱっと顔を輝《かがや》かせたハディスの前――膝《ひざ》の間に、座った。

「言っておきますけど、急がないといけないんですよ」

釘《くぎ》を刺《さ》したジルの両肩《りょうかた》に、ご機嫌《きげん》のハディスが両腕《りょううで》を軽くからめる。

「わかってるよ」

「結婚《けっこん》を認めてもらうためにやってるんですからね」

「それに関しては少し疑ってる。君、ちょっと楽しんでない？」

「だめですか」

ハディスが肩のあたりで首をかしげる気配がした。唇《くちびる》を尖《とが》らせて、ジルは言う。

「陛下がいちばんかっこいいところを、家族にみせられるって思ったんですよ」

言ってから恥《は》ずかしくなって、ほとんどからのカップに口をつける仕草でうつむいた。そんなことしたって、ハディスにはどうせ顔は見えないのに。

「そっか」

ハディスの返事は短かった。声色《こわいろ》もすっかり落ち着いている。さっきまで彼氏なんて単語ごときに動揺《どうよう》して悶えていたくせに。

「なら、がんばる」

「本当に？」

「うん。だから今は充電《じゅうでん》」

ちゅ、と耳の上あたりに音を立てて唇を落とされた。やっぱり調子にのっている。怒ろうと振《ふ》り向くと、ハディスに笑われた。

「ご両親がいる前でこんなことできないでしょ？」

それはそうかもしれないが、不謹慎《ふきんしん》だ。でもぎゅっとしてくれる腕の力が優《やさ》しくて、ジルは反論しないことにした。確かに家族に、こんな顔は見せられない。

結婚を認めてもらう試練の道の最後にあるのは、鐘《かね》だと聞いていた。その意味がわからなかったのだが、辿《たど》り着いてジルはその光景を見る。

荘厳《そうごん》な鐘の音が、斜面《しゃめん》の草原に響《ひび》き渡《わた》った。結婚式で鳴る鐘と同じ音色だ。出口の門は、教会の出口に見立てているのかもしれない。

ちょうど日がいちばん高く昇《のぼ》った時刻。サーヴェル家の本邸《ほんてい》も、牧草地も、水路も、風車もすべて見おろせる位置から、鐘が鳴る。入り口から入って四日目。つまりこれは。

「最短記録更新《こうしん》！　やりました陛下！」

両手をあげてハディスに飛びつく。よろけたものの受け止めたハディスは、煤《すす》けた頬に乾《かわ》いた笑《え》みを浮《う》かべた。

「そ、そう……よかった……もう何がなんだか最後わからなかったけど……」

「天剣《てんけん》で吹《ふ》き飛ばしてやろうかと俺も思った」

「やったーこれで結婚ですよ陛下！」

「ほ、ほんとかなあ……そんな簡単にいく……？」

「おんやまあ、ジル姫様《ひめさま》じゃないですかい！」

ハディスの首に両腕でぶらさがっていると、声がかかった。鐘の音を聞いて集まってきた領民たちだ。農作業服だったり、家畜《かちく》を放牧するための作業服だったり、見回りの警備服だったり格好はそれぞれだが、どれも見知った顔ばかりだ。

ジルは笑顔になってハディスから離れる。

「はい！　お久しぶりです。皆《みな》さん、元気でしたか!?」

「元気だべさあ。しばらくぶりだったな、姫様。ラーヴェ帝国《ていこく》に単身攻め込んだって聞いたけど、首尾《しゅび》はどうだったい」

「え、そうなんか？　おらぁ竜《りゅう》の肉を求めるグルメ旅に出たって聞いたぞ」

「いやいや、ラーデアのすげえ武器を奪《うば》ってくるって」

好き勝手言う領民たちに、ジルの笑顔が少し引きつった。

「どれも違います」

「じゃあノイトラール竜騎士《りゅうきし》団を壊滅《かいめつ》させにいったんかい？」

「先にレールザッツじゃないんかい。あそこ襲撃《しゅうげき》すりゃ、ノイトラールが手薄《てうす》になるでな」

「いやいや、フェアラートの軍船かっぱらってくるのが先だべや」

ハディスが聞いているのになんてことを言うのだ。真っ赤になったジルは大声で怒鳴《どな》る。

「どれも違います！　もう！　この鐘が鳴ってるんですよ！　それで、わたしと一緒《いっしょ》に男のひとがいるんですよ！　わかるでしょう⁉」

びしっと後方のハディスを指さす。

皆がぽかんとしたのは、ハディスの見目に目を奪われているからだろう。本邸近くに住む領民は最前線から退いた高齢者《こうれいしゃ》が多いが、魔力《まりょく》の高い手練《てだ》ればかりだ。そうでなければラキア山脈中腹で生活などできない。つまり、ハディスの強さも一目で見抜《みぬ》く。

「おんやまあ、えらいええ男でないかい！」

案の定、ひとりが感心したように叫《さけ》んだ。ジルは両腕を組んでふんぞり返る。

「でしょう。わたし、このひとと結婚するので両親に挨拶《あいさつ》に——」

「どうしたんだお前さん、ジル姫様に脅《おど》されたんかい。可哀想《かわいそう》に、ほれ水だ」

「試練の道、通ってきたんか。こげにぼろぼろになって……元はどこからきたんね」

「え、あの、ラーヴェ帝国から僕……」

「姫様、まさかラーヴェ帝国から男を誘拐《ゆうかい》してきたべか⁉」

えっ、とハディスが固まった。ジルは慌《あわ》てて叫ぶ。

「そうじゃなくて、わたしの――」

「強い男がいいゆうてたからなあ……これが肉食女子か、おっかねえ」

「姫様に目ェつけられちゃ逃《に》げられねぇべな。見かけはちっちぇえが怪獣《かいじゅう》だし」

「三日間、迷い込んだ竜を追い回したこともあるもんなあ」

「おーい、大変だ、ジル姫様が男を誘拐してきおったぞ！　えれえ別嬪《べっぴん》じゃあ！」

「そら大変でねえか！　お館様に知らせねば」

「奥様《おくさま》には知らせるでねえぞ、帰れなくなるかもしれん、あの体と魔力」

ジルが訂正《ていせい》する間もなく伝言ゲームでどんどん話が広がっていく。

「な、なん……なんで、わたしが陛下をつれてきた、だけで……」

ぶるぶる拳《こぶし》を震《ふる》わせて立ち尽《つ》くすジルに、ハディスが妙《みょう》に明るく声をかける。

「き、気さくで明るい人たちだね。ジルの故郷の皆さん！」

「……」

「……。あ、あの、ジル。ぼ、僕は、その、気にしてないから……」

「……すみません、陛下。わたしとしたことが、ラーヴェ帝国でお世話になっている間に色々なまったみたいです」

六年後から巻き戻《もど》ったところから考えると結構な時間、故郷を離れていた。

ばきばき拳を鳴らしたジルに、ハディスがおののく。だがかまわず、ジルはそばにあった巨《きょ》大《だい》な岩を片手で持ち上げる。

ここはサーヴェル家。

力がすべての、ジルの生家である。

「ひとの話を聞け、結婚するんだって言ってるだろうが――――‼」

「ジ、ジル！　落ち着いてジル！　あの、皆さんも逃げて――」

「ジル姫様がキレたぞー、今日の隊長どいつだべや」

「第三部隊、防衛線構築ー」

「目標、ジル姫様だ、撃《う》ち落としたれやぁ！」

「お、応戦しちゃうの⁉　姫様じゃないの⁉」

ハディスの突《つ》っこみを爆発《ばくはつ》がかき消す。ジルが投げた岩が魔力の弾《たま》で撃ち落とされた。爆音と爆風が巻きおこり、ジルは唇の端《はし》を持ち上げる。

さすがサーヴェル家本邸に住む領民だ。この手練れたちに、ジルは鍛《きた》えられて育った。上空にあがったジルはばちばちと全身に魔力を奔《ほとばし》らせて威圧《いあつ》する。

「いい度胸だ。わたしがどれだけ強くなったか思い知らせてやる」

「ジ、ジル待って！　僕、展開についていけな――っ！」

おろおろ地上からジルを見あげていたハディスが、気配を殺して近づいた老婆《ろうば》に背後をつかれて、あっという間に魔力の縄《なわ》で上半身を拘束《こうそく》された。そのまま半円を描《えが》いて敵陣《てきじん》に放《ほう》りこまれてしまう。

「陛下！　人質《ひとじち》のつもりか、卑怯《ひきょう》な！」

「ほっほっほ、自分の男を自分で守れぬなど、サーヴェル家の姫の名折れですよ」

「姫様を上空から叩《たた》き落とせ！」

「やめんか、騒《さわ》がしい!!」

魔力の振動《しんどう》をこめた一喝《いっかつ》に、空気がびりびり震えた。上空に展開された魔法陣がかき消える。

ジルはその一瞬《いっしゅん》の隙《すき》にハディスのそばに辿り着いた。

「大丈夫《だいじょうぶ》ですか、陛下。変なことされてませんか」

「う、うん……変なことって何!?」

「油断しないでください、ここは戦場です」

「僕、ほんとにどこに何しにつれてこられたの!?　でも今、誰《だれ》か止めに……」

「なんだなんだ、みんなして。ゆっくり筋トレもできないじゃないか」

屋敷《やしき》のほうからふくよかな体の紳士《しんし》が出てくる。ただし、上半身は裸《はだか》だ。皆の間からその姿を見て、ジルは叫んだ。

「お父様！」

肩《かた》にタオルをかけて目を丸くしたのは父親――ビリー・サーヴェル。サーヴェル家当主の姿に、皆が道をあける。

「ジルじゃないか！　どうしたんだ、帰宅はまだ先じゃなかったか？　それに麓《ふもと》の屋敷にくると聞いたはずだが……はて？　違《ちが》ったかな？」

「いえ、違いません。そっちはそっちで着きます。それとは別ルートできました」

「さっきの鐘《かね》は、お前なのかい？　なら──まさか、お前。そちら様は⁉」

父親に目を向けられたハディスがびしっと背筋を伸《の》ばした。

「あ、は、はい！　あの、僕、えっとっ」

おろおろしているハディスにジルも手に汗《あせ》をかいてしまう。ここまできたのだ、かっこよく決めてほしい。

「へ、陛下陛下、頑張《がんば》って」

「う、ううう、うん！　あの、はじ、初めまして！　僕はジルの──か、彼氏です‼」

顔を真っ赤にしたハディスがそのまま両手で顔を覆《おお》って悶《もだ》える。

皆の間に冷たい風がぴゅうっと吹く。どうかハディスが気づきませんように、とジルは心の底から祈《いの》った。

# 第二章 仮想敵国の花嫁暮らし

ぐだぐだになっても、さすが父親は貴族だった。大変失礼致《いた》しましたとハディスに丁寧《ていねい》に頭をさげ、屋敷に案内してくれたのだ。途中《とちゅう》の道で「姫様《ひめさま》が竜帝《りゅうてい》を人質にとってきた」とか「竜帝違いでは?」とか再び領民の間に憶測《おくそく》が広まっていくのも、「人質じゃなく客人」「この方は間違いなく竜帝」とさとしてくれた。父親はジェラルドの誕生パーティーに皇帝として招待されていたハディスを見ている。ひとまずハディスが竜帝で、ジルが誘拐したのでもなんでもないと領民たちは納得《なっとく》してくれたようだ。

ただ、「皇帝なら美女もよりどりみどりだろうに、なんでまた子どもの姫様を」とか「姫様にはいい経験になるかも」とか「結婚詐欺《けっこんさぎ》」とか最後まで「まさかジル姫様が」という失礼な視線は変わらなかった。

(ジェラルド様のときはいい旦那《だんな》さんが見つかってよかったとか言ってたくせに、なんだこの差。わたしがつれてきたらそんなにおかしいか!)

悔《くや》しいが、ジェラルドの根回しのよさからくる差だろう。だが、むくれるジルを慰《なぐさ》めるハディスはいいひと認定《にんてい》されたようで、お詫《わ》びになぜかキャベツをもらっていた。釈然《しゃくぜん》としないが、敵国の皇帝が領民に贈《おく》り物をされるのはいい傾向《けいこう》だ、たぶん。よしとしよう。

「ご挨拶が遅《おく》れてすみません。改めて、僕がハディス・テオス・ラーヴェです。娘《むすめ》さんとの結婚をお許しいただきたく、こちらに参りました」

それに、湯浴《ゆあ》みと着替《きが》えをすませ、胸に手を当てて両親に挨拶をしてくれたハディスは、どの角度から見ても完璧《かんぺき》にいい男だ。艶《つや》やかな黒髪《くろかみ》や長い睫《まつげ》に縁取《ふちど》られた金色の瞳《ひとみ》、すっきりした顔の線、すらりとした体つき、所作も優雅《ゆうが》で美しい。向かいの席に座っている父親のビリーは目を丸くしているし、母親――シャーロット・サーヴェルもうっとりしている。給仕のために応接間にいる女性使用人は全員、目を輝《かがや》かせるか頰《ほお》を赤らめていた。

ふふん、とジルの鼻が高くなる。

「もちろん今すぐ結婚というわけではありません。娘さんはまだ十一歳ですし、準備も必要です。ですが僕が本気だと示すために、契約書《けいやく》も用意しました。草案は訪問の可否を問い合わせた際に、同封《どうふう》したと思いますが」

「一緒《いっしょ》に試練の道も通ってきましたよ！　南の港町に入って、そこから」

「試練の道？　南から……あらまあ、どうしましょう、あなた」

「しかもここまで四日で辿《たど》り着いたんですよ！　新記録ですよね。わたしと陛下の結婚、認めてもらいます！」

「……ジル。残念だがなあ、そっちは道が間違っとる」

「えっ」

驚《おどろ》いたジルに、きちんと正装したビリーが困ったように答える。

「あの道はな、北と南で交互《こうご》に使う決まりなんだ。でないと、罠《わな》や内容がすぐ伝わって攻略《こうりゃく》しやすくなるだろう？　前回は父様と母様が南からいったから、次に挑《いど》む場合は、北から入る道をいく決まりなんだよ」

「そ、そんなの聞いてません！　わた、わたしはお父様たちが南の入り口から入ったっていうから……どうして教えてくれなかったんですか⁉」

「どうしてと言われても……先にお前の姉様や兄様が使う可能性のほうが高かったし、お前が使うときどっちになるか予想がつかないからなあ」

「じゃ、じゃあ、わたしと陛下の結婚は⁉」

困ったようにビリーとシャーロットが顔を見合わせる。それだけで答えは知れた。

「そ、そんな……せ、せっかく、陛下と一緒に最短記録……」

「ちゃんと事前に確認しないからよ、ジル。手紙にだって、いつもおいしいご飯のことしか書いてこないんだから」

「そっそれは、書けない事項《じこう》も多い、からで」

「嘘《うそ》おっしゃい。もう、おいしいメニューばっかりでお母様はおなかいっぱいよ」

「しかも皇帝陛下まで巻きこんで、お前は……」

両親の注意にジルは肩を落とした。反論できない。隣《となり》に座っているハディスの顔も、申し訳なくて見られない。

「ごめんなさい、陛下……せっかく、頑張ったのに」

「き、気にしないでジル。大丈夫だよ。なんていうかその……うん、衝撃《しょうげき》続きでもう何が起こっても驚かないよ、僕は……」

「本当に申し訳ない、皇帝陛下。本来ならばこんな辺鄙《へんぴ》な屋敷にきていただくこと自体、不敬なのですが」

深々と頭をさげる父親と母親の姿に、ジルはますますいたたまれなくなる。ここへハディスを無理矢理つれてきたのは他《ほか》でもないジル本人だ。

「どうか頭をあげてください。こちらこそ、いきなり予定にない形で押しかけてしまって申し訳ないです」

「いやいや、ジルが無理言ったんでしょう。確か、南の港にうちの長女――この子の姉が出迎《でむか》えにきていたはずなので、そこでちゃんと話をしておけばよかったんです」

「……だって、アビー姉様は怒《おこ》るかなって」

いちばん上の姉は、サーヴェル家の南にある港町を拠点《きょてん》とする商人と結婚した。そして子どもを産んでも本人自ら海賊《かいぞく》を取り締《し》まって回る商人兼《けん》軍人である。本人が海賊なのではと噂《うわさ》される女傑《じょけつ》だ。ラーヴェ皇帝が南からサーヴェル家を訪問するとなれば、出迎えにくるのは長姉のアビーと決まっている。そして、呑気《のんき》な両親を見てやきもきしながら育ったせいか、アビーは政情とかそういうものにとても厳しい。ラーヴェ帝国の皇帝と結婚しますなんて言えば、まずくるのはお説教で、次に政略的な利をレポートで書けと言われる。

両親がそろって溜《た》め息を吐《つ》く中で、ハディスが何も知らずに優《やさ》しく言う。

「君のお姉様がきてたんだ。それは会いたかったな、僕」

「えっだめですよ！　アビー姉様は面食いなんです！　お婿《むこ》にきた義兄《にい》様より陛下のほうが美形なんですから！」

「え、ええー……で、でも、君のご家族にはできれば全員、ご挨拶《あいさつ》したいし……」

「そうだ、クリス兄様はどうしてるんですか？　マチルダ姉様は相変わらず行方《ゆくえ》不明ですか」

「行方不明!?」

仰天《ぎょうてん》したハディスを置いて、父親が頷《うなず》く。

「クリスには北のほうの領地と屋敷《やしき》をまかせているが、相変わらず引きこもりでなあ。お前のことは話しておいたし、麓《ふもと》の屋敷にくるよう言っておいたが、竜帝と会ったら殺す、としか伝言がきてなくてどうするつもりかさっぱりわからん」

「えっあの、それって、どういう……」

「そうですか。でもよかったです。クリス兄様、人とまだしゃべれるんですね……」

頬を引きつらせてハディスが黙《だま》った。両腕《りょううで》を組んで父親が天井《てんじょう》を見る。

「マチルダはまったく連絡《れんらく》がとれん。本当にどこでどうしているやら……二番目の娘なんですがねえ。必要なときしか連絡よこさんのですよ。狙撃《そげき》の名手で暗殺が得意なんですがあんさつ、と真顔でつぶやいたハディスの前で、ころころ母親が笑う。

「案外、ラーヴェ帝国でお仕事してるかもしれないわよ、あなた」

「ならいいんだがなあ」

「じゃあ、リックとアンディ、あとキャサリンは？」

双子《ふたご》の弟たちと妹の名前をあげたジルに、父親がああと頷く。

「キャサリンは六歳になったからな。師匠《ししょう》のところで特訓中だ。ラキア山脈のどこかにおるだろうとは思うが」

「連絡とるの無理ってことですよね。リックとアンディは？」

「ああ、今はどこかに遊びにいっているようだが、そのうち戻《もど》ってくるだろう。クレイトス王国一周の武者修行《しゅぎょう》から帰ってきたからな」

むしゃしゅぎょう、と単語を繰《く》り返すだけになってるハディスに、ジルは説明する。

「うちは八歳になるとクレイトス王国一周の旅に出るんです！　傭兵《ようへい》で稼《かせ》いで。わたしもやりました、懐《なつ》かしいです」

「そ、そう……なんか、色々……す、すごいね」

「うちは特殊《とくしゅ》ですので」

その自覚はある。ジルは前を向いた。

「じゃあ今、会えるのはリックたちくらいですか」

「そうなるなあ。クリスは呼び出そうと思えばできるが」

「いっいえ、無理にお邪魔《じゃま》したのは、僕のほうなので、お気遣《きづか》いなく」

ハディスがぶんぶん首を横に振《ふ》った。父親が頭をさげる。

「恐縮《きょうしゅく》です。実は、私たちも麓の屋敷におりる準備をしておりまして、ろくなおもてなしもできない状態でして」

「ジルがいると、食糧難《しょくりょうなん》になるかもしれないわねえ」

母親にしみじみと言われて、ジルは焦《あせ》った。

「お母様！　そんなに食べません！」

「お越《こ》し頂いて早々申し訳ないのですが、明日には麓の屋敷に移動する予定です。どうされますか。もし一足先に麓の屋敷にいらっしゃるなら、すぐ準備させていただきますが」

「……どうしますか、陛下」

ジルが計画していたことの大半が白紙になった以上、ハディスにゆだねる他ない。

ハディスが姿勢を正した。

「よろしければおふたりとご一緒させてください。そのほうが護衛などの手間もはぶけるでしょう。出発するまでお世話になるのが心苦しいですが」

「まあ、そんな。なんにもないところですから、退屈《たいくつ》されてしまうかもしれませんわ」

「いえ。彼女の育った場所を、見てみたかったので」

にこりとハディスが笑う。周囲は見惚《みと》れたようだったが、ジルはそわそわしてきた。なんだか今、とても恥《は》ずかしいことを言われた気がする。

「お手数をかけますが、滞在《たいざい》を許していただけると嬉《うれ》しいです。僕はまず、僕自身をご両親や故郷の方々に知ってもらいたいとも思っているんです。ご迷惑《めいわく》でないなら、今は僕を皇帝《こうてい》ではなく彼女のただの求婚者《きゅうこんしゃ》――いっそ義理の息子《むすこ》として扱《あつか》って頂ければ嬉しいです」

「それは……皇帝陛下がそれでよろしいと仰《おっしゃ》るなら、まあ、こちらとしては。お前はどうだい、シャーロット」

ふくよかな体をゆらした父親の横で、おっとり母親が首を傾《かたむ》ける。

「こんな素敵《すてき》な方が義理の息子になるなら大歓迎《だいかんげい》だけれど、いいのかしら……」

「もちろん、義母上《ははうえ》」

丁寧《ていねい》な呼びかけに、まっ、とシャーロットが頰《ほお》を染めた。

「いいわねえ。こんな上品で優しそうな息子、うちにはいないもの。ねえ、あなた」

「う、うーん。お前がそう言うなら……ほ、本当に問題ないですかな？」

「はい。僕は妻にはひざまずくと決めているので」

ちらりとハディスに見られて、ジルは慌《あわ》ててうつむく。なんだかさっきからずっと恥ずかしくて、両親の顔が見られない。

「でしたら、麓の屋敷に辿《たど》り着くまではそのようにさせていただきます」

「有り難《がと》うございます。では堅苦しい話は、あとまわしで」

ふと両親の笑顔《えがお》に緊張《きんちょう》が走った気がして、うつむいたままジルはまばたく。だが次のハディスの言葉に仰天した。

「よかったらぜひ、彼女の昔話など聞かせてください」

「えっだ、だめです！」

「あらあらまあまあ、そういうことなら」

目を輝《かがや》かせたのは母親だ。嫌《いや》な予感しかしない。

「感慨《かんがい》深いわねえ。ジルがこーんな素敵な男性をつれてくるなんて。しかもしっかり求婚してくださる方よ。よかったわねえ、あなた」

「う、うーん。その、本音を言うならまだ早いというか、年齢《ねんれい》差もどうかと……」

「あら。ジルが厨房《ちゅうぼう》のコックさんと結婚する！って言ってたときと同じこと仰って」

「お母様！」

真っ青になったジルの横で、ハディスが明度を最大値にあげた笑顔を作る。

「へえ、コックさん！　可愛《かわい》いですね、妬《や》けるなあ」

「へ、へい、陛下。子どものときの話ですから」

「あら、まだジルは子どもじゃないの」

母親がまた余計なことを言う。それに笑顔でハディスが頷いた。もちろん、目は笑っていない。

「そうですよね。何年前ですか。――詳細《しょうさい》をぜひ」

「へへへへ陛下！　よかったら案内しますよ、屋敷とか外も！　ね!?」

必死でハディスの服の裾《すそ》を引っ張りまくると、ハディスがちらとこちらを見た。

「じゃあ、君の部屋」

「え」

今度は別の意味で固まった。記憶《きおく》をどこから引っ張り出せばいいかわからないが、確実に言えることがある。

自分は今も昔も、片づけが苦手だ。

ジルが不在の間、使用人が部屋の掃除《そうじ》をしてくれていると思うが、果たしてハディスに見せて大丈夫《だいじょうぶ》な状態なのか。あれやこれや、どこにあるのだろう。

「え、えーっと……ち、散らかっているので……」

「ひょっとして何か見せたくないものがあるのかな、僕に。コックさんの何かとか！」

「あ、ありませんよ！　た、ただ、恥ずかしいじゃないですか……」

「ジル。ごまそうとしても駄目《だめ》だよ。だまされないから」

「は⁉」

かちんときて顔をあげたジルに、ハディスはきっぱり言い切った。

「今まで僕がどれだけ君の物を片づけてきたと思ってるの。今更《いまさら》、恥ずかしがる必要ある？」

それはそうかもしれないが、両親の前で言うことか。父親は目を白黒させているし、母親は興味津々《きょうみしんしん》でこちらをうかがっているではないか。いい見世物だ。

だからぶちっと切れた乙女心《おとめごころ》のあり方はきっと正しい。

「へっ……陛下が朝から晩までわたしにべったりだったからじゃないですか！」

「ごっ、ご両親の前でそういう、僕が誤解されるようなこと言わないでくれる⁉」

「何が誤解ですか、真実ですよ陛下のばか！」

実家には地雷《じらい》が埋《う》まっている。

だがジルがその真実に気づいたのは、散々地雷を掘《ほ》り起こしてどっかんどっかん爆発《ばくはつ》させて焼け野原にしたあとのことだった。

ハディスが宿泊《しゅくはく》する部屋を整えている間に、ジルは本邸《ほんてい》周辺を案内することにした。

まずは畑だ。クレイトス王国では女神《めがみ》の加護でなんでも育つため、穀物から薬草まで種類は様々である。もちろん元々土地や気候に合っていない作物は出来に差がでるが、甘酸っぱい苺《いちご》は懐かしさを含《ふく》めてもおいしいと思う。

案内ついでに、夕食の食料調達も引き受けた。ハディスが夕飯の支度《したく》を申し出たからだ。ここはハディスの料理とその感想を熱心に書き綴《つづ》った手紙が功を奏したと思いたい。

(陛下のいいところ、たくさんわかってもらおう！)

最初の作戦は失敗に終わったが、ハディスの真骨頂は顔と魔力《まりょく》と筋肉、そして料理だとジルは思っている。せっかくなので夕食は屋敷《やしき》で格式張って食べるものではなく、外で皆《みな》で食べられるものをねだった。ハディスは竜騎士《りゅうきし》団で料理長もやっていたし、なんならパン屋さんだったこともある。両親は心配していたが、本邸周辺にいる領民は百人程度だ。サーヴェル家の厨房で働いている料理人たちの手も借りれば、問題ない。

「何にしようかなあ。大勢ならカレーかな。香辛料《こうしんりょう》はあったし、材料もそろえやすいし……」

「カレー！　じゃあ、じゃがいもとにんじんと玉葱《たまねぎ》と、お肉ですね！　まかせてください、まずあっちの畑です！」

大きな木箱を抱《かか》えてジルは駆《か》け出す。ハディスは急がなくていいよ、と声をかけながらついてきた。

「この辺の作物とかは、全部サーヴェル家の管理にあるの？」

「そうですね、本邸近くに住んでる領民は、全員うちが雇《やと》ってる形です。毎月お給金も出てるはずですけど、こんな場所ですから大所帯の家族みたいな感じです」

家はそれぞれあるし仕事内容に専門や得意分野もあるが、作物も家畜《かちく》も共有財産みたいなものだ。子どもの面倒《めんどう》も互《たが》いに見ることが多く、ほとんど自助でまかなっている。

「麓《ふもと》のほうはちゃんと街になってて、他《ほか》の領地とも交流がありますし、人口から何から違《ちが》うんですけどね」

「若いひとが少ないみたいだけど、防衛とか大丈夫なの？」

「ここで食い止めている間に麓からあがってきた軍で取り囲んで殲滅《せんめつ》するんです。逆に麓から攻《せ》められたときはここからゲリラ戦をしかけて殲滅します！」

「どっちにしろ目標は殲滅なんだね……」

「そういえば陛下、ラーヴェ様は？　ここに着いてからずっと姿、見てませんけど。ひょっとして無茶させましたか……？」

魔力が封《ふう》じられた直後ならともかく、だいぶハディスと離《はな》れても行動できるようになってきたと思っていたのだが、やはりまだ無理は禁物なのだろうか。ジルの懸念《けねん》に、ハディスは曖昧《あいまい》に笑う。

「無茶ってことはないけど、まだ万全《ばんぜん》ではないからね。寝《ね》てるみたい」

「そうですか……ここのみんななら、ラーヴェ様の姿を見られたと思うんですけど」

「追いかけ回されたら嫌だって、ラーヴェが」

なるほど、とジルは納得《なっとく》した。

「陛下も気をつけてくださいね、手合わせとか安易に受けちゃだめですよ。皆が詰《つ》めかけてキリがなくなるので」

「うん、それが全然脅《おど》しじゃないってことはわかってきたよ……」

「そうですよ。すみませーん！　じゃがいもとにんじんと玉葱、欲しいんですけどー！」

ジルが道ばたから畑に向かって声をあげると、おお、と返事が聞こえて、何人かが興味津々といった顔で出てきた。

「ジル姫様《ひめさま》、ほんとに帰ってきたんだなぁ。あの魔力でそうかなとは思っとったが」

「そうゆうたじゃろが。んであれが、姫様が胃袋《いぶくろ》をつかまれた相手じゃと」

「あぁ。奥様《おくさま》がゆうとったおいしい毎日の献立《こんだて》の。どうりで」

「そりゃあしょうがないべな。コックさんと結婚《けっこん》するってゆうてたもんなあ」

「い、いいから野菜、ください！」

「え？　僕は聞きたいなあ」

背後のハディスの低い声に、ジルは振《ふ》り返る。

「もう、五歳くらいのときの話だって言ってるじゃないですか！　意地悪です、陛下。……わたし、ちゃんと陛下のこと好きなのに」

唇《くちびる》を尖《とが》らせて視線を落とす。しばらく返事がなかった。そこでジルははっとする。

案の定、ハディスは静かに倒《たお》れていた。

「陛下！　さ、最近は体調よかったのに、また駄目に……!?」

「い、いや……こ、言葉と表情どっちかだけなら持ちこたえられるときもあるんだけど、今のは両方きたから……」

「何言ってるかわかりませんが、無理をするくらいなら屋敷に戻《もど》りましょう」

「い、いや大丈夫。うん」

本当だろうか。すーはー深呼吸をしているハディスの背中をなでていると、ぽかんとその様子を見ていた領民が声をあげた。

「いやあ、竜帝《りゅうてい》さんは体が弱いってぇのは本当だべか。ジル姫様は体弱い男なんぞ選ばんと思ってたんじゃがな、魔力が大きすぎるか。鍛《きた》えてどうこういうレベルとは違いそうじゃ」

「つまり持久戦に持ちこんで疲弊《ひへい》させればええわけじゃ。魔力を使わせる罠《わな》を設置して」

「何を相談してるんですかそこ!?　わたしは陛下と結婚するんですよ！　陛下を倒すってことは、わたしと喧嘩《けんか》するってことですからね！」

「おお怖《こわ》い」

「ジル姫様、ちゃんと守ってやらにゃならんぞ」

にらみをきかせても、領民たちはからから笑うだけだ。むくれていたら、ひょいとうしろからハディスに頰《ほお》を突《つつ》かれた。

「ジル、そんなにふくれないの。僕は大丈夫だから」

「だって陛下……」

「それより野菜をもらおう。よかったら僕、収穫《しゅうかく》手伝いますよ」

シャツの腕《うで》をまくったハディスに領民たちが目を見開いてから、いやいやと首を振る。

「夕飯を馳走《ちそう》してくれるって話じゃろ。なんでもかんでもまかせるわけにゃいかん」

「待ってろ、いい野菜入れてやるから」

「気になさらず。僕、ジルの彼氏なので」

きらきらした顔で言っている。気に入ったんだな、とひそかにジルは思った。

「いやぁ、あんたどっちかって言うと、ジル姫様の嫁《よめ》さんじゃねえべか」

「確かに、そっちのほうがしっくりくるべな」

「えっ。ジルは僕のお嫁さん……」

「悪いこと言わんから、姫様に守ってもらっとけ。姫様、強いでなあ」

「そうそう。おなかをすかせないようにだけしといてやれば、十分だべや」

「そ、それはもちろんですけど、僕は彼氏……」

「まあ待ってろ、すぐ用意してやっから。おーい、姫様の嫁さんに野菜わけてくれやー」

わらわらと皆が広がっていく。ハディスが真顔でつぶやいた。

「ジルが僕のお嫁さんじゃなくて、僕がジルのお嫁さんだった……？」

「どっちでもいいんじゃないですか」

「よくな……いやいいような……いい……のかな……!?」

ハディスが苦悩《くのう》している間に皆は注文どおりの野菜を集めてくれた。野菜でいっぱいになった重い木箱をジルが持とうとすると、横からひょいとハディスが片腕で抱え上げる。

「お肉もあるからね」

手をあけておけ、ということらしい。頷《うなず》くと手を差し出されたので、握《にぎ》り返した。最近は手をつないで歩くことが増えた。抱え上げられるよりましだと思っている。

「姫様が男と手をつないで歩いとるというのは本当か!?　天変地異の前触《まえぶ》れじゃ！」

「色仕掛《いろじか》けは無理だろうに、無茶しよって……！」

腹が立つのは、ふたりで手をつないで歩く姿を見送る領民の感想だ。相手にすると余計面白《おもしろ》がられるので無言で歩いていたのに、横のハディスが噴《ふ》き出した。ぎろりとにらむ。

「陛下、何が面白いんですか」

「君が僕をたぶらかしたことになってるのがすごいなって。普通《ふつう》、逆でしょ」

「すごくないですよ！　失礼です、わたしにも陛下にも！　もう手、つないであげません！」

「え、やだジル。待っ――」

手を振《ふ》り払《はら》って先に歩き出した瞬間《しゅんかん》、ハディスが前向きに倒れた。ぽかんとしたあとでジルは背後からハディスを蹴《け》った人物に叫《さけ》ぶ。

「陛下にいきなり何するんだ、リック！」

「いやだって、よけられると思って……あれっ？」

蹴飛ばした本人が首を傾《かし》げているのだから世話はない。

ふわふわした猫《ねこ》のような金髪《きんぱつ》の頭を傾《かたむ》け、弟のリックが両腕を組んで眉《まゆ》をよせる。ジルよりまだ目線は低い。

「だって竜帝だろ？　なんで蹴られてんだよ、どっか体わりぃのか。それとも実は弱い？」

「偽者《にせもの》、という可能性もなくはない」

リックのうしろから出てきたのは、双子《ふたご》の弟アンディだ。

リックそっくりの顔立ちだが、髪《かみ》の分け目が逆で、眼鏡《めがね》をかけている。声色《こわいろ》もそっくりだが、口調は落ち着いたものだ。

「大体おかしいよ。ジル姉が人質《ひとじち》じゃなく、彼氏をつれてくるなんて」

「やっぱりそうか！　いやーだまされるところだった。慌《あわ》てて帰ってきて損した」

「何がやっぱりだ！　そもそも人をいきなり蹴るな！　陛下、大丈夫《だいじょうぶ》ですか」

野菜の入った木箱を守って倒れているハディスの所へ駆《か》けよると、ハディスはのろのろ起き上がった。

「う、うん。大丈夫だけど……リックって」

「はい。わたしの双子の弟です。前髪が右わけのがリックで、左わけで伊達《だて》眼鏡をかけてるのがアンディ。ふたりとも、挨拶《あいさつ》しろ！」

えー、と唇を尖らせつつ、先に向き直ったのは陽気なリックのほうだ。

「リック・サーヴェルでーっす。次男ってことになんのかな。こいつとは双子」

「アンディです。三男。姉がお世話になってます」

「あ、どうも……」

礼儀《れいぎ》正《ただ》しいアンディの態度につられてハディスが頭をさげている。だがジルは忘れない。

「あと謝罪！　リックも、アンディもだ」

「なんで俺まで？　蹴ったのはリックだよ、ジル姉」

「お前は止めなかったんだろう。むしろ、リックをけしかけたんじゃないのか」

「せいかーい」

笑うリックをアンディがにらんだが、もう遅《おそ》い。計算のできるアンディは、率先《そっせん》して頭をさげる。

「大変失礼しました。姉がつれてきた男性がどんな人物かつい、確認《かくにん》したくて」

「ごめんなー思いっきりやっちゃったけど、兄さん大丈夫？」

人なつっこいリックはハディスに手を差し伸《の》べている。九歳の子どもの手をおずおず握り返して、ハディスは立ち上がった。リックはハディスの周りをぐるりと回る。

「すっげーイケメンだな、兄さん。なぁ、どうやってあのジル姉を黙《だま》らせたんだ？」

「あなた、ジル姉にだまされてませんか。大丈夫ですか。相談のりますよ。今なら無料です」

「え、ええと……ジルあの、僕、どうすれば」

「おっと、ジル姉呼ぶのはなしだぜー？　男同士の話ってやつだよ」

「そうですよ、せっかくですから」

物怖《ものお》じしない少年に囲まれて、ハディスが困惑《こんわく》している。なぜだか不良に金を巻き上げられる構図に見えて、ジルは弟たちを追い払う仕草をした。

「陛下に近寄るな。遊ぶんじゃない」

「うっわ、ひっでー。ま、いいや。竜帝ってこんな奴《やつ》なんだ、ふーん」

「百聞は一見にしかずってね。参考になったよ。野菜運んでるの？　手伝うよ、リックが」

「俺かよ」

突っこみつつも笑ったリックが、野菜の入った木箱をひょいと持ち上げる。魔力《まりょく》を使っているので軽々だ。ハディスが慌てた。

「い、いいよ。僕が持つよ、大人だし、その、君たちのお姉さんの彼氏だし！　それにまだ自己紹介《しょうかい》してない――」

「え、面倒《めんどう》だからいらね」

「同じく。どうせあとから正式にやるんでしょうし、そのときでいいのでは？」

ふたりに拒《こば》まれたハディスがあからさまに傷ついた顔をする。だが、リックはすぐにハディスに手を出した。

「それになんか兄さん、あぶなっかしいし、俺が荷物持ったほうがまし。次、どこだよ？」

「え……お肉が、ほしいんだけど」

「じゃあこっちだな。ほらいくぞ、ついてこいよ。俺がいれば変なのにからまれねーから」

戸惑《とまど》っているハディスの手をつかんで、リックが歩き出す。悪戯《いたずら》好きだが面倒見のいい兄貴分なのだ。手を引きずられながらうしろを振《ふ》り向いたハディスに、ジルは声をあげた。

「手伝ってもらいましょう、陛下」

「い、いいの？」

「俺がいいっつってんだからさー。それとも嫌《いや》なのかよ、うわ傷つく」

「そ、そんなことはないけど！」

「なあ、あんた料理うまいってマジ？　ジル姉の献立《こんだて》手紙、めっちゃ羨《うらや》ましかったんだよなー俺。カレーって聞いたけど、どんなの？」

笑いかけられてようやく緊張《きんちょう》がとけたのか、ハディスがカレーについて説明を始めている。

あれなら放《ほう》っておいても大丈夫だろう。

「アンディはどうする？」

「父様に報告があるんだけど……リックはああ言い出したらきかないし、つきあってからにするよ。それにしても意外だった」

「お前も何か言いたいのか、わたしと陛下に」

拳《こぶし》を開いたり握ったりしながら笑顔《えがお》で尋《たず》ねると、白けた視線を返される。

「こんなところに護衛も何もなしに、よく竜帝《りゅうてい》をつれてきたね」

「別にいいだろう。まだ開戦したわけじゃない」

「相変わらず考えなしすぎるよ、ジル姉。いいの、リックを止めなくて。洗いざらい、ラーヴェ帝国の機密を吐《は》かされてもおかしくないよ」

アンディの忠告に、ジルは苦笑いした。

「心配してくれてるのか」

「そりゃ、姉が色ぼけてる可能性があるとなればね」

先を進むハディスはリックと楽しそうに話している。リックも相づちを返したりからかったりと、言葉《ことば》巧《たく》みに会話を誘導《ゆうどう》していた。それを警告してくれるアンディは、ある意味ジルに水面下での交渉《こうしょう》にかかっているのかもしれない。

なぜなら、リックとアンディのふたりは、すでにこの年齢《ねんれい》で諜報《ちょうほう》めいた仕事をまかされているのである。武者修行《しゅぎょう》も無事終えた今、本格的に仕事を始めているはずだ。

父親に報告があると言っていたのも、何か情報を得てきたからだろう。

「じゃあ、確かめてみればいい。わたしが色ぼけているだけかどうか」

「……自信があるんだ？」

「もちろん。きっとお前たちは陛下に平伏《ひれふ》すぞ」

計算高いアンディはそのまま会話を打ち切ってしまった。

だが、ジルの宣言はその日のうちに実現した。

初めてのカレーをひとくち食べたリックもアンディも、あまりのおいしさに感動してむせび泣いたからである。

最初の目論見《もくろみ》ははずれてしまったが、領民たちとの交流を深める意味でカレーは素晴《すば》らしかった。皆《みな》がハディスをすごいと褒《ほ》め称《たた》えてくれたのだ。「こりゃあ姫様《ひめさま》ならころっといく」という感想はどうかと思うが、今夜は枕《まくら》を高くして眠《ねむ》れそうだ。ご機嫌《きげん》でジルはハディスを客室まで案内する。

「やりましたね、陛下！」

「うん、みんな喜んでくれてよかった」

「これでみんな、陛下を闇討《やみう》ちしないと思います！　安心して眠れますよ」

「えっそっちの心配？」

今ひとつ危機感のないハディスに、ジルはしかめっ面《つら》をした。

「陛下、一応ここ、仮想敵国なんですよ。仮想敵陣《てきじん》です」

「うーん、でも君の故郷だし、そうなってほしくないなあ」

「そう言ってくれるのは、嬉《うれ》しいですけど……あ、ここです！　陛下のお部屋」

中庭を中心にぐるりと四方を囲む形になっているサーヴェル家本邸《ほんてい》の北西、二階部分から続く渡《わた》り廊下《ろうか》を渡った先の塔《とう》だ。ジルの部屋ともそう離《はな》れていない。

「……鉄格子《てつごうし》がおりてるんだけど」

出入り口を見て、ハディスがつぶやく。ジルは頷《うなず》き返した。

「絶対に守らないといけない貴賓《きひん》用の部屋ですから」

一階部分とは完全に隔離《かくり》されていて、二階部分と三階部分がつながっているこの塔は、サーヴェル家の客室のひとつである。特に、絶対に傷つけてはいけない客人のためのものだ。

「見た目はあれですけど、中は快適ですよ。わたしも確認しましたから」

「そ、そう？　ならいいけど……なんか見た目が牢獄《ろうごく》みたいで……」

「それはもう、絶対に陛下を守るためにわたしが要請《ようせい》しました！　ありとあらゆる魔術の仕掛《しか》けがあって、中からも出られない仕様です」

「それ、監禁《かんきん》って言わない!?」

「それくらいしないと駄目《だめ》です！　いいですか、陛下。誰《だれ》かきてもわたし以外、ぜーったいあけちゃだめですよ！　さっきも言いましたが、ここは――」

ふと唇《くちびる》に人差し指を押し当てられた。ジルの前にしゃがんだハディスが、もう一度言う。

「君の故郷だよ」

言い返すべき言葉がなくなったあとで、今度は不安がこみ上げる。アンディにはああ言ったが、あの忠告は的外れではない。

「短い間だけど、これてよかった。明日《あした》はもう、麓《ふもと》のお屋敷《やしき》におりるんだよね。君も疲《つか》れてるだろうし、早く休もう」

ハディスが立ち上がった。眼差《まなざ》しも表情も、どこまでもジルに優《やさ》しい。

ハディスのことだ。ジルが警告するまでもなく、ここを敵陣だと思っているだろう。なのにきたいと思ってくれた。

その気持ちに何より報《むく》いるべきは、ジルのほうだ。

「あの、陛下」

「ん？」

「わたしを、諦《あきら》めないでくださいね。わたしも、陛下を諦めませんから」

ハディスが一歩、二歩、ふらりとよろめくようにうしろにさがった。そして心臓のあたりをつかんで叫《さけ》ぶ。

「そ、そういうこと、人前で言わないでくれるかな!?」

「ああ、確かに誰か聞き耳立ててますね。めんどくさい……」

「あ、気づいてて言ったんだ……君、心臓強いな、相変わらず」

「でないとできませんよ、陛下の妻なんて。はい、陛下。この部屋の鍵《かぎ》です」

言いたいことは言ったし、やるべきこともやった。

「いいですか、わたしが明日迎《むか》えにくるまでぜーったいあけちゃだめですよ」

念を押すと、少しすねたような顔でハディスが鍵を受け取った。

「そんなに心配なら、君の部屋に泊《と》めてくれたっていいのに」

「両親の耳に入りますよ」

「今のは、君があんまりにも冷静だからつい！　やましい意味じゃないです！」

「誰に向かって言い訳してるんですか。……明日、入れてあげますよ」

え、とハディスが顔をあげた。照れ隠《かく》しにぷいっと視線をそらす。

「ちょっとだけですからね！」

気恥《きは》ずかしくなって、ジルは踵《きびす》を返すなり駆《か》け出した。ハディスは追いかけてこないし、声もかけない。

そのまま部屋まで一直線に戻《もど》る。ぶるぶる首を振ってから、灯《あか》りのついた部屋を見回して、今度はげんなりした。想像どおり、いや想像以上の有り様だ。だが、やるしかない。

とりあえず散らばった物をクローゼットに押しこめば、なんとかなる。そう信じて、ジルは腕《うで》まくりをした。

大事な客人を守るための貴賓室。それを監禁と称《しょう》した自分はあながち間違《まちが》っていない。可愛《かわい》いお嫁《よめ》さんの約束を胸におとなしく塔の中に入ったハディスは、周囲を見回した。部屋に入った瞬間《しゅんかん》、鉄格子と大きな扉《とびら》で二重になっていた出入り口は、自動的に施錠《せじょう》された。物理的な鍵だけではない、魔術《まじゅつ》つきだ。出入りを監視《かんし》するためのものだろう。他《ほか》にも窓やら、あちこちに魔術の気配がある。盗聴《とうちょう》も当然しかけられているだろう。

（護衛のためか。便利な言葉だな）

だが、二階分つながった天井の高い部屋は、なかなか快適そうだ。豪華《ごうか》な応接ソファと、冬は活躍《かつやく》するだろう暖炉《だんろ》。奥には水場まである。壁際《かべぎわ》にくっつくように螺旋《らせん》階段があり、そこを上っていくと、寝台《しんだい》と、書斎《しょさい》めいたスペースまであった。窓もちゃんとあく。窓際に腰《こし》かけたハディスの胸から、するりとラーヴェが出てきた。

「やっと起きたのか」

「しょうがねえだろ、ここはクレイトスだ。いつもと勝手が違うし、目立たないほうが得策だろ。俺が見える奴《やつ》がいるかもしんねーしさ。で？　どうだった、今日は」

「歓迎《かんげい》してもらったよ。カレーも喜んでもらえた」

「カレー？　よくお前に作らせたなぁ。肝《きも》が据《す》わりすぎだろ」

「僕としては、できる限りの友好を示したつもりだよ」

ハディスが作ったのだ。たとえここで毒がもられても、竜帝《りゅうてい》の不手際として目をつぶってやる――そういう意思表示はサーヴェル家側に伝わっているだろう。結果、そんな騒《さわ》ぎが起こらなかったことで、サーヴェル家の指導力をはかることができた。

ラーヴェはからから笑う。

「嬢《じょう》ちゃんの実家って考えると、食欲が勝《まさ》っただけの可能性もあるけどなー」

「……でも、辺境伯らしくしたたかだな、やっぱり」

皇帝《こうてい》ではなく娘《むすめ》の求婚者《きゅうこんしゃ》として扱《あつか》えと要求したのは、ハディスなりの譲歩《じょうほ》だ。皇帝としての態度は別だという裏に、サーヴェル辺境伯夫妻はきちんと気づいて受け入れた。様子見、情報収集、時間稼《かせ》ぎ――理由は色々考えられるが、仮想敵国の皇帝を不意打ちで歓待《かんたい》しても問題ないだけの地位をクレイトス王国内で築いているからできることだ。

今回の訪問についても、ヴィッセルはジルを介《かい》し、あえてクレイトス王家ではなくサーヴェル家に打診《だしん》をした。だが返事は渋《しぶ》るでもなく遅《おく》れるでもなく、サーヴェル家の封蠟《ふうろう》できちんとハディス宛《あて》に返ってきた。まるでラーヴェ帝国と対等に渡り合うかのような態度だ。

そうできるのは、裏にクレイトス王家がいるからと見るべきだろう。

「国境守ってんのは伊達《だて》じゃねえなあ。反対なのかね、婚約」

「ジルを竜妃《りゅうひ》と認める旨《むね》のクレイトス王家の言質《げんち》はとってある。麓の屋敷で契約書《けいやくしょ》に調印すればそれで終わりのはずだ」

「でも、それだけで終わるわけねーか。そうだよなあ……」

ラーヴェと一緒《いっしょ》に窓の外を見る。ぽつぽつと見える灯りは、ひとの営みだ。闇《やみ》に浮《う》かぶそれは、目に優しい。

ここがジルの故郷だ。

「想像以上だったけど、いいとこだよな。みんな嬢ちゃんと気質が似てるっていうか」

「みんな親切だよ。野菜を切るのも、肉をさばくのも手伝ってくれた。おいしいって食べてくれた。ジルのご両親も弟さんたちも、面白《おもしろ》い話を聞かせてくれた。楽しかったよ」

ラーヴェと眺《なが》めているのはジルの故郷や、国だけではない。

その裏にいる女神《めがみ》だ。

「嬢ちゃんが泣かないといいけどな」

今まではハディスに直接しかけてきたが、竜妃がいることでやり方を変えてくるだろう。必ず何かしてくる。ハディスから竜妃を奪《うば》いにくる。そして竜妃の弱点はここだ。

「で、間に合いそうか？」

「ああ。やっぱローがいると伝達力が違うなー。中継《ちゅうけい》点扱いされて怒《おこ》ってるけど」

「ならいい。打てる手は打った。そろそろ寝《ね》よう」

「そうだな。今のお前、ひとりで喋《しゃべ》ってるやばい奴だもんな。盗聴してるほうも怖《こわ》いだろ」

ハディスは笑う。竜神の実在くらいクレイトス王家から聞いているだろう。サーヴェル家が王家に従うのはしかたがない。竜妃を奪うことに積極的に加担しなければ、ある程度は目をつぶる。すべてが杞憂《きゆう》で終わるのなら、譲歩もしよう。

できるだけジルが泣くようなことにはしたくない。そう思っているのは嘘《うそ》じゃない。

（……諦めないよ、ジル。僕はね）

でも君は諦めるかもしれない。

こんな幸せな場所で、優しい家族と育った君は。

不安に似た予想を、窓の鎧戸《よろいど》と一緒に閉ざす。するりとハディスの首にラーヴェが巻き付いてきた。いつだって一緒にいる育て親の竜神は、願うよりは冷たく、予想よりも温かい。

サーヴェル家本邸《ほんてい》と麓の別邸を行き来する手段はふたつある。

第一に、馬や魔獣《まじゅう》を使うか、徒歩で物理的に登ることだ。後者はサーヴェル領民しかやらないが、馬や魔獣のほうが速いというわけではない。ラキア山脈は登るほど魔力濃度《のうど》が不安定になる。それにあてられてしまい、よほど訓練されていないと逃《に》げ出してしまうからだ。

自力でひょいひょい登山できる領民はいいが、客人はそうもいかない。そういうことで第二の手段として設置されているのが、転送魔術が施《ほどこ》された装置である。

魔術大国らしく、クレイトスは関所もかねて転送装置があちこちに配備されている。行き先は決まっており、自由に使えるのはクレイトス王族のみ。それ以外は通行料こみの許可証を取らないと使えない。人数制限も含《ふく》め転送先まで厳しく管理されているが、どの領地にも必ずひとつある。領地の広さや事情によって数が増えていく形だ。

それが、サーヴェル家の領地内には四つある。

ラキア山脈を縦軸《たてじく》にして王都に最も近い北、真ん中の麓《ふもと》の別邸、南の港町、そしてラキア山脈中腹の本邸にひとつ。本邸を頂点に三角形になる形だ。他にも実は王族と当主夫婦《ふうふ》だけが知っている転送装置がいくつかあるらしいが、国防を考えると当然だろう。

そしてその転送装置を使えば、麓の屋敷《やしき》まで移動は一瞬《いっしゅん》ですむはずだったのだが。

「すみませんなあ、ハディス君。転送装置が突然《とつぜん》の故障で。でも魔獣の移動もなかなかいいでしょう！」

「は、はあ……なんか、つい最近見た気がするんですが、この魔獣……」

「見間違いじゃないですよ、陛下。殴《なぐ》ったところがたんこぶになってます」

魔獣は一定の魔力で呼び出しと使役《しえき》ができるよう調教されているので、サーヴェル家では基本放し飼いだ。さすがにラキア山脈から出ないよう魔術が施してあるが、魔獣たちは呼び出されるまでは自由に闊歩《かっぽ》しているし、使役されるまではただの獣《けもの》と変わらない。ジルたちが試練の道で出くわして戦った魔獣がまざっていてもおかしくはない。

「え、本当に会ったことある？　大丈夫《だいじょうぶ》!?　怒ってない!?」

「大丈夫だって、ハディス兄。しっかりつかまってろよ！」

「あんまり無茶するなリック、陛下は体が弱い――」

「ほーらいっかいてーん」

言っているそばからリックが手綱《たづな》を操り、ハディスを乗せたまま虎《とら》型の魔獣を宙返りさせた。別の魔獣の手綱を操りながら、ジルは嘆息《たんそく》する。麓の屋敷についたとき、ハディスは倒《たお》れずにいられるだろうか。

（やっぱり陛下と一緒に乗るべきだった）

虎型の魔獣が三匹《びき》、競い合うように小川や低木を跳《と》び越《こ》えて山を駆《か》け降りる。動物と魔術の合成獣である魔獣は、本来の姿より何倍も大きくなる。今回は一頭にふたりずつ。まず案内も兼《か》ねて先頭を走る父親とアンディ。ハディスと、なぜかすっかりハディスの面倒《めんどう》をみる気になっているリック。そしてジルと母親だ。

「楽しそうねえ。ジルもやる？」

「やりませんよ！　陛下が落っこちたら受け止めないと」

「あら、喧嘩《けんか》したんじゃないの？　ジルのお部屋で」

出発前のハディスとジルの微妙《びみょう》な空気を持ち出したうしろの母親に、ジルは慌《あわ》てる。

「ち、違いますよ！　あれは……陛下がもう出発の時間なのに、のんびりしようとするから」

「ふふ。本当かしら？　ああ見えてハディス君は、時間にきっちりしてそうだけれど」

確かに、時間はあった。急がなくてもよかった。とりあえず物を詰《つ》め込んだクローゼットさえ内側から破裂《はれつ》しなければ、問題ないはずだった。

でも「ここがジルの部屋かぁ」なんて言いながらハディスが何気なく寝台に腰かける、その姿を見た瞬間に羞恥心《しゅうちしん》がものすごい勢いで沸騰《ふっとう》して、すぐに追い出したくなったのだ。まだ入ったばかりなのに、というハディスの言い分は正しい。

でも、あれは心臓に悪すぎた。どう言葉にしていいかわからないけれど、駄目《だめ》だった。

「──色々あるんです！　わたしと陛下の間には！」

「好きなのねえ」

何もかも見透《みす》かしたように、ひとことでそうまとめられた。つい、むくれてしまう。

「悪いですか」

「素敵《すてき》なことよ。お母様も毎日お父様に恋《こい》をしてるわ」

「そうですか……そういえば、ジェラルド王子との婚約が内定してたって本当ですか？」

のろけが始まる前に話題を無難なものに変えておく。母親はおっとり頷《うなず》いた。

「そういえばそうだったわねぇ。でも、ジェラルド様がまずご自分で直接申し込みたいって仰《おっしゃ》ったの。私たちもそのほうがいいと思って黙《だま》っていたのだけど……びっくりしたわ、ラーヴェ皇帝《こうてい》陛下に求婚するなんて。あのとき、不敬罪で処刑《しょけい》されてもおかしくなかったのよ？」

うぐっとジルは詰まりつつ、言い訳する。

「へ、陛下は、優《やさ》しい、ので……」

「ふふ。でも、私も聞きたいわジル。どうしてジェラルド王子は駄目だったの？」

ふと、背後の気配が重くなった気がした。殺気ではない、敵意でもない。ただの威圧《いあつ》。ジルは背筋を正した。これはたぶん、前哨戦《ぜんしょうせん》だ。母親はジェラルドの求婚からジルが逃げ出したことに気づいている。

「お母様は、ジェラルド王子のほうがよかったですか」

「それは、もちろん。素敵な王子様だもの。優秀《ゆうしゅう》だから、ハディス君ほど可愛《かわい》くはないでしょうけれど」

「だからですよ、たぶん」

もしハディスが、ジェラルドのようにジルを利用して捨てることに躊躇《ためら》いもない人物だったなら、ジルはハディスの元に残ろうとしなかった。ジェラルドほど優秀だったなら、こんなに必死になることもなかった。

（……なんか、陛下が頼《たよ》りないだけな気がしてきたけど……）

あぶなっかしくて目が離《はな》せない。それは、だからあのひとを離さなくていいという言い訳の裏返しだ。

「好きになっちゃったから、しょうがないです」

「お母様と同じねえ。嬉《うれ》しいわ、なんだか。ジルがそんなふうに言う日がくるなんて」

「なんなんですかもう、お母様までからかう気ですか。みんな、わたしがおかしいみたいに」

照れ隠《かく》しに前を見ると、麓の屋敷が見えてきた。手綱を握《にぎ》って、魔獣の速度をゆるめると、魔獣が綺麗《きれい》に屋敷の隣《となり》にある牧草地に着地する。

「素敵なひとなのね。頑張《がんば》りなさい、ジル」

「応援《おうえん》してくれますか？」

おっとりのんびりして控《ひか》えめな母だが、味方になってくれればこれ以上なく心強い。

「お母様はお父様の味方よ」

ひらりと魔獣からおりた母親は、にっこりとそう笑い返す。だが頑張りなさい、と続いた言葉は、むやみやたらに反対するつもりはない、ということだろう。

そして、これから何かあるぞ、という示唆《しさ》でもあった。

一仕事終えて飛び去る魔獣を見送り、やや青ざめた顔のハディスを支えながら、ジルは別邸の屋敷へと向かう。別邸は本邸よりも客人を招き入れることが多いので、屋敷というより城館に近い。

入り口の前庭から入ると、半円を描《えが》くアプローチ階段が見えた。見あげる高さにあるその階段の上にある人影《ひとかげ》に、目を剝《む》く。

「ロレンス⁉」

ちらと視線を投げたロレンスが、片眼をつぶって唇《くちびる》の前に人差し指を立てる。目を白黒させている間にロレンスの横を通って、もうひとり出てきた。

前に進み出た父親と母親と、そして弟たちが、そろって膝《ひざ》を突《つ》く。

「ハディス・テオス・ラーヴェ皇帝《こうてい》陛下をお連れいたしました」

「ああ、ご苦労」

クレイトス王族にだけ許された青のマントを翻《ひるがえ》し、こちらを眼鏡《めがね》の奥から睥睨《へいげい》しているのは、この国の王太子だ。

頭《こうべ》を垂れている両親たちに驚《おどろ》きはない。知らなかったのは家族の中で自分だけだ。

そのことに気づいて、愕然《がくぜん》とする。

「ようこそ我が国へ、ラーヴェ皇帝陛下。ジル姫《ひめ》も、健勝で何よりだ」

咄嗟《とっさ》に反応できないジルの背中に、大きな手が添《そ》えられた。ハディスの手だ。先ほどまでの青ざめていた顔はどこへやら、悠然《ゆうぜん》と笑い返す。

「わざわざお出迎《でむか》えありがとう、ジェラルド王子」

麓の屋敷に辿《たど》り着くまでは。その期限どおり、ハディスはもう皇帝の顔をしていた。

# 第三章 ⚜ 愛と理の国防

「屋敷の案内を頼《たの》めるかな、サーヴェル伯《はく》。僕も僕の妻も長旅で疲《つか》れていてね」

口調が変わったハディスに、家族は驚いた素振《そぶ》りを見せなかった。

「それは気が利《き》きませんで。お部屋は用意してございますので、息子《むすこ》に案内させましょう。リック、皇帝陛下をお部屋へ。ジル、お前は自分の部屋はわかるね？」

「わ、わたしは陛下と一緒《いっしょ》にいます！」

慌ててジルは声をあげる。本隊がまだ合流していない今、ハディスの護衛はジルだけだ。

「駄目よ、ジル。年頃《としごろ》の女の子なんだから、一緒なんて」

おっとりと母親に制止されてしまった。何も非常識なことは言われていない。だがとても額面どおり受け取る気になれない。アンディの考えなしという批判が今更《いまさら》、胸に刺《さ》さる。

「……そんなに心配しなくても私は何か害意があるわけではない、ジル姫」

遠慮《えんりょ》がちに、ジェラルドから声をかけられた。視線をあげると、ぷいと顔をそらすようにしてジェラルドが母親を見る。

「シャーロット夫人。あなたの母としての心配はもちろんだが、姫もまた皇帝陛下を心配しているだけだ。彼らの部下が到着《とうちゃく》するまで、自由にして差し上げては？」

まさかのジェラルドからの助け船だ。ぽかんとするジルと冷静なジェラルドを見比べて、母親が嘆息する。

「ジェラルド王子がそう仰るのでしたら……」

「ああ。ただ、皇帝陛下。申し訳ないが、少し時間をいただけないだろうか。婚前契約書《こんぜんけいやくしょ》だが私も調印することにした。内容の精査と手続きの確認《かくにん》をしたい。国璽《こくじ》も用意した」

「国璽？　君が？」

怪訝《けげん》な顔をするハディスに、堂々とジェラルドが頷く。

「クレイトス国王代理は私だ。あなた方の婚約も結婚も、私が取り仕切る。サーヴェル家は了承《りょうしょう》済みだ。だが国王陛下は多忙《たぼう》だ。不満なら、時間をとらせることになるが」

国王陛下——南国王と蔑称《べっしょう》される、淫蕩《いんとう》と享楽《きょうらく》に耽《ふけ》るクレイトスの国王ルーファスは、息子のジェラルドに政務を放《ほう》り投げている。おかしなことはない。むしろルーファスにしゃしゃり出てこられるほうが厄介《やっかい》だろう。

「別にかまわないけれど、どういう風《ふ》の吹き回しかな」

「長年の争いに終止符《しゅうしふ》を打つ、またとない機会だ。そちらもそう判断しての交渉《こうしょう》だとばかり思っていたが」

「そうだね。でも、いきなりここまで積極的にこられると驚くのは当然だろう？　これまで色々あったしね」

口調は優しげだが、ハディスは挑発《ちょうはつ》的に笑っている。しかし対するジェラルドはどこまでも冷静だった。

「お互《たが》い様だ。私だとて、南国王がいなければ、和平など考えなかっただろう」

あ、とジルは小さく声をあげた。それは、違《ちが》う未来でジェラルドを見ていたからこそ納得《なっとく》できてしまう理由だった。

ジェラルドがラーヴェ帝国をひっかき回していたのは、必ずくる現国王との代替《だいが》わりの際に裏をかかれないためだ。現国王――父親とジェラルドの対立は根深い。ラーデアで父親を切り捨てようとしていたことからもわかる。

「最近はおとなしかったんだが、どうも竜妃《りゅうひ》という存在にいらぬ刺激《しげき》を受けたようだ。また暴れ出す前に、早急に手を打ちたい」

ちらっと目を向けられた。反論はしない。ラーデアで起こった事件は様々な要因が組み合わさっていたが、ルーファスの目当ては竜妃を確認しにくることだった。

「そういう意味で、手を組む利があると判断した。おかしくはないだろう」

つまり、ジェラルドは対ラーヴェ帝国から対国王に、重点を切り替えたのだ。

「こちらの内情くらいそちらも把握《はあく》しているだろう。あなたの異父兄《いふけい》はとても優秀《ゆうしゅう》だ」

そしてジェラルドはラーヴェ皇族の血統にまつわるごたごたを把握していることも、ヴィッセルとつながっていたことも、隠そうとはしない。腹の内を明かしている。

「敵の敵は味方、ということか」

「理にかなっているだろう。理《ことわり》の竜神の得意分野だ」

皮肉は返すが、味方だと答えている。ハディスが検分するように目を細めた。

「愛の女神《めがみ》の末裔《まつえい》から、理を示されるとはね」

「気に入らないようなら訂正《ていせい》するが。国を守るのは愛にもとづく行為《こうい》でもある」

「ジルを諦《あきら》めたとでも？」

直球なうえに、いきなり個人的な問いかけだ。ここで聞くことかと、矛先《ほこさき》を向けられたジルのほうがはらはらしてしまう。

だが呆《あき》れるかと思ったジェラルドは、いったん口を閉ざし、慎重《しんちょう》に答えた。

「……彼女は、我が国に必要な人材だと思っている。今もそれは変わらない」

困惑《こんわく》するジルの横で、ハディスが鼻で笑った。

「王太子がわざわざラーヴェ帝国まで迎《むか》えにきたくらいだからね」

「それでも駄目《だめ》だった。なら、身を引くしかないだろう」

これには驚いたのか、ハディスが口をつぐんだ。

おそるおそる、ジルはジェラルドを見あげた。ほんの一瞬《いっしゅん》、視線が交差した。なのにすぐ眼鏡を持ち上げる素振りで、ジェラルドはジルから視線をそらす。

「彼女が幸せだというならば、それでいい。だから私がここにいる。サーヴェル伯にもその意向は伝えてある」

「それを信じろと？」

「信じてもらうしかない。和平を実現させるためには」

毅然《きぜん》と言い切るジェラルドの顔を、ジルはよく知っていた。だからこそ困惑する。

「改めて歓迎《かんげい》する、竜帝陛下、竜妃殿下《でんか》。クレイトス王国へ、ようこそ」

腹をくくった、王太子の顔だ。何年も見てきた。だからわかってしまう。

(本気だ、ジェラルド様)

踵《きびす》を返し、ロレンスを伴《ともな》って屋敷《やしき》に入っていくジェラルドに、両親が深々と頭をさげる。

もしこれから国王と王太子の争いが激化するなら、国境を守るサーヴェル家も情勢を把握しておかねばならない。そして両親は、ジェラルドを支持するつもりなのだろう。

「陛下……まるっきりの、嘘《うそ》じゃないと思います」

国王と王太子の不仲は誰《だれ》しもが知るクレイトスの地雷《じらい》だ。そっとジルが隣《となり》から小さな声で進言すると、さめた口調でハディスがつぶやいた。

「……そうくるか」

「え？」

「なんでもないよ、ジル。……うん、そうだね。色々あちらもあるようだ」

「はい。信じるかどうかは、内情をさぐってからでも遅《おそ》くないはずです」

それが結婚、和平の一歩にもなるだろう。ハディスはもう一度そうだねと頷《うなず》いてくれた。

婚前契約書の内容を説明しにジルとハディスの前に現れたのは、ロレンスだった。

てっきりジェラルドがくると思って緊張気味《きんちょうぎみ》だったジルは、拍子抜《ひょうしぬ》けする。

「ジェラルド王子じゃなくて安心した？」

猫脚《ねこあし》の低いソファに並んで座っているハディスとジルの前に書類を広げながら、ロレンスが見透《みす》かしたように言う。ジルは慌《あわ》てる。いくらなんでもここで肯定《こうてい》は不敬だ。

「そういうわけじゃない、ですけど」

「大丈夫《だいじょうぶ》だよ。心当たりはさっぱりないけれど、君にすさまじく嫌《きら》われていると、ジェラルド王子は自覚しているから」

そう言われると気まずい。黙《だま》ったジルに、ロレンスがくすくす笑う。

「ああ、責めているわけじゃないんだ。俺は、理由がわからないあたりがあの王子の駄目なところだと思ってるし……」

「お前……ジェラルド王子の部下のくせに」

「なら、理由を説明してくれないかな。部下としては主《あるじ》の欠点は早めに改善したい」

そう言われても困る。ジルは今のジェラルドに何かされたわけではないのだ。

ベイルブルグやゲオルグの一件はあるが、あくまであれは国策としてラーヴェ帝国にしかけられたものだ。ジル個人への嫌《いや》がらせではない。ジェラルドからすれば、なぜジルがこんなに嫌うのか、心当たりがなくて当然である。

かといって人生をやり直すことになったあれこれを忘れることはできないので、感情の按配《あんばい》が難しい。

「……相性《あいしょう》が悪いってことにしといてください」

「なるほど、毛嫌い。見込みは絶望的だね。身を引いて正解だ」

身を引く。あの王子様が――想像すると、なかなか居心地《いごこち》が悪くなる単語だ。これなら捨てられたほうがましだったかもしれない。

「ジェラルド王子は僕の妻を諦めたのに、理由を知る必要性が？」

さりげなく横から口を出したハディスに、ロレンスが咳払《せきばら》いした。

「失礼しました。では説明を。そちらから頂いた草案を元に、サーヴェル家の意向も取り入れていくつか条項《じょうこう》を加筆しています。たとえば、ジル嬢《じょう》のサーヴェル伯《はく》の継承《けいしょう》権の完全放棄《ほうき》。その子どもも、孫も、永遠にサーヴェル伯を継《つ》ぐことはない」

ラーヴェ帝国《ていこく》に嫁《とつ》ぐなら、当然の話だ。そもそも現状でジルに継承権が回ってくる可能性も限りなく低い。だが改めて正面から説明されると、故郷を追い出されるような気持ちになるのはなぜだろう。

「当然だね。僕は問題ないよ」

「この契約《けいやく》書を交《か》わしたら正式にジル嬢は皇帝陛下の婚約者となり、以後、ジル嬢もクレイトス入国の際はラーヴェ帝民と同じ審査《しんさ》と許可が必要になります。たとえ目的が帰郷であってもです。よろしいですか？」

「は……い」

ロレンスにうながされ、ジルは頷く。ハディスもあっさり頷き返した。

説明はどんどん次に移っていく。難しい話ばかりだ。なのにどれもが、先ほどジェラルドの訪問を知らなかった自分を思い出させる。

(……増えていくんだろうな、ああいうこと)

ロレンスの説明にハディスはひとつひとつ頷いている。だから必要なことなのだろう。

「次は手続きですが、古い文献《ぶんけん》に前例がありました。三百年ほど前、ラーヴェ皇帝にクレイトスから嫁いでいる女性がいます。そのときの形式に則《のっと》るのがよろしいかと」

「……国璽《こくじ》まで持ち出してきたのはそのせいか。だが、あれは確か休戦条約も兼《か》ねていたからだろう。今回、そこまで必要か？」

「今回も似たようなものでしょう」

ハディスは嘆息《たんそく》で答えた。反対はしないらしい。確かに国璽が押されていたほうが、契約としては一層強固になるから、喜ばしい。だが。

「……あの……国璽なんて持ってきてましたか、陛下？」

そんな大事なものを持ち出したなら、出発の際にリステアードから死ぬほどしつこく注意を受けそうなものなのに、あいにくそんな記憶《きおく》はない。だが、ハディスは頷いた。

「あるよ。持ってる」

「でしょうね。竜帝陛下なら絶対に、本物をお持ちのはずだ」

ロレンスの意味深な言い方に、ぴんときた。

「ひょっとして、天剣《てんけん》ですか」

「そうだよ。普段《ふだん》は見えないんだけどね、柄《つか》の底に竜帝の血に反応する刻印がある。その型をとったのが国璽だから、僕は常に国璽を持ってる。でもジェラルド王子は違《ちが》うだろう？」

「そちらも同じだと思いますが、普段は型を取った印を使っています。国璽を押す書類なんて山ほどあるのに、いちいち武器で判を押すわけにはいきませんからね」

「ということは、クレイトスの国璽の型は、聖槍《せいそう》にあるんですか？」

ジルの疑問に、ロレンスは首を横に振《ふ》った。

「国王陛下が持っている剣のほうにある。あれは女神クレイトスから授《さず》かった護剣だから」

それは、偽《にせ》の天剣のことか。眉《まゆ》をひそめたジルに、ロレンスが続ける。

「天剣を真似《まね》た結果だろう。当然、ラーヴェと国璽の型は違うけれど。――ということでジェラルド殿下は本物の国璽をお持ちですよ。ご安心ください、皇帝陛下」

「まあいいよ。確かに国璽で押印するほうが、あとでひっくり返されずにすむ。至《いた》れり尽《つ》くせりなのが不気味なだけでね」

「では、南国王に交渉《こうしょう》なさいます？」

にこりと聞き返され、ハディスは黙った。ラーデアの一件《いっけん》で、話が通じそうにないことはジルにもわかる。

「別に信じろとは俺は言いません。ですが感謝するふりくらいはしたほうが得策ですよ。でないと困るのは、間に挟《はさ》まるサーヴェル家だったでしょう」

あ、とジルはつい声をあげた。

「では、俺はこれで。修正はまたあとでお持ちしますので、確認《かくにん》をお願いします。それで問題がないようでしたら、調印は明日の予定です」

「……本当に手際がいいことだ」

ハディスがつまらなそうに言う。

「ジェラルド王子が手を回してましたから。あのひと、仕事は早いですよ。そう、夕食会も予定してますが、どうします？　欠席ですか」

そこには家族もジェラルドも出席するのだろう。事前交流みたいなものだ。

「どうしたい、ジル」

ハディスの返事を待っていたら、先に尋《たず》ねられた。驚《おどろ》いたジルはハディスを見る。にこっと笑い返された。

なぜかためされている気になって、背筋が伸《の》びる。

「出席します。――そうでないと、失礼でしょう。さすがに……」

「だって。よかったね」

水を向けられたロレンスは眉を動かしたが、すぐ元の笑顔《えがお》に戻《もど》った。

「では、出席と伝えておきます。これを機に少しでも交流がはかれるなら、こちらとしても嬉《うれ》しいですよ」

「そうだね、楽しそうだ。ジェラルド王子によろしく伝えてくれ」

テーブルの上の書類をまとめて、ロレンスが立ち上がった。

「そういえば本隊がそろそろ到着《とうちゃく》する頃《ころ》じゃないですか？　カミラさんとジークさんはそっちにいるのかな、竜妃殿下《りゅうひでんか》」

「あ、ああ。いるはずだ」

「そう。じゃあ挨拶《あいさつ》に行こうかな。では失礼します、皇帝陛下」

「あ、あの！」

　つい、ジルは立ち上がった。

「わ、わたしも、夕食会の前に家族と話したい……んだが、動いていい、でしょうか」

　どの立場で発言すべきか正解がわからず、口調がおかしくなってしまう。ロレンスはきょとんとしたあと、すぐ苦笑いを浮《う》かべた。

「ご自由に。ここは君の実家じゃないか。遠慮《えんりょ》しなくていい」

「そ、そうですけど。でも……あとで何か変な話になったりしないか」

「なるほどね。でも、クレイトス側としては問題ない。ジェラルド王子もそう言うよ。あとは君の皇帝陛下がどう判断するかだね」

　そこで意味深にロレンスはハディスを見た。ジルもつられてハディスに視線を向けようとして、すぐ視線がぶつかったことに驚いた。ずっとジルを見ていたらしい。

（え、なん、だろう。夕食会、やっぱり嫌だったのか？）

　何かおかしなことをしただろうか。ジルに見返されたハディスは長い睫《まつげ》を少しおろして、儚《はかな》く微笑《ほほえ》む。

「いっておいで」

「だ、大丈夫《だいじょうぶ》ですか……？」

「うん。僕は部屋で休んでるよ。……実は今になって再度、魔獣《まじゅう》の酔《よ》いが回ってきて……」

「だめじゃないですか！」

まさか、皇帝らしく振る舞うためにやせ我慢《がまん》していたのか。

再び血色が悪くなったハディスを慌《あわ》ててジルは寝台《しんだい》に放《ほう》りこむ。「夕食会は欠席かな」など と笑いながら、ロレンスも看病の準備を手伝ってくれた。


夕方頃《ごろ》、本隊到着の予定を知らせに馬で先着したふたりの竜妃の騎士《きし》は、寝台でうんうん唸《うな》っているハディスを見て言った。

「……まあ、予想はしてたけどねぇ。陛下だもんねぇ」

「求婚《きゅうこん》しにきた相手の実家でぶっ倒《たお》れるって、肝《きも》が据《す》わりすぎだろ」

感心と呆《あき》れを半々にしているカミラとジークは、ハディスの護衛としても信用できる。

これでジルがべったりひっついている必要もないだろう。

「陛下をまかせていいですか。夕食会があるらしくて……陛下はこれじゃあ無理ですけど、わたしだけでも出席したほうがいいと思うんです。ジェラルド様もきてるから」

「あ？　あの眼鏡《めがね》王子か、マジかよ」

「それ大丈夫なの、ジルちゃん」

途端《とたん》に目が剣呑《けんのん》になるふたりは、一度ベイルブルグでジェラルドと対峙《たいじ》している。ここでぶり返されては困ると、ジルは慌てた。

「だ、大丈夫です。実家のことも大ごとにせず陛下と結婚できるよう手はずを整えてくれたみたいで、敵意は感じません。どうも、南国王が関係しているようです」

「……あの、ラーデアを半壊《はんかい》させたやつか」

ジークが顔をしかめる。ジルは頷《うなず》いた。

「あちらの対処のために、こっちと手を組むと判断したんでしょう。待遇《たいぐう》の良さに戸惑《とまど》いはしますけど、今のところは問題ないです」

「ならいいけど。やたらめったら疑っても疲《つか》れそうだしねぇ」

「もちろん、警戒《けいかい》はします。ロレンスもいますし」

ジェラルドがロレンスをつれてきたのは、身分がそう高くなく、使い勝手のいい部下だからだ。だがジェラルドに重用されているのも事実である。一時期ロレンスと行動をともにしていたふたりなら、意味は伝わるだろう。

カミラが意味深に口の端《はし》をゆがめた。

「あの狸坊《たぬきぼう》やね。挨拶しなくちゃ」

「……向こうも挨拶したがってましたよ。でも喧嘩《けんか》はふっかけないでくださいね」

「状況《じょうきょう》はわかった。とりあえず、今は問題ないってこった。ってことは仕事はいつもどおりだな。皇帝陛下《こうていへいか》の介護《かいご》だ」

大雑把《おおざっぱ》だが本質は逃《のが》さないジークが、椅子《いす》にどっかり座る。カミラが微苦笑《びくしょう》を浮かべた。

「アタシたち騎士なんだけどねえ。でも夕食会って、支度《したく》は大丈夫なの、ジルちゃん」

「そんなに格式ばったものじゃないので、平気です。こっち側の人手がたりないでしょう。まだ本隊は到着してないですし……」

そもそもジークとカミラの到着が予定よりずいぶん早いのだ。ジェラルドの手配で、転送装置を使わせてもらえたからである。だが荷物の関係で、到着の前触《まえぶ》れも兼《か》ねて本隊より先行する形になったのだと聞いた。

「大丈夫ですよ、実家ですから」

嚙《か》みしめるように言うと、カミラが頰《ほお》に人差し指を当てて考えた。

「まあ……いいのかしら？　スフィアちゃんには叱《しか》られそうだけど」

「う。非常事態だということで、見逃《みのが》してもらえれば……」

「ジル……」

もぞり、と布団《ふとん》の中からハディスが青い顔を覗《のぞ》かせた。目を覚ましたらしい。

「陛下。大丈夫ですか」

「だめ……今になって、山道とか罠《わな》とかいっぱい思い出して、もう……！」

「それ、ほぼ隊長のせいじゃねーか？」

「だから言ったでしょージルちゃん、陛下に無茶させちゃ駄目《だめ》って」

「――疲労《ひろう》がたまっちゃったんですね！　ゆっくり休んでください！　わたしはちょっと偵察《ていさつ》にいってきますので！」

ハディスの顔に布団をかぶせ直して、ジルは部屋を辞した。ひどい、とか聞こえた気がするが扉《とびら》を閉ざせば聞こえない。

だが廊下《ろうか》を歩き出したところで、すぐ扉が開いてカミラが出てきた。

「ちょっと待って、ジルちゃん。アタシも一緒《いっしょ》に行くわよ」

「大丈夫ですか？　陛下の看病、ジークひとりで」

「ああ見えてジークは陛下のお守《も》りうまいわよん。それに、あーんな厳《いか》つい顔が動き回ると威《い》圧《あつ》になっちゃうでしょ。適材適所。ジルちゃんのご家族にも挨拶したいし――それに、ジルちゃんは竜妃なんだから」

不意打ちで告げられた立場に、ジルは黙《だま》った。目ざといカミラにはすぐ気づかれる。

「あらやだアタシ、変なこと言った？」

「いえ。……わたし、竜妃、なんだなあと思って。今更《いまさら》なんですけど……」

「え、何。陛下、捨てたくなっちゃった⁉」

「なんでいきなりそうなるんですか、縁起《えんぎ》でもない！　そうじゃなくて……教えてもらえなかったんですよ、ジェラルド様がきてること」

おそらくリックとアンディの仕事は、ジェラルドの伝令役だ。だからジェラルドが本隊より先にやってきたジルたちに対応できた。先手を取るには大事なことだ。

「わたしはもう、サーヴェル家の娘《むすめ》じゃないのかな、とか思ってしまって……」

「それは嫁《とつ》ぐ先がラーヴェ帝国だからだよ、ジル姉」

階段の上から声が降ってきた。見あげたカミラがまばたく。

「……双子《ふたご》？」

「わたしの弟です。右わけがリック、眼鏡をかけてるほうがアンディ」

「お、ひょっとして竜妃の騎士ってやつ⁉」

リックが階段の手すりを跳《と》び越《こ》えて廊下におりた。と思ったら、勝手にカミラの手を取って、ぶんぶん上下に振《ふ》る。

「初めまして、ジル姉が世話になってまーす。おねーさん？　おにーさん？」

リックに笑いかけられ、あっけにとられていたカミラはすぐに持ち直したようだった。

「カミラおねーさんでお願いするわ。ほんと、そっくりねえ」

「こいつと同じにはされたくないですけどね。俺はアンディといいます。粗忽《そこつ》な姉がお世話になってます」

「誰《だれ》が粗忽だ！」

「ジル姉だよ」

階段をおりてきたアンディにさらっと断言された。

「皇帝陛下、倒れたって話じゃないか。ジル姉が無理に試練の道を通らせたからでしょ」

「そ、それは……いや、それだけじゃないと思う！　異国で、疲れが」

「しかも手順を間違《まちが》えて無効って聞いた。ほんと目先のことに確認《かくにん》なしに飛びつく癖《くせ》、直したほうがいいよ。機動力は大事だけどね。夕食会とかもどうせ想定してなかったんでしょ？　母様が呼んでる。支度させるって」

え、とジルは一歩引いた。

「か、格式ばったものじゃないって聞いたけど」

「常識で考えなよ。王太子殿下《でんか》がいるんだよ。サーヴェル家として許せるわけないだろ。俺たちも窮屈《きゅうくつ》な格好させられるんだから」

「そーそー、ジル姉もちゃんとしてもらうぜ。弟が正装すんのに姉が逃《に》げるとかないない」

サーヴェル家のご令嬢《れいじょう》。姉。耳慣れた立場に、ふっと心が軽くなった。アンディもリックもよく知っている弟の笑顔《えがお》だ。

「しかも、王太子殿下の求婚を蹴《け》って国王陛下にまで目をつけられてるときたらね。少しは母様と父様を思いやりなよ」

「それなー。なんでそんなにもててるんだよ、ジル姉。変な魔術でも完成させたのか」

「本当にお前たちは口が減らないな。……わかった。お母様の人形になってくる」

母親は可愛《かわい》い物好きだ。リボンとフリルのついたさぞかし重たそうなドレスが待っているだろう。口の減らない弟たちは、からから笑ってそうしたほうがいいと同意する。

「どんなおうちかと思ってたけど。仲がいいのねージルちゃんたち」

くすくす笑ってカミラがそう言った。それでリックが振り向く。

「そーだ、おねーさんはどうする、夕食会。ジル姉に護衛がいるとは思えねーけど」

「リック、喧嘩を売っているなら買うぞ」

「んーどうしようかしらねえ。家族の団らんを邪魔《じゃま》するのは野暮《やぼ》かしら？」

「あれ、カミラさんひとりですか？」

今度は廊下の奥からロレンスが顔を出した。カミラが振り向いて手を振る。

「お久《ひさ》し振《ぶ》り〜狸坊や」

「……そのあだ名、変更《へんこう》にならないんですね。ジークさんは？」

「陛下の護衛。あらやだ、背が伸《の》びた？　成長期ねえ」

気さくに笑ったカミラが、ロレンスの頭のてっぺんをぽんぽん叩《たた》いている。ロレンスは笑いながらその手を振り払《はら》った。

「ちょうどよかった。皇帝陛下の夕食をどうしようかと相談したいんです。部屋まで運んだほうがいいですか？」

「あーそうねえ」

打ち合わせを始めたふたりにも、なんだか懐《なつ》かしくなってしまう。ジルは先ほど弟たちがおりてきた階段の手すりをつかんだ。

「ロレンスと打ち合わせをお願いします、カミラ。わたしはお母様のところへいくので。夕食会に出るのは家族とジェラルド様くらいですから、わたしのことは気にせずにカミラたちも夕食とってください」

「そう？　なら、ジークと一緒にロレンス君にたかっちゃおうかしら」

「ははは、お断りします」

「陛下のこと、お願いしますね」

それだけ言い置いて、階段をあがる。にぎやかな陛下の声を聞いていると、なんだか知らず笑えてきてしまった。

ロレンスだけではない。カミラとジークは、かつての未来で弟たちとも面識があった。それがまた違う形で再会を果たすのだから、運命とはわからないものだ。

（ずっとこんなふうにいられたらいいな）

ちゃんと別邸《べってい》の造りだって覚えている。大丈夫《だいじょうぶ》だ。竜妃《りゅうひ》、サーヴェル家の令嬢、敵国、故郷、それぞれの立場に少し慣れなくて混乱しただけ。そう思うと、足取りが軽くなってきた。

行く先で、ふっとひとつ影《かげ》が現れる。

「あ……」

つい声をあげてしまったジルに、すれ違いかけていた人物も遅《おく》れて顔をあげた。

ジェラルドだ。書類を読んでいてこちらに気づいていなかったらしく、少し驚《おどろ》いた顔をしている。だがすぐに顔を伏《ふ》せるようにして視線をそらした。

そのまま目礼のような仕草だけして、ジルとすれ違おうとする。

――嫌《きら》われていると、自覚している。

ロレンスの言葉が蘇《よみがえ》った。結構なことだ。嫌うだけの理由が、ジルにはある。

だが今の、ジェラルドにはない。そう思った瞬間《しゅんかん》、声をあげていた。

「あの、ジェラルド様！」

答えはなかったが、足は止まった。ゆっくり、黒曜石の瞳《ひとみ》がこちらを見る。

苦さと、懐かしさがこみ上げた。

いつも冷静なひとだった。国王代理の重責を負って、弱音ひとつ吐《は》かない。甘い笑顔を見せるのは、せいぜい溺愛《できあい》する妹にだけ。

それでもたまにジルに対して、どう接していいかはかりかねているような、困った顔をすることがあった。そのときと同じ顔だ。

「お忙《いそが》しいところすみません。もしよろしければ、散歩でもしませんか」

「……散歩？　なんのために」

「お礼を言いたいんです」

だからジルも困らせないように、笑ってみせた。


適当に本棚《ほんだな》から本を引っ張ったが、中身は子ども向けの聖典だった。竜帝《りゅうてい》が休む部屋に女神《めがみ》の教えを諭《さと》す本を置くとは、なかなか気が利《き》いている。こういうところに敵意や本音が透《す》けるものだ。寝台脇《しんだいわき》の本棚に聖典を返しながら、ジークは尋《たず》ねた。

「で、なんのための仮病《けびょう》だ？」

起きているという予想は当たった。布団《ふとん》の中から、声が返ってくる。

「仮病じゃないよ。気分は最高に悪い。起きてたくない。何もしたくない」

「なら引きこもりか。なんか嫌《いや》なことでもされたのか」

「別に。みんな親切だよ。ただ予想してた中で最悪の展開。全然、僕の理想じゃない……」

これはストレスによる体調不良だな、とジークは判断した。

「嫁《よめ》さんの実家へのご挨拶《あいさつ》とか、そんなもんだろ」

「お土産《みやげ》だって、いっぱい準備したのに。ご挨拶だっていっぱい考えたのに。早くラーヴェに帰りたい。相手にするならうるさい兄上たちのほうがまだましだよ……」

「もう少し我慢《がまん》しろよ。隊長の実家なんだから」

「わかってるよ。……帰りたいとか、安心する気持ちはわかるようになったから」

ラーヴェ帝国にいる上のきょうだいが聞いたら泣き出しそうだ。

ごろんと寝返《ねがえ》りを打ってこちらを向いたハディスが、上目遣《うわめづか》いでこちらを見る。

「それより、ちゃんと合流できた？」

「ああ、そろそろこっちに着くだろ。しかしなんでまた、こんな不意打ちみたいな真似《まね》をするんだ？」

「不確定要素は多いほうがいい。どうしたってここは向こうに有利な戦場だから。奇襲《きしゅう》をかけないと負ける」

方針は納得《なっとく》できる。具体的には何をしようとしているかが、さっぱりわからないだけで。

「夕食会に間に合えばいいけどね」

「で、肝心《かんじん》の皇帝様が夕食会は欠席で本当にいいのか？」

尋ねながら、ふと窓の外に人影《ひとかげ》をふたつ見つけて、目を剝《む》いた。よりによってそのタイミングで、ハディスがのそりと起き上がる。

「そうだな。状況《じょうきょう》によるけど着替《きが》えるのも面倒《めんどう》だし……どうしたの」

乱暴にカーテンを閉めたジークは、ぎくりと振《ふ》り返る。

「いや。日の光がまぶしいかと」

「……。外に何があるのかな？」

にっこり笑顔を向けられて、ごまかせないことを悟《さと》った。腹をくくったジークは、閉めたばかりのカーテンを開き直し、釘《くぎ》を刺《さ》す。

「早合点《はやがてん》してキレるなよ。大人なんだから」

立ち上がったハディスが、窓際にきた。

こういうとき、ぴくりとも表情を動かさないのがこの皇帝の怖《こわ》いところだと思う。何を考えているのかわからない。

「……大人だと、早合点してキレない？」

「そうだ。どういう状況かわからんだろ。息を吸って吐いて、まず落ち着け」

「でないと嫌われる？　……ちょうどいい」

「――ってぉい！　ああもう！」

踵《きびす》を返したハディスが早足で部屋から出て行く。慌《あわ》ててジークはそれを追いかけた。こういうときに限って、なだめ役の相棒がいない。そしてジークは今回、ジルをあまり当てにしてはいけないと思っている。

なぜならここは故郷だ。いくら敵陣《てきじん》だと思えと言ってもできないだろう。現に、手を結ぼうというなら真っ先に持ちかけるべき竜帝と竜妃に魔力《まりょく》を戻《もど》す話もないという、ジークにとっては明白な矛盾《むじゅん》にも、ジルは気づいていない。いつもの彼女ならきっと気づいただろうに。

そして竜妃があやういのと連動して、竜帝もあやうさが増している。嫌われるとわかっていて向かうなんて、ろくでもないことを考えているに違いない。

あいたカーテンの向こう、窓の下では、敬愛する隊長と敵だと認識《にんしき》している王子が、呑気《のんき》に散策していた。

屋敷《やしき》の構造はジルのほうが詳《くわ》しい。きたのとは別の階段からおりて裏口に回れば、人気《ひとけ》もなく静かなものだった。ただし、屋敷に沿って歩く。暗殺疑惑《ぎわく》などかけられてはたまらない。

ジェラルドは静かについてくる。

社交的で説明もうまいのに、雑談というのがあまり得意ではない、と聞いたのはいつだったか。以前の今頃《いまごろ》か、もっと先だったか。

「今回はありがとうございます、色々手配して頂いて」

「……礼を言われるようなことではない」

だから会話が途切《とぎ》れやすい。これも以前と同じだ。

「どうしてそんなによくしてくださるんですか」

「君が気にすることでは――」

「わたしはずいぶん、ジェラルド様に失礼な態度をとっています。初対面で逃《に》げましたし」

木漏《こも》れ日の下で少しうしろを振り返ってみると、ジェラルドが嘆息《たんそく》した。

「……やはり、逃げられたのか。私は」

傷ついたというよりは、納得のいく回答を得た、という顔だ。

「なら私も聞きたい。なぜ、逃げたのか……何かよからぬ噂《うわさ》でも聞いたのか」

「そこはもう、相性《あいしょう》が悪かったということにしておいてください」

「相性」

眉《まゆ》をひそめて繰《く》り返す王子様に、ジルは真顔で頷《うなず》き返す。ここで『お前たちの禁断の関係を知っているからだ』などと口にするほど馬鹿《ばか》ではない。それこそ、いつからああいう関係だったのかジルは知らないし、知りたくもない。

「それは……生理的に駄目《だめ》とかそういうこと、だろうか」

気難しい顔で、繊細《せんさい》なことを尋ねられた。うーんとジルは考えこむ。

「そういうわけじゃないんですが。……ええと、ジェラルド様にはフェイリス王女様がおられますよね。とても仲が良いと聞いています」

ジェラルドはそれでもとは食い下がらないはずだ。事実、返答に困っている。

「そうですよ。わたし、嫉妬《しっと》深《ぶか》い女なんです」

そういうことにしておくのが平和な気がした。ジェラルドはそれでもとは食い下がらないはずだ。


（それに、この反応。……ジェラルド様は聞いていないんだな、フェイリス様から）

ジルがやり直していること。かつて、このひとの婚約者《こんやく》だったことを。

「わたし、フェイリス王女は苦手なんです」

「フェイリスが……？」

信じられない、というような顔で見られて、なぜか得意になった。胸を張って頷く。

「はい。はっきり言えば嫌いです。敵だと思ってます。ほら、相性が悪いでしょう？」

しばらくジェラルドはまじまじと信じられないものを見るような顔をして——それから、不意に、小さく笑った。

これにはジルのほうがぎょっとする。

「そんなことを堂々と口にするなんて、度胸がある」

ゆるめた頬《ほお》には十五歳という年齢《ねんれい》相応の、無邪気《むじゃき》さがあった。

「ありがとう。わざわざ説明してくれるとは。気を遣《つか》わせてしまったな」

「えっ？　いえ、別に、そんな、ことは……」

「いずれにせよ、ロレンスの言うとおりだとは、わかった」

このひと、こんなふうに笑うのか。知らなかった。

その衝撃《しょうげき》から抜《ぬ》けきらないジルを置いて、ジェラルドが優《やさ》しい口調で尋ねる。

「クレイトス出身ということで、ラーヴェ帝国《ていこく》で何か理不尽《りふじん》な目に遭《あ》ったりは？」

「な、ないですよ。そんなこと」

「そうか。ならよかった」

何かつけこむ気かと身構えてしまったので、あっさり頷かれると調子が狂《くる》う。慌てて顔をそむけ、先に歩き出した。

「とにかく、そんなに気遣《きづか》ってくださらなくて大丈夫《だいじょうぶ》です。そんなふうにされると、その、なんだか気まずいので……」

「迷惑《めいわく》、ということだろうか」

「いやそこまでは！　ただ気を遣いすぎというか……別にラーヴェにクレイトスの人間が嫁《とつ》ぐのが初めてってわけじゃないんでしょう？　三百年前にもあったってさっき聞きました」

うしろからゆっくりついてきていたジェラルドの足が止まった。ジルは振り向く。

「それは、ロレンスが？」

頷くと、ジェラルドが目を細めた。

「余計なことを」

「……なんですか。何かあるんですか」

尋《たず》ねながら、ジルはふと気づく。

三百年前。

ラーヴェ帝国で、天剣《てんけん》がなくなったときだ。そのとき、竜神《りゅうじん》の血統がラーヴェ皇族から失われたのではないか——そういう推測を、聞いたことがある。

「……聞いて楽しい話ではないと思うのだが」

これは何かあったと言っているも同然だ。逆に気になる。

「かまいません。教えてください」

肩《かた》から息を吐《は》き出して、ジェラルドがまっすぐジルを見た。

「三百年前、和平の証《あかし》として当時のクレイトス国王の王女がラーヴェ皇帝……竜帝に嫁いだ」

「クレイトス王族の姫君《ひめぎみ》が、竜帝にですか？」

「ああ。まだ十にもならない年齢で嫁いだらしい。竜帝はすでに二十歳《はたち》前後で、竜妃《りゅうひ》もいた。正真正銘《しょうしんしょうめい》の政略結婚《けっこん》だ。だが、結婚生活は十年ともたず王女は離縁《りえん》され、同時に休戦条約も破棄《はき》された」

それが前例か。

（ロレンスのやつ、わざわざ持ち出したな）

ものすごい顔になったジルに、ジェラルドが気まずそうに付け足す。

「だから、聞いて楽しい話ではないと言った」

「わかってます。聞き出したのはわたしですし。でも、それ……」

よく女神《めがみ》が許したな、と言うのはやめておいた。その王女が女神だった可能性もある。それに三百年前だ。今と状況《じょうきょう》も違《ちが》うだろう。

「……こちらのことではないから詳細《しょうさい》は残っていないが、クレイトスの王女にとって、ラーヴェ帝国での生活はあまり幸せなものではなかったようだ」

途中《とちゅう》で言葉をにごしたジルのあとを引き継《つ》ぐように、ジェラルドがつけたした。ああ、とジルは言いたいことをつかむ。

「だからわたしが理不尽な目にあってないか、気にしてくださってるんですね」

「クレイトスの間諜《かんちょう》だと疑われてもおかしくない立場だろう」

「大丈夫ですよ。そんな奴《やっ》らは蹴《け》り飛ばしてやります」

「……そういえば、君は聖槍《せいそう》を折るような少女だったな」

眼鏡《めがね》を押しあげたジェラルドは、迷うようにいったん言葉を切った。

「ひとつだけ。君は、君の家族がどれだけ心配しているかは、理解するべきだ」

真剣《しんけん》な口調に、わずかにジルはたじろいだ。大袈裟《おおげさ》な、と笑えない空気があった。

「三百年前、嫁いだクレイトスの王女も幼いとはいえ、魔力は当然強かった。君より強力な後ろ盾《だて》もあった。だが、うまくいかなかった」

「……状況が違います。わたしは、竜妃として嫁ぐわけですし」

「竜妃も離縁のごたごたで死んでいる。竜帝に嫁いだ女性は、多くが不幸になりがちだ」

「そ、それはクレイトス側の迷信でしょう」

さすがに聞き捨てならずにジェラルドをにらむ。

ふとジェラルドが頬に自嘲《じちょう》を浮《う》かべ、軽く首を振《ふ》った。

「……駄目だな。身を引くと宣言したのに、つい口を出してしまう」

「え……」

「未練だな」

つぶやいてから、ジェラルドがジルの横を通り過ぎた。

「気にしなくていい。三百年前のようにはさせないために、私はいる。それだけだ」

ジェラルドが木漏れ日の下を再び歩き出した。

反発し損《そこ》ねた中途半端《ちゅうとはんぱ》さが気まずい。ジルはそのうしろに続く。

「それは、こちらの台詞《せりふ》です。絶対、三百年前みたいにはなりませんから」

「なら目的は同じというわけだ。それで？　話は終わりか」

「……。竜帝と組もうと思うほど、ひどいんですか。国王陛下の動き」

今、共有しておきたい情報はそこだ。ああ、と背中でジェラルドが答える。

「武器や兵を集めていると情報が入っている」

「まさか、反乱ですか」

「国王が、自国で？」

嘲笑《ちょうしょう》気味に尋ねられて、眉《まゆ》をよせる。確かに、国王は反乱を起こす側ではない。

「じゃあ、まさかラーヴェ帝国と開戦を狙《ねら》って……」

「可能性はあるが、断言はできない。ラーデアで対峙《たいじ》したのならば、わかるだろう。あれの目的は常に自分の享楽《きょうらく》だ。自分が楽しければ、それでいい。そんなものに国民を巻きこむわけにはいかない」

そう語るジェラルドの背中は、よく知っている背中だった。父親から、竜神から、竜帝から、この国を守るのだと歩く姿。

そしてジルが知るかつての未来で、ジェラルドは自らの手で父親を討《う》った。

（……もっと先の話だ。でもサーヴェル家も無関係じゃない……）

なぜならその内乱の少し前、両親は戦死している。

ラーヴェ帝国軍との戦いの最中だった。殺したのは南国王だとジルは聞いている。無謀《むぼう》な作戦に反対したサーヴェル家当主を、ラーヴェ帝国軍が攻《せ》めてくる中で南国王はうしろから斬《き》り捨てたのだ。ラーヴェ帝国軍も驚愕《きょうがく》した凶行《きょうこう》だった。そして、南国王の凶刃《きょうじん》から部隊を逃《に》がすため足止めした当主夫人もその戦場で斬り殺されたと、ロレンスから説明された。

国境を守る家の当主が殺された——南国王討つべしと国がひとつになった瞬間《しゅんかん》だった。

戦場で命は軽い。ラーヴェ帝国と開戦した以上、どこで死んでもおかしくない。だからどんな死に方をしようがいちいち私情を持ちこむな。そうしていいのは、素人《しろうと》だけだ。そう育てられたジルは、両親の死を戦場の死と受け止め、長兄も淡々《たんたん》とサーヴェル家の家督《かとく》を継いだ。悲しくはあったが、それよりも最後まで主君をいさめ、部下を守る軍人であった両親を誇《ほこ》りに思った。

だからもし今、南国王と両親が戦場に出ることになったとしても、『南国王に殺されるかもしれない』なんて理由で両親を止めたりはしない。戦場に出れば殺すか殺されるかが当たり前で、意味がないからだ。

でも——そもそも戦争が起こらないなら、少なくとも両親は戦場に出なくてすむ。

（和平が整えば、クレイトスの内乱が起こらないわけじゃないが……ジェラルド様が南国王を牽制《けんせい》できれば、あるいは）

ぎゅっと拳《こぶし》を握《にぎ》って、ジルは答える。

「……わたしは、戦争をさけたいです」

ジェラルドのうしろから追いついて、隣《となり》につく。

もうジルは、ジェラルドのうしろについていけば正しいのだとは思わない。

「そのためのお手伝いなら、できます」

「ラーヴェ帝国の竜妃が？」

「でも、クレイトス出身ですから」

ジルをちらと見てから、ジェラルドが苦笑い気味に言った。

「結婚はできないが、戦争をさけるための手伝いはできる。普通《ふつう》、逆なんだが」

「……その点に関しては相性《あいしょう》だと」

「わかっている。フェイリスに聞かれたら笑われそうだ」

穏《おだ》やかに笑うジェラルドの声を聞きながらジルは迷った。

（女神の件……切り出してみる、か？）

一歩間違《まちが》えれば、和平どころではなくなる劇薬だ。

だが、そもそも処刑《しょけい》されかかったあのときだって、ジェラルドが何を思っていたのかを聞いていない。許そうとは到底《とうてい》思わないが、どうしても女神の存在がちらつく。

果たして相手は、どちらだったのか。

「……フェイリス様は、お元気ですか」

まずは無難な話題からだ。ジェラルドは思い出したように眉根をよせた。

「今は避暑地《ひしょ》にいる。暑いと食欲が落ちて、よく体調を崩《くず》すから」

「ああ、そういえば」

「そういえば……？」

「っ両親からそう聞いたことが！　フェイリス王女は夏は避暑地でおすごしだと！」

慌《あわ》ててごまかす。そうか、とジェラルドは特に追及《ついきゅう》せず頷《うなず》いてくれた。

「まだ子どもの体では魔力《まりょく》が安定しないのだろう。もう少し成長すればましに――」

不自然にジェラルドが口を閉ざし、噛《か》みしめるように言った。

「私の、こういうところがよくないのか」

「はい？」

「いや。妹を溺愛《できあい》しているのが相性の悪さだと、先ほど」

「ジル」

不意に、声が飛びこんできた。

考えるより先に、背中に震《ふる》えがきた。夏の生ぬるい風を肌《はだ》に直接吹《ふ》きこまれたように、ぞわりと全身が粟立《あわだ》つ。

「へ、いか……」

「楽しそうだね。なんの話？」

笑顔《えがお》で軽やかにハディスに尋《たず》ねられた。今日の晩ご飯はなんだと思う、と尋ねる口調と変わらない。

「た、大した話はしてないですが……陛下、ジークはどうしたんですか」

「外に出たら本隊が到着《とうちゃく》しててね。そっちを手伝ってもらってる。君こそ、カミラは？」

「ロレンスと出くわしたので、そっちに……あ、わたしがそうしろって言ったんです。特に危険はないと判断して」

へえ、と相づちを返す声にはなんだかひやりとくるものがある。気のせいだろうか。

「でも陛下、体調が悪いんじゃ……」

「そうなんだよね。だから、身を引くって聞こえたのは幻聴《げんちょう》だったのかもしれない」

「幻聴ではない」

ジルをかばうように、ジェラルドがわって入った。ハディスが薄笑《うすわら》いのまま目を向ける。簡素なシャツと黒のズボンをはいただけの格好なのに、顔の造作がいいので威圧感《いあっかん》がある。だがジェラルドは臆《おく》さない。

「誤解させたのは、私の落ち度だ。謝罪する。ジル姫《ひめ》に非はない」

「え、あの。わたしは別に——」

「そうか、誤解ならよかった。ちょっときてくれるかな」

くるりとハディスが背を向けた。

ジェラルドが眉をひそめて、それに続く。そうなるとジルも行かないわけにはいかない。なんだか変な気分だった。半端《はんぱ》に打ち切られた会話に、もやもやする。

「あなたも私に何か用が？」

「ああ、ジルから話しかけたんだね」

「……そうだが、それは」

「ただの事実確認《かくにん》だよ気にしないで。それより、あっち」

ハディスが足を止め、視界を譲《ゆず》るように身を横に引いた。

正面玄関《げんかん》前の、円形広場だった。両親への土産《みやげ》やら何やら本隊が積んできた荷物が、屋敷《やしき》に運ばれている。特に目立つのは、四頭引きの豪奢《ごうしゃ》な馬車だ。その前にジークが立っていた。

ジークが差し出した手に女性のほっそりした手が乗る。

金の細工でラーヴェ皇族の紋章《もんしょう》がほどこされた馬車は、本来ならハディスとジルのためのものだった。逆説的に言うと、ジルとハディス以外の人物が乗るなどあり得ない。ラーヴェ皇族でもない限りは。

（まさか）

まばたいている間に、ジークに片手を預けて、女性が馬車から降りた。

稲穂《いなほ》のような黄金の髪《かみ》がゆれる。ジークに何事か告げられ、夏の空をそのまま写し取ったような瞳《ひとみ》が、こちらを見て笑んだ。

飾《かざ》り気はないが極上《ごくじょう》の絹でできているドレスの裾《すそ》を優雅《ゆうが》にさばき、まっすぐハディスの元へとやってくる彼女は、ラーヴェ皇族だ。馬車に乗っても何も問題ない。

「遅《おそ》くなって申し訳ありません、ハディスお兄様」

「ちょうどいいところだったよ、ナターリエ」

「ならよかったですわ」

ころころと笑ってから、ナターリエはジェラルドを見た。ジェラルドはナターリエの視線から顔を背《そむ》けるようにして、ハディスに硬《かた》い声で尋ねる。

「……彼女は？　ナターリエ皇女とお見受けするが」

「僕は君からジルをかっさらった自覚はあるんだよ。そのお詫《わ》びだ」

ジェラルドが一気に顔を険しくした。そこへナターリエが、裳裾《もすそ》を広げ、腰《こし》を落とす。

「初めまして、ジェラルド・デア・クレイトス王太子殿下《でんか》。ナターリエ・テオス・ラーヴェと申します。お目にかかれて光栄ですわ」

文句のつけようもない、完璧《かんぺき》な淑女《しゅくじょ》の礼だ。

冷ややかなジェラルドの視線などどこ吹く風で、ナターリエが微笑《ほほえ》み返す。

「夕食会まで妹を案内してやってくれないか、ジェラルド王子」

「……」

「仲良くしてほしいな。和平の第一歩もかねて」

表情を消したジェラルドが顎《あご》を引き、ナターリエに手を差し出す。ハディスは勝ち誇った顔でそれを眺《なが》めていた。

# 第四章 ⚜ 竜妃、戦線離脱

ジルが我慢《がまん》できたのは、ハディスの客室に戻《もど》るまでだった。

「どういうことですか、陛下！」

本当にナターリエをジェラルドにまかせたハディスは、寝台《しんだい》に座り室内靴《ぐつ》を脱《ぬ》ぎ捨てた。

「何が？」

「ナターリエ皇女とジェラルド様の婚約《こんやく》は、和平が成立したあとの話だって言ってましたよね。なんで今、ナターリエ殿下がクレイトスにくるんですか！」

ジークに問いただすと、ハディスの指示でジルたちよりあとに入国したのだと言われた。入国を隠《かく》すためここまでの道程も護衛はジークとカミラだけ、馬車には荷があるだけと信じているクレイトス側に委《ゆだ》ねる形だったと聞いて、頭を抱《かか》えそうになった。それではかつて、ゲオルグの一存だけでナターリエが送りこまれたときと同じだ。

以前、ナターリエが行方《ゆくえ》不明になったのはサーヴェル領を出てからだから、状況《じょうきょう》は違《ちが》う。だがあのとき、誰《だれ》がなんのためにナターリエを狙《ねら》ったのかは、わからないのだ。今回だって同じことが起こらないと、どうして言えるだろう。

ハディスは知らぬことだとわかっていても、口調が強くなってしまう。

「手順が滅茶苦茶《めちゃくちゃ》です！　うちだって寝耳《ねみみ》に水ですよ、準備だってできてません！　どうしてこんな反感を買うような真似《まね》をわざわざするんですか」

「うち、ね」

小さく反駁《はんばく》して、ハディスは気怠《けだる》げに寝台に腰かけた。

「和平が成立するなら、早かろうが遅かろうが変わらない。それに正式な打診《だしん》じゃない、顔見せだよ。向こうの反応を見たいだけだ」

「でも、何かあったらどうするんですか!?」

「何かって、何？　僕と君が、ジェラルド王子やご実家に反対されて婚約できないとか？」

「こ、ここまできてそれはないと思いますけど……」

「へえ。ならいいでしょ、問題ない。ナターリエに何かあったらそれこそ開戦だ」

一笑《いっしょう》するハディスに、ジルはぐっと拳《こぶし》を握《にぎ》った。

ジークはナターリエについていくよう指示したので、ここにはいない。カミラはまだ戻ってきていない。だからふたりきりだ。

止めてくれる人間はいない。だから落ち着いて、と言い聞かせる。

「……わたし、聞いていませんでした。ナターリエ皇女がくるなんて」

「そうだね。どうなるかわからなかったから」

「嘘《うそ》です、わざと教えなかったんでしょう！　ヴィッセル殿下も、リステアード殿下も、エリンツィア殿下だって知ってたはずです！　でなければこんなに手際よくいくはずがない！」

だがハディスのごまかしに、苛立《いらだ》ちのほうが勝《まさ》ってしまう。

「説明してください。どうしてわたしに何も言わなかったんですか」

「逆に聞きたい。どうしてそんなに反対するのか」

冷静に質問を返されて、ジルは口ごもる。実はこれからナターリエ皇女は誘拐《ゆうかい》されるかもしれませんなんて、それこそ和平がかかっている今、言えるわけがない。

それをどう思ったのか、ハディスが口端《くちはじ》をあげた。

「そんなにジェラルド王子が結婚するのが嫌《いや》？」

「はあ⁉ なんでそうなるんですか。何を誤解して――」

「まあ、複雑にもなるよね。初恋《はつこい》の相手なら」

返答に詰《つ》まってしまった。だがハディスに鼻で笑われると、かちんとくる。

「今はそんな話、してないでしょう⁉」

「じゃあジェラルド王子とどんな話をしてたの？」

「ちょっと、三百年前の話とか、聞いただけです！」

勢いで言ってしまってから、まずいのではないかと気づいた。だがもう遅い。

「三百年前の、竜妃《りゅうひ》の話かな。警告でもされた？」

ハディスがぞっとするほど冷たい目で笑う。

「さすが、油断も隙《すき》もない」

「……わっわたしは、そんなふうにならないようにって、だから」

「そんなふう？　向こうの言い分を信じたわけだ。それで初恋の王子様と仲良く散歩ね」

「――ッなんなんですかさっきから、その可愛《かわい》くない嫉妬《しっと》！」

「別に可愛い男になんかなった覚えないよ。僕は大人だ。ちゃんと事実を受け止めてる」

はっと嘲《あざけ》る様が、大変生意気で可愛くない。今すぐ、腹に一撃叩《いちげきたた》き込んで寝台に沈《しず》めてやりたい。頬《ほお》をひくつかせながら、精一杯《せいいっぱい》、静かに告げる。

「陛下が自分から大人だと主張する日がくるなんて思いませんでした」

「僕も成長してるってことじゃないかな」

「だとしたらずいぶん嫌な方向に育ちましたね！」

「何？　捨てないでくれって泣きすがると思った？　浮気《うわき》されかけてるのに、なんで僕が？」

「浮気なんてしてません！　わたしがなんのために色々、気を遣《つか》ってると」

「頼《たの》んでない」

素っ気なく言い捨てて、ハディスは寝台に潜《もぐ》り込んだ。

「僕がいない夕食会、せいぜい楽しんできたら？」

自分の血管はよくもったほうだろう。

「そうしますよ、陛下のばか！　そこで一生、いじけてろ！」

後ろ手で力一杯扉《とびら》を叩き閉めると、みしみしと壁《かべ》まで音が響《ひび》く。だが怒《いか》りはおさまらない。

(陛下はいっつもそうだ！　いつも、わたしをためすみたいにして……！)

こういうときは肉だ。肉を食いちぎるに限る。

ハディスのいない夕食会は、とても楽しめそうだった。

実家の料理は、素朴《そぼく》で懐《なつ》かしい味がする。そして何より、質より量だ。非常に有り難《がた》いことだった。

骨付きのチキン、塩で味付けした分厚いラム肉のステーキ、香草《こうそう》と野菜を腹詰《づ》めにして焼かれた豚《ぶた》の丸焼き、様々な種類の肉を炙《あぶ》った串焼《くしや》き、大小かかわらず片《かた》っ端《ぱし》から平らげ、からになった皿を積み上げていく。

「……その」

乾杯《かんぱい》が終わるなり猛然《もうぜん》と食べ始めたジルに、ジェラルドが戸惑《とまど》いがちに声をかけた。

「そんなに食べては、体に悪いのでは……」

「大丈夫《だいじょうぶ》ですわよジェラルド王子。ジルはいつもこんな感じですの」

長細い長方形の食卓《しょくたく》の向かいで、おっとりと母親が答える。

ジェラルドを上座においた晩餐《ばんさん》は、左側にジルとナターリエ、右側にジルの家族を並べる形になっていた。母親の隣《となり》にいるリックがパンをちぎりながら答える。

「いや、これ止めたほうがいいんじゃねーかな……うちの備蓄《びちく》がなくなるって」

「ラーヴェ帝国《ていこく》はうちの補給線を断《た》ちにきたんですかね？」

アンディの質問に、隣のナターリエが頬を引きつらせた。

「い、一応、各地の名産品など、持参させていただきました」

「そ、そうでしたな！　たくさんの品をいただいてしまって、皇帝陛下にお礼を」

父親の出した単語につい、肉にフォークを突《つ》き立ててしまった。皆《みな》が固唾《かたず》を呑《の》む中で、ジルはさめた目で確認《かくにん》する。

「このローストビーフについてるソースも、お土産《みやげ》ですよね」

「そ、そうだが、それがどうかしたか、ジル……」

「これ、陛下のお手製ですよ。むかつく」

おいしい。

ローストビーフにたっぷりソースをつけて口に放《ほう》りこむのを三皿分ほど繰《く》り返して、ジルはやっとフォークとナイフを置いた。

「ひとまずこれくらいでいいです」

「ひとまず……？」

ジェラルドが高く積み上がった皿を眺《なが》めてつぶやく。ジルが口元を拭《ふ》くと、わざわざ使用人たちが昇降台《しょうこうだい》を持ってきて、皿を片づけ始めた。

ごほん、とナターリエがわざとらしく咳払《せきばら》いをして、にっこり笑った。

「本当においしい料理です。竜妃殿下《でんか》がたくさん食べるお気持ちもわかりますわ」

応じたのは、主催《しゅさい》である父親だ。

「光栄です、ナターリエ皇女殿下。すみません、お気遣《きづか》いいただき……その、困っておいでではないですか。主にそちらの台所事情が、娘《むすめ》のせいで……」

「陛下はこんなに食べさせてくれませんけどね！　暴飲暴食禁止って！　くそ、もっと食べてやる！」

「いやもうやめとけってジル姉、さすがに俺らも引く……」

「あの、皇帝陛下からの差し入れが、ジルお嬢様《じょうさま》に」

食堂の入り口から使用人がひとり、入ってきた。中央に鎮座《ちんざ》している鴨《かも》肉のローストを取ろうとしていたジルは目を丸くしてから、ちょっと頬を赤くする。

「な、なんですか。差し入れって。も、物でつるつもりですか。謝りにくるなら直接じゃないとだめですよ、甘やかしません」

「こ、こちらでございます」

皇帝の品だからだろう。わざわざ銀盆《ぼん》の上にのせて差し出されたのは、可愛くラッピングされた小瓶《こびん》だった。皆が見ているのにここで受け取らないのも大人げない。唇《くちびる》を尖《とが》らせて小瓶を受け取ったジルは、ラベルを見る。

――『胃腸薬』。

お大事に、という幻聴《げんちょう》に血管が切れそうになる。誰のせいで起こったやけ食いだ。

「いい度胸だ、あの馬鹿《ばか》夫！」

「――ジル、いい加減になさい」

母親の強いたしなめに、ジルは顔をあげた。

夕食会の着替《きが》えを手伝っている間も何も言わなかった母親が、しかめっ面《つら》になっている。

「せっかくの可愛いドレスが台無しでしょう。今日のために用意したのよ、お母様は。もうこんなふうに気軽に食事ができるのは、最後かもしれないからって」

「最後って、そんな大袈裟《おおげさ》な」

「本当に、あなたに竜妃なんて務まるのかしら」

ぐっとジルは詰まった。確かに今の自分の姿は、竜妃にふさわしいとは言いがたい。

「まあまあ、シャーロット。ここはジルの家なんだ。いいじゃないか」

苦笑い気味に父親がとりなし、それに弟たちが続く。

「そーだよ、母様。竜帝だっていないし、家族の団欒《だんらん》でいーじゃん」

「竜妃じゃなくサーヴェル家令嬢だとしても、王太子殿下の前でどうかと思うよ、俺は」

「ジル様ほど竜妃にふさわしい女性はおられませんわ」

その場にそぐわぬ凛《りん》とした声をあげたのは、ナターリエだった。

「ラーヴェ帝国で、兄とジル様との結婚を望む声は日に日に高まるばかり。それこそジル様が立派に竜妃の務めを果たしている証《あかし》です。だからこそ兄も、この場をジル様におまかせしているのでしょう」

「いえ、単に喧嘩《けんか》しただけですけど――っ」

テーブルの下で、ナターリエに足を踏《ふ》まれた。

「喧嘩するほど仲が良いと申しますものね。妹としては複雑ですけれど」

優雅《ゆうが》な笑顔《えがお》で上から威圧《いあつ》するという高度な技に気圧《けお》され、ジルはこくこく頷《うなず》いた。

「は、はい。こんな喧嘩、しょっちゅうなので！」

「……皇帝陛下って、確か今年、二十歳《はたち》ですよね」

アンディの冷ややかな声に、ジルはやっとナターリエが何の埋《う》め合わせをしようとしているかに気づく。十一歳の自分と正面から喧嘩する、ハディスの品格だ。

「ふ、夫婦《ふうふ》ですから！」

出てきたのは、そんな言葉だった。

「ま、まだこっちでは、婚約《こんやく》前ってわかってますけど！　でも、陛下とわたしは、もう夫婦なので、喧嘩くらいします。陛下には困ったところもありますけれど、わたしは、陛下をしあわせにするって決めたので――」

「……ナターリエ皇女」

語尾《ごび》が弱まったところで、ジェラルドが立ち上がった。

「ちょうど、月も見頃《みごろ》だ。屋敷《やしき》近くの湖畔《こはん》をご案内しよう。サーヴェル家の名所らしい」

「……あら。お誘《さそ》いは嬉《うれ》しいですが、ジル様を置いては」

「兄の尻拭《しりぬぐ》いばかりでは気疲《きづか》れするだろう」

ナターリエは笑顔を保ったままだ。ジェラルドのほうも淡々《たんたん》としている。

「早ければ明日、ジル姫《ひめ》は正式に竜帝《りゅうてい》の婚約者になる。それとも竜帝は姫とご家族だけの時間を作るのに反対か？」

「そのようなことはありませんわ。兄はジル様を信じています」

「では、いこう。あなたもそのほうが都合がいいだろう」

最後の言葉には、はっきり棘《とげ》があった。だがナターリエは軽やかに微笑《ほほえ》み返す。

「では、喜んで」

「ナ、ナターリエ殿下……大丈夫ですか」

そっと小声で話しかけると、ナターリエがいつもの声色《こわいろ》で答えた。

「当然よ。飛んで火に入る夏の虫、チャンスだわ。あのすまし顔を崩《くず》すところからね」

父親が使用人に話をつけている。この声量なら周囲には聞こえないだろう。

「せめてカミラを護衛につれていってください」

食堂を出た控《ひか》えの間にロレンスと一緒《いっしょ》にカミラがいる。ジークはハディスの部屋の護衛についているので、離《はな》すわけにはいかない。

「何言ってるの。ここであなたの護衛をはずすなんてできるわけないでしょ」

「わ、わたしは平気です。自分で戦えますし、実家ですし」

「そういう問題じゃないの。いい加減、気づきなさい。あなたの実家だからよ」

じろりとナターリエににらまれた。

「ハディス兄様だって苛《いら》つくわよ、肝心《かんじん》のあなたがそんな調子じゃ」

「は？　なんで陛下が出てくるんですか、そこで」

「心配はわかるが、私を信じていただけないだろうか、ジル姫」

眉間《みけん》のしわが深くなったところで、エスコートのためにジェラルドが近づいてきた。ジルは慌《あわ》てて、言い訳する。

「あ、いえ。ナターリエ殿下に何かするんじゃないかと、疑ったりはしてません」

そうか、とジェラルドはほっとした様子だった。すかさずナターリエが間に立ちはだかる。

「ではまいりましょうか、ジェラルド殿下」

ジェラルドの目がいささか冷ややかなのは、まあしかたないだろう。押しかけ花嫁《はなよめ》のようなものだ。むしろジェラルドの視線を平然と受け流しているナターリエのほうが大物だ。

(なんか、不思議な感じだ。ジェラルド様と対等に振《ふ》る舞《ま》う女性がいるなんて)

自分にはできなかったことだ。

「そんなに未練がましく見送るなら、今から乗り換《か》えたら」

扉《とびら》から出ていくふたりを見送っていたら、とんでもないことをリックが言った。

「なんでそうなるんだ」

「だってさーてっきり俺たち、ジル姉はジェラルド王子と婚約すると思ってたから。ジル姉だって、王子様を楽しみにしてたじゃん。目ぇきらきらさせて」

まだやり直す前――初めての王子様に夢を見ていた頃の話だ。

「まんざらじゃなさそうだし、ジェラルド王子のほうが面倒《めんどう》なかったのになぁ」

「少なくとも竜帝よりはしっかりしてそうだよね。精神的に」

「へ、陛下は！　確かに子どもっぽいけど、いいところだってたくさん……っカレー、おいしかったろう⁉」

「あー食べ物でつられたんだ、やっぱり。そうだと思った」

「もう少しちゃんと人生設計したほうがいいよ、ジル姉」

「なん、なんなんださっきから、いきなり⁉　何が言いたい」

「ジル、座りなさい」

中腰《ちゅうごし》になっていたジルは、母親に言われ、黙《だま》って腰をおろした。

「あなた」

「――ん、んん⁉　儂《わし》か⁉」

「当然です。家長でしょう。ジェラルド王子がせっかく気を利《き》かせてくださったのに」

「いや、だが、こういうことは母親のほうがいいんじゃないのか。娘のことだし……こう、儂から言うと嫉妬《しっと》みたいじゃないか……？」

「あーじゃあ俺からいきまーす。ジル姉、竜帝の嫁になってマジで大丈夫《だいじょうぶ》なのかよ」

きょとんとしたジルに、リックから目配せされたアンディが眼鏡《めがね》を押しあげる。

「そもそも竜妃《りゅうひ》って、どういうものかわかってるの、ジル姉。竜帝の盾《たて》だよ」

「そ、それは、知ってる。竜帝を守るんだろう」

「それって、いいように使われてねー？」

いつもあっけらかんとしているリックが、急に真面目《まじめ》な顔になった。

「……俺らはそういう一族だからさ。王族を守るとか国を守るとか、そういう仕事ならいいんだよ。でもさあ違《ちが》うだろ、結婚って。一方的に守るだけってのはおかしいだろ？」

「一方的って、陛下はちゃんとわたしを……」

「今、ラーヴェ帝国がどういう動きをしてるか知ってる？　ジル姉」

アンディの質問に、まばたいた。否《いな》という答えを察したのか、アンディが短く告げる。

「ノイトラールとレールザッツに帝国軍が集まってる」

「そ、それって、まさか反乱とか」

慌てたジルに双子《ふたご》がそろって眉《まゆ》をよせる。静かにあとを引き取ったのは、父親だった。

「違うんだ、ジル。うちを——クレイトス王国を、牽制《けんせい》しとるんだ」

苦笑い気味の父親の横から、母親が嘆息《たんそく》する。

「牽制？　威嚇《いかく》でしょう。いつ国境をこえてきてもおかしくないわ、あれじゃあ」

「まっ……待って、ください。陛下は、そんなことするひとじゃ——こ、皇太子のヴィッセル殿下《でんか》が、陛下を心配してやっている可能性も」

「それはそれで問題だろ。国内掌握《しょうあく》できてねーとか」

言い返せない。まごつくジルに、母親が少しまなじりをさげる。

「やっぱり、ジルは知らなかったのね」

「は、い……聞いて、ません。でも陛下もわたしも、戦争するつもりなんて……あの、今、どうなってるんですか……」

「北はクリスが、南はアビーが見張っておる」

長兄と長姉が動いているということは、決して油断できない情勢だということだ。

「何を目的に、何がきっかけで動くかわからんのがなあ……そもそも皇帝がここにいる状況《じょうきょう》でどうやって連絡《れんらく》を取るつもりなのだか」

ローだ。ローならハディスの指示を受け取れる。その指示をレアがヴィッセルあたりに伝えれば、それだけでラーヴェ帝国中にハディスの指示が飛ぶ。

つまり――逆説的に、この状況はハディスだからこそできること、ということになる。

これが竜帝の力だ。ぞっとした。

（なんで、陛下……）

喉元《のどもと》に、剣《けん》を突《つ》きつけられている心地《ここち》だ。

「合図でもあるんじゃねーの。見逃《みのが》さないようにするしかないだろ」

「……ジル姉は、何か聞いてる？」

「い、え」

まだハディスがやったと決まったわけじゃない。だから首を横に振った。

「へ、陛下は、わたしと結婚するために和平を選んでくれたんです。だから、何かの間違いです。いえ、間違いじゃなかったとしても、絶対に先に攻《せ》めてきたりしません。何か、理由があるんです。だから、信じてください」

どうしてだろう。言えば言うほど、自分だけが何もわかってない気分になる。母親が気遣《きづか》うように言った。

「ジル……そりゃあ、うちだって攻めてほしいわけじゃないのよ。信じたいの。でも」

「だって、わたしは何も聞いてないです」

せめて顔をあげると、気まずそうにリックが頬杖《ほおづえ》を突く。

「だからそれがまずいんだろ。……実際問題、本当に婚約《こんやく》を認めれば引いてくれんのか」

「正直、何か口実をさがしてるとしか思えないからね。皇帝《こうてい》に傷のひとつでもつけたら、それだけで攻めてきそうだよ」

「陛下はそんなこと」

「しない、と絶対に言えるかね、ジル」

今までいちばん厳しい父親の声に、断言が遮《さえぎ》られた。

「それくらいお前は、ちゃんと、あの竜帝のことをわかってるのかい。たくさん死んだと聞いたよ。彼が皇帝になるまではもちろん、皇帝になってからも」

「それは、陛下が悪いんじゃない！」

「だとしてもだ。お前は、それに巻きこまれるんだろう」

平気ですと突っぱねられなかった。父親の目にも、母親の目にも。双子にも――ジルへの心配がにじんでいる。

「――反対、するんですか」

やっと、それだけ声を絞《しぼ》り出す。母親が首を横に振った。

「反対できないのよ、ジル」

「お前が望んでいて、国もそれを了承《りょうしょう》している状況だ。ジェラルド様は、もし反対なら掛《か》け合うと仰《おっしゃ》ってくださったが、大局で見てそれは悪手だろう」

「ジル姉を竜帝に差し出しゃそれで戦争回避《かいひ》なんだからな、言い方は悪いけど」

「費用対効果はおつりがくるよね。家族としては、あまり頷《うなず》きたくないだけで」

「だが、本当にお前が決めたことならみんな認める。だから教えてほしいんだよ、ジル」

責めるのではない。否定するのでもない。

ただ、案じる眼差《まなざ》しが、慈《いつく》しむ声が、ジルの正面に立ちはだかる。

「よりによって竜妃だ。ラーヴェ帝国ではどう言われているか知らないが、儂が聞いている限りでは竜帝の盾になって、ろくな死に方をしていないと聞いている」

「それは……色々あったんだと思いますけれど、でも……」

「都合が悪いから隠《かく》されているんじゃないと、言えるかね。本当にわかっているんだと」

「だって、昔の話です。今のわたしと陛下には、何も」

「関係ないと本当に、本気でそう言うのかい？　何も知らないが安心しろ、信じろと」

黙ったジルに、父親が一息置いた。それをいたわるように見た母親が、続く。

「ジル。あなた、ハディス君をしあわせにすると誓《ちか》ったそうね」

「はい……」

「とても素敵《すてき》よ。お母様、誇《ほこ》らしかったわ。強く育てた甲斐《かい》があったわって。でも、ジル。もうひとつ考えてほしいの。家族のお願いよ」

いつか聞いた子守歌のように、優《やさ》しく、家族が問いかける。

「あなたはそれで、ちゃんとしあわせになれるの？」


サーヴェル家の別邸《べってい》は来客用に造られているらしく、見どころがたくさんある。そのひとつが、屋敷《やしき》近くの湖畔《こはん》だ。ぐるりと周囲を一周できるよう整備されており、夜も通路沿いに灯り《あか》がついている。

屋敷の裏手にあるバルコニーから外に出て、歩き出すこと数分。

クレイトスの王子は、この状況が不本意だと言いたげにひとこともしゃべらない。湖面の月にも、波ひとつ立たない静けさだ。ナターリエは少々うんざりしてきた。これでは雰囲気《ふんいき》もへったくれもない。

兄が強引《ごういん》に押しつけた案内のときもそうだった。この王子様は、必要最低限しか口を動かさない。聡明《そうめい》と噂《うわさ》の王子のことだ、ナターリエが何をしにきたのか汲《く》み取っているだろう。だが正面から打診《だしん》されていないので、突っぱねることもできない。その警戒《けいかい》と煩《わずら》わしさは、理解できる。だが、今回はこの王子のほうからのお誘《さそ》いだ。

「少しくらい気を遣《つか》えないの、この朴念仁《ぼくねんじん》」

「……今、何か？」

「いいえ。私にお話があると思ったのですけれど？」

反応したのをいいことに、優雅《ゆうが》に切り出した。

「家族の話し合いに、私もあなたも邪魔《じゃま》なだけでしょう」

だが、ジェラルドは振《ふ》り向かない。素っ気ない態度やそんな説明で引いてしまうと思われているのなら、ずいぶん見くびられている。鼻で笑ってしまった。

「竜妃《りゅうひ》から私を引き離《はな》したかっただけでしょう。余計なことに気づかせないように」

歩調がほんのわずかに乱れた。が、まだ振り向かない。

「まさか、まだ竜帝は何か懸《け》念《ねん》されているとでも？　引き離すも何も、彼女がラーヴェ帝国に嫁《とつ》ぐことに異議はないと、何度も説明したはずです」

「身を引かれるそうですね。兄から聞きました。まさか、傷心中でらっしゃるのかしら」

「理解いただけてるなら何よりです。配慮《はいりょ》していただけるとなお助かりますが」

挑発《ちょうはつ》にものってこない。手強《てごわ》い。

「――もし、私が今からこの湖に飛びこんで、あなたに殺されかけたと言ったら、竜妃はどちらを信じるかしら」

ジェラルドが足を止めた。怪訝《けげん》そうに、こちらを見る。

「何を。狂言《きょうげん》で私の気を引くにしても、悪手極《きわ》まりない」

「でもあなたたちが竜妃にしかけようとしているのは、似たようなことじゃないの？　攻撃《こうげき》するんじゃなく、心配する。優しくされるとひとは警戒を解きやすいもの。もしサーヴェル家まで加担してるんだとしたら、兄様の分が悪すぎるわよね」

はっきりジェラルドの目がナターリエを正面から映した。警戒している。これは当たりか。

ナターリエは笑《え》みを深める。なめられては困るのだ、竜帝を——ラーヴェ皇族を。

「あなた、私が何をしにここへきたと思ってる？」

「——クレイトス王太子妃の座を狙《ねら》いに」

簡潔かつ、的確だ。頭の回転の速い人なのだろう。

「あらかじめ言っておきますが、私にその気はありません。恥《はじ》をかく前に帰ることをおすすめします」

「もてないでしょ、あなた」

「は？」

眉尻《まゆじり》がはねた。声に不機嫌《ふきげん》さがにじむ。

「唐突《とうとつ》に、脈絡《みゃくらく》なく話を変えないでいただきたい」

敬語が崩《くず》れた。感情の沸点《ふってん》は、意外と低いようだ。

「あら、大事な話よ。安心したわ。肩書《かたが》きと見た目が目当ての女しかよってこなそう」

「喧嘩《けんか》を売っているのか？」

「だから簡単に自分になびかない女性を気にするんでしょう。竜妃や、今の私みたいな」

どこかあどけなく、ジェラルドがまばたいた。自覚がなかったらしい。可愛《かわい》いところもあるではないかと、冷ややかにナターリエは分析《ぶんせき》する。

肩書きや地位があり、見目も良くて、能力が高い人間が陥《おちい》りがちな傾向《けいこう》だ。はずれの皇女として扱《あつか》われてきたナターリエと真逆である。だが、わかりやすい。誰《だれ》も彼もが見ているのは自分の表面だけ。扱いは真逆でも、根元の悩《なや》みが同じだからだ。

「あと、さっきのあなたの回答は不正解。私の目的は、クレイトスの王太子妃じゃないわ」

だからあまさずジェラルドの反応を見てやる。それが糸口になるだろう。

「私はね、不出来な兄を助けにきたのよ」

ジェラルドの真っ黒な両目から、警戒が一瞬《いっしゅん》、消えた。純粋《じゅんすい》に驚《おどろ》いているらしい。

ナターリエはおどけて肩をすくめる。

「そんなに驚くことかしら？」

「……ラーヴェ皇族のきょうだい仲は、よくないと聞いている」

「互《たが》いに無関心だっただけよ。でも……そうね、竜妃がいなかったら誤解だらけのまま、悲惨《ひさん》なことになったかもしれないわ。特に私は、ハディス兄様とヴィッセル兄様を警戒してたし」

「ならばなぜ、警戒をやめた？」

内情をさぐるというよりは、純粋な疑問に聞こえた。いい傾向だ。ここは下手に駆《か》け引きをするところではない。冷静に計算しながら、素直にナターリエは答える。

「今だって仲がいいわけじゃないわ。特にヴィッセル兄様は、いちいち腹が立つったら。ハディス兄様だって得体の知れなさはそのままでしょ。でも、しょうがない兄様たちだって、そう思ったの。それだけよ」

「しょうがない……まさか、彼らが君の助力を必要とするとでも？」

「そうよ」

きっぱり断言したナターリエに、ジェラルドが眉《まゆ》をよせる。

「……失礼だが、ろくな魔力《まりょく》も後ろ盾《だて》もないあなたに、何かできるとは思えない」

「できないとしないは違《ちが》うのよ」

「いいように利用されているだけなのでは？」

「あら。私はナターリエ・テオス・ラーヴェ。竜帝《りゅうてい》ハディス・テオス・ラーヴェの妹よ。妹が兄のために何かしたいと思うのは、利用でもなんでもないわ」

胸を張ったナターリエにたじろいだように、ジェラルドは視線をそらした。

「……無能な兄を助けねばならない妹には、同情する」

小さなつぶやきは夜の風に流されて、消えそうだった。

そういえば、彼にも妹がいるのだ。

背を向けたのは、話しすぎたと察したからだろう。引き際も早い。でもナターリエを置いていくような無礼はしない。

ナターリエは安堵《あんど》に似た溜《た》め息を小さく漏《も》らす。緊張《きんちょう》していたらしい。

（……あのハディス兄様が私を使ってまで真意をさぐろうとするわけよね。手強い）

愛の国の王子様だ。簡単にいかなくて当然である。でも、敬語も鉄壁《てっぺき》の無表情も崩せた。これでいい。すべてを覆《くつがえ》すような劇薬の愛は危険だ。大事なのは、理性を失わないこと。

愛で目をくもらせてはならない。

だって自分は、理《ことわり》の国の皇女様なのだから。

食堂から出たジルは、ぼうっとテラスから湖を眺《なが》めていた。屋敷のすぐ近くにある湖は、泳いだり船を浮《う》かべたり氷が張ったときは滑《すべ》ったりと、子どもの格好の遊び場だったが、今はただ静かに月を浮かべているだけだ。向こう岸にちらついている人影《ひとかげ》は、ジェラルドとナターリエだろう。本当は心配して見に行くべきかもしれないが、そんな気になれない。

ひとりになりたい気分だった。

なのに人影は三つもある。

「なんでいるんだ、カミラにロレンスまで……」

「アタシはジルちゃんの護衛だものー当然でしょ？」

「俺はただの好奇心《こうきしん》かな」

「あーやだやだ、物思いに耽《ふけ》る女の子に好奇心で近づくなんてサイテーよ」

「正直に心配とは言えない男心と立場は理解してもらえません？」

「下心満載《まんさい》じゃないの」

「家族に反対されると思わなかった」

ジルのひとことに、にぎやかだった背後が静まる。ジルはじろりとうしろをにらんだ。

「これで満足か」

「……えっやだ待ってジルちゃん。アタシは味方よ？」

「どっちのだ？」

「どっちって」

「ラーヴェ帝国《ていこく》の……すなわち皇帝陛下の、でしょう。竜妃の故郷のではない」

気まずそうに、カミラはロレンスをにらむ。

「そりゃ、竜妃の騎士《きし》なんだからそうならざるを得ないでしょ」

「ちなみに俺はあなたの故郷側。クレイトスの利になることなら、協力するよ」

「……。ラーヴェ帝国軍が集まってるって話は本当なのか」

ロレンスにこんなことを聞くこと自体、弱っている証拠《しょうこ》だ。わかりながらも、聞かずにいられない。

「ええ、事実です。ノイトラールとレールザッツにそれぞれね。驚いたな、いつの間に竜帝は三公を動かせるようになったんだか」

「……エリンツィア殿下《でんか》とリステアード殿下と、ヴィッセル殿下まで味方になったんだ。それくらい、できるようになる」

「ですよね。あなたが竜帝を助け、ラーヴェ帝国を強くした。今やクレイトスのほうが南国王のせいで、一枚岩になれてない。そしてそのツケをまず払《はら》うのは、あなたの実家だ」

カミラが足音を立てて体の重心を傾《かたむ》ける。わざとだ。

「そういう言い方は卑怯《ひきょう》でしょ。何度もそっちからふっかけてきておいて」

「ただの事実ですよ」

「カミラ。……お前は、陛下から何か聞いてるか？」

カミラが一瞬、唇《くちびる》を引き結んだ。それが答えだ。

「……。聞いてないわ」

でもそう答えるのは、それがハディスの命令だからだろう。

ジルの目を見てわかりやすく嘘《うそ》をつくのは、誠意なのだ。わかっていると、笑ってみせた。

「いいんだ、知ってる。陛下はいっつも、隠《かく》し事ばっかりだ。いつだって、わたしをためそうとして」

でも、部下に見せられる顔ではないから、背を向けた。

「昔のことも、知らなくていいと思ってた。だって大事なのは、今だから」

「……そういう考え方は、あまり君らしくないような気がするな」

ロレンスの指摘《してき》に、手すりを強く握《にぎ》った。

「そうでもないぞ。わたしは意外と臆病《おくびょう》だ。特に恋愛沙汰《れんあいざた》は、てんでだめだから……」

今が大事。昔の、くだらない神話から続く因縁《いんねん》なんて関係ない。それを言い訳に使っていなかっただろうか。ハディスが隠していることを大らかに許す素振《そぶ》りで、逃《に》げていなかっただろうか。

（……だって、怖《こわ》いじゃないか）

好きなひとの秘密を知った瞬間《しゅんかん》、何が起こったかは、忘れていない。

まじりけのないきらきらした恋《こい》が砕《くだ》け散って塵《ちり》になったのは、余計なことを知ってしまったからだと、覚えている。

「今なら、間に合うよ」

ロレンスがそうささやいた。優《やさ》しく、案じる声だった。対するカミラの声は冷たい。

「アタシに弓を引かせたいの、狸坊《たぬきぼう》や」

「それは脅《おど》しにならないですよ。このままだと遅《おそ》かれ早かれそうなる。ナターリエ皇女の入国と同時期に、ラーヴェからクレイトスに不法侵入《しんにゅう》されたという情報も入ってます。間諜《かんちょう》か工作員か、いずれにせよ今回の皇帝の訪問と無関係じゃないでしょう」

「……陛下の指示とは、限らない」

「本当にそう思う？」

「そこまでよ」

鏃《やじり》を削《そ》ぐため持ち歩いている短剣《たんけん》をかまえたカミラに、ロレンスは笑った。

「らしくないですね。ひょっとして、まずいことを教えてしまったかな？」

「口であんたに勝てるとは思ってないから、議論はしないわ」

「カミラ、やめろ」

「駄目《だめ》よジルちゃん。こいつは、ゆさぶりをかけてるのよ。陛下を疑うように」

わかっている。わかっているけれど、聞いてしまう。

「――でもお前は知ってたんだろう、カミラ。きっとジークも。わたしだけが……」

何も知らなかった。その言葉は、突然《とつぜん》湖の中央から噴《ふ》き上がった水柱の音にかき消えた。

カミラが飛び出してきてジルをさがらせる。

「何、敵襲《てきしゅう》!?」

「まさか、サーヴェル家でそんな無謀《むぼう》な真似《まね》をする馬鹿《ばか》はいない」

「やあやあ、お久しぶりだね竜妃《りゅうひ》ちゃん！」

暗闇《くらやみ》の中、水しぶきと一緒《いっしょ》に陽気な声が降ってきた。

「水もしたたるいい男！　前回はぼろぼろだったからね。今回は登場にもこだわってみたけれど、どうかな？　ああ、ライトアップをありがとう、気が利《き》くね」

ここはサーヴェル家だ。すぐさま敵を発見するため湖に灯《あか》りが向けられ、警備が数名飛んでくる。湖を中心に、あっという間に囲まれた格好だ。

だが侵入者は笑顔《えがお》で軽く手を振《ふ》っていた。脅《おび》える様子などまったくない。

「クレイトスへようこそ」

それもそのはず。彼が、この国の王だ。

「南国王……」

「会いたかったよ、竜妃ちゃん」

ゆれる湖面の中心に立ち、闇《やみ》に映える金色の髪《かみ》をゆらして、ルーファスが笑った。

湖畔《こはん》をぐるりと見回して、ルーファスは肩《かた》をすくめた。

「なかなか君とふたりきりとはいかないねえ」

「ジル、さがりなさい」

父親がテラスに出てきた。母親にそっと肩を引かれ、ジルはうしろにさがる。ロレンスもカミラも一緒に、うしろへさがった。

「やあ、お久しぶりだサーヴェル伯《はく》。元気そうだね、一度手合わせ願いたいくらいだ」

「国王陛下に向ける刃《やいば》など我が家にはありません。どうされましたか、此度《こたび》は。あらかじめご連絡《れんらく》いただいておりましたかな？」

「それは失言だ、気をつけたまえ。僕がこの国のどこに現れたって、自由だよ」

獣《けもの》のように見開かれた黒曜石の瞳《ひとみ》に臆《おく》さず、父親は胸に手を当てて頭をさげた。

「――それは、そのとおりですな。失礼しました」

「いいさ、僕の息子《むすこ》が意地悪なのがいけないんだから。ねえ、ジェラルド」

湖畔の向こうからナターリエと一緒に走ってきたジェラルドが、父親に一瞥《いちべつ》されて表情を険しくする。

「……何をしにきた」

「これを、返してもらいに」

ひらりと手品のように、ルーファスが手のひらを差し出した。金でできた、何かきらきらしたものを持っている。

（なんだ、あれ……）

同時に背後から、リックとアンディが駆《か》け込んできて叫《さけ》ぶ。

「父様、明日《あした》調印に使う広間が荒《あ》らされてる！」

「封印《ふういん》の魔術《まじゅつ》も全部ぐちゃぐちゃだ、ジル姉の婚約《こんやく》もこれじゃあ……」

双子《ふたご》が湖の上に浮《う》いている国王の姿に気づいて、息を呑《の》む。

ロレンスが舌打ちしてつぶやいた。

「──国璽《こくじ》か」

ぎょっとジルは目を剝《む》いた。ルーファスが高笑いする。

「竜妃ちゃんと竜帝くんの結婚を認めるんだとか聞いてね。そんな楽しい行事、僕だって一枚噛《か》みたいじゃあないか！」

「もうジル・サーヴェル嬢《じょう》はラーヴェ皇帝に嫁《とつ》ぐと決まった」

ジェラルドの厳しい声に、金の国璽を指先で玩《もてあそ》びながらルーファスが流し目をくれる。

「おや、竜帝にみすみす竜妃をくれてやるとでも？　身を引くのか。僕の息子が、情けない」

「あなたにジル嬢が狙《ねら》われるよりマシだ」

驚《おどろ》いて、ジルはジェラルドを見た。今までのどんな言葉よりも、胸をつかれた。

だが息子の真摯《しんし》な叫びを、ルーファスは笑う。

「そうかい。でも残念、国王は僕だ、息子よ。もちろん、僕を説得してくれるなら国璽を押してもいいけれど──」

　ふと、ルーファスから笑顔が消えた。轟《ごう》、とすべての雑音を呑みこんで、上空から銀色の魔《ま》力《りょく》の嵐《あらし》が落ちてくる。ルーファスは身を翻《ひるがえ》し、湖のふちに着地した。代わりに上を取った金色の眼差《まなざ》しが、星のように冴《さ》えてきらめく。

「陛下！」

　騒《さわ》ぎに気づいたのだろう。別方向からジークも駆けてくる。

「茶番もいい加減にしてくれないか」

　冷たいハディスの双眸《そうぼう》に、ルーファスが唇をゆがめる。

「竜帝《りゅうてい》くんか。君はまた今度だ。もう用はすんだ」

　国璽を持ったまま、ルーファスが立ち上がる。同時に、足元から魔力が立ちのぼった。転移する気だ。

（だめだ、国璽を取られたままじゃ……！）

　手すりに足をかけたジルは、そこでルーファスに向かって走る影《かげ》に気づく。

　魔力も何もないからこそ、ルーファスに気づかれていない、影。

「ではまた、会う日を楽しみにしてい――」

「ナターリエ！」

　ハディスが叫んだ。ルーファスもぎょっとしたようだが、もう転移は始まっている。ルーファスの腕《うで》にしがみついたナターリエが、一緒に魔力の渦《うず》に呑まれていく。顔色を変えたハディスが手を伸《の》ばす。届く距離《きょり》だ。だが、ナターリエが振り返って、ハディスを見た。笑顔だ。

「信じてるから、ハディス兄様」

ハディスが動きを止めた。まるで、助けるのをやめたように見えた。

そのまばたきのような躊躇《ちゅうちょ》の間に、ナターリエごとルーファスが、あっけなく消える。

あとは、嵐のあとの静けさが残るだけだ。

「……ナターリエ、殿下《でんか》……」

呆然《ぼうぜん》とジルはつぶやいてから、すぐさま我に返った。

「——ロレンス、南国王の居所は変わってないな⁉」

「あ、ああ。エーゲル半島の宮殿にいるはずだけれど……」

「今すぐナターリエ殿下を助けにいきます！　国璽も取り返さないと——」

「必要ない」

少し離《はな》れた場所から、静かな声が響《ひび》いた。

聞き間違《まちが》いかと思ったが、皆《みな》が同じ方向を見ている。ジルは、声の主を確認《かくにん》した。

「……陛下？」

喧嘩《けんか》をしたあとだから、だろうか。ナターリエとルーファスが消えた場所に降り立ったハディスが、別人みたいに見える。

とても嫌《いや》な予感がした。

ハディスがゆっくりとジルに振り向き、柔《やわ》らかく微笑《ほほえ》んだ。真綿で、首をしめるように。

「ジル。おいで」

「……え？」

「帰ろう。ラーヴェに」

「は⁉ 何を言ってるんですか、ナターリエ殿下がつれていかれたんですよ！ 国璽もなくなって、このままじゃわたしと陛下の婚約が」

「そうだよ。国王が僕と君の婚約を拒絶《きょぜつ》して、ナターリエを人質《ひとじち》にとった。――これは、クレイトスからの宣戦布告だ」

まくし立てようとしていたジルは、息を呑んだ。横から反応したのは父親だ。

「お待ちくだされ、皇帝陛下。それはあまりに早計な判断です」

「誰《だれ》の許しを得て発言しているのか」

冷涼《れいりょう》とハディスが切り捨てた。とても竜帝らしく。

「ジーク、カミラ。帰国の準備だ」

しかめっ面《つら》になったジークの返事を待たず、湖畔からハディスがこちらに歩いてくる。そのうしろで、ジェラルドが声をあげた。

「皇帝。冗談《じょうだん》にしても笑えない。皇女を見捨てる気か」

「まさか。きちんと助けるよ。僕の大事な妹だ」

「なら今、なぜ帰国するなどと言う！ 宣戦布告などと……っ国王のしたことと言うなら確かだ、謝罪しろと言うならばする！ だが、あれがまともでないことくらいわかって――」

途中《とちゅう》でジェラルドが何かに気づいたように、足を止めた。ハディスは止まらない。

「……まさか、利用する気か。ナターリエ皇女を」

ジルを迎《むか》えに、まっすぐ歩いてくる。

「開戦の理由に使うつもりか、妹を。――答えろ、竜帝！」

「ジル」

背後の叫びなど聞こえないかのように、目の前にやってきたハディスが、手を差し出した。

「帰るよ。残念だけど、ここにもう用はない」

その手を見つめながら、乾《かわ》いて張りついた唇《くちびる》を、無理矢理動かした。

「……ナターリエ殿下と国璽を、取り戻《もど》しましょう。宣戦布告なんて、大袈裟《おおげさ》です」

そうだ、大袈裟だ。そう笑ってほしい。

ハディスの言っていることは正しい。和平の一歩であるジルとハディスの婚約を、クレイトス国王が妨害《ぼうがい》した。それは和平の拒絶を意味している。でもまだ巻き返せる、きっと。

「うちも……っお父様とお母様だって、助けてくれます。ジェラルド様だって！　協力すればいいじゃないですか、なんにも争う必要なんてありません！　だから――」

「クレイトスの内紛《ないふん》に、手を貸せと？　冗談じゃない」

ハディスが吐《は》き捨てた。ざわめいているのは、梢《こずえ》か、それとも胸の裡《うち》か。

「勝手に争えばいい。僕には――ラーヴェ帝国には、関係ない。どちらに味方しても、いいことなんてひとつもない。内ゲバで疲弊《ひへい》してくれれば、有り難《がた》いくらいだ」

「で……、でも、わたしと、陛下の、結婚が」

「どちらか勝ったほうに改めて打診《だしん》すればいいことだよ。ジル。これ以上は譲歩《じょうほ》できない。ナターリエの安全も確保しないといけないんだ」

「そうですよ！　なのにナターリエ殿下を助けるために、軍を動かすなんて——そんなことしたら」

戦争になるじゃないか。和平をするんじゃなかったのか。自分のために。

——ああ、でもハディスは気づいていたんじゃないのか。家族が反対していること。自分だけが何も気づかずに、まだ夢を見ているだけで。

問えば引き返せなくなる。拳《こぶし》を握《にぎ》ってジルは顔をあげた。

「わたしはっ、助けにいきます！　ナターリエ殿下を、ひとりでも……っそして国璽を取り戻して、陛下と結婚するんです！　それで、問題ないはずです！　そうでしょう⁉」

ハディスが小さく嘆息《たんそく》した。いつものような、しょうがないと許す仕草ではない。こめられたのは、失望だ。そしてわざとらしい、試験官のような笑《え》み。

「——それは、竜妃《りゅうひ》としての判断？　それとも、ジル・サーヴェルとしての判断？」

「どっちもですよ！　どっちもわたしです、だから——」

「嘘《うそ》だ」

ハディスが無慈悲《むじひ》に切り捨てた。

「僕より故郷を選ぶんだ。やっぱり、そうなると思った」

端整《たんせい》な口元に、物わかりの悪さに対する苛立《いらだ》ちと、侮蔑《ぶべつ》がまじっている。

「立派な皇帝になれって言ったのは、君だよね」

そう望んだのはお前だろう。だからその責任を取るべきだ。そう、突《つ》きつけるように。

「だから僕は竜妃として君がこの内紛に関わることを認めないし、許さない」

「……別に、かまいません！　陛下の許しなんてなくても――」

「なら、もう君は竜妃じゃない」

唐突《とうとつ》な、宣告だった。売り言葉に買い言葉のようなものだ。

なのにそれだけで、足の底が抜《ぬ》けたような感覚がした。ぐらりと世界が反転する気持ち悪さが先にきて、意味をうまくとらえられない。とらえたくない。唇もわななないて、動かない。なのに、瞳《ひとみ》の縁《ふち》に勝手に盛り上がってくるものがある――まだ、意味がわからないままでいたいのに。

竜帝より故郷を守る竜妃など、必要ない。

自明の理《ことわり》。愛のない、理。

（嘘だ。違《ちが》う）

声が出ない。呼吸のしかたを忘れた、魚みたいだ。きっとハディスは気づいている。気づいてくれる。そういうひとだ。

そう信じているのに、差し出した手を引いて、もう笑顔も作らなくなったハディスが、吐き捨てる。

「僕の婚約者《こんやく》でも、なんでもない。ここでお別れだ」

「この、さっきから聞いてりゃ一方的に……っジル姉を散々巻きこんでおいて！」

「開戦するってわかって行かせるか！」

「リック、アンディ！　やめなさい！」

父親の制止も振《ふ》り切ってリックとアンディが飛びかかっていく。それをジークとカミラが制止しにかかる。リックの投げた短剣《たんけん》がかすめて、ハディスの頰《ほお》に一筋、朱《しゅ》が走った。

ハディスが物憂《ものう》げにまぶたを伏《ふ》せて、持ち上げる。

「僕に、手を出した。決定打だ」

瞬間《しゅんかん》、双子《ふたご》の弟たちが竜帝《りゅうてい》の魔力《まりょく》に押しつぶされて沈《しず》んだ。

そのまま顎《あご》を持ち上げたハディスを中心に、魔力の重圧がかかる。膝《ひざ》を突けという圧倒《あっとう》的な暴力だ。支配者の眼差《まなざ》しに、隣《となり》にいた両親もロレンスも、こちらに走ってきたジェラルドも、そのまま膝を突く。立っているカミラとジークも戸惑《とまど》ったように動きを止めてしまった。

その流れすべてを、身じろぎもまばたきもできず、ジルは見ていた。

夢みたいだ、と思った。いつか見た夢。

圧倒的な火力で愛を砕《くだ》き、理を守る竜神の国の皇帝。

「僕は妻にはひざまずく」

何度も聞いたはずの言葉すら、夢ではないかと思う。

「でも、妻以外にはひざまずかない。――ジル。最後だ」

夢だったのかもしれない、今までこそが――だとしたらなんて残酷《ざんこく》な夢だろう。

好きなひとに手を差し伸《の》べられて、微笑まれて、こんなに胸が痛いなんて。

「おいで」

「……いけま、せん」

拒《こば》まなければいけないなんて。

「こんな脅《おど》しみたいな真似《まね》をされて、いけるわけ、ないじゃないですか……！　今すぐみんなを解放してください、そして話し合えばまだ、陛下──お願いだから！」

ハディスが差し出した手をさげて、失笑した。

「ジーク、カミラ。行くぞ。包囲される前に合流する」

「……陛下。アタシたちは……」

「君たちは竜妃の騎士《きし》だが、ここは敵国のど真ん中だ。死にたくないなら、ラーヴェ帝国での辞職をおすすめするよ」

「陛下、待っ──」

「駄目《だめ》だジル姫《ひめ》、行くな……っ竜妃は……！」

ジェラルドに手首をつかまれた。弱い力だ。振りほどける。なのに、脂汗《あぶらあせ》を浮《う》かべて必死で止めようとするその表情から、目が離《はな》せない。

「歴代の竜妃は皆《みな》、竜帝に殺されている！」

振り向いたジルとハディスの目が合った。まさか、とさぐってしまった。疑った。

たぶん、それが決定的な失敗だった。

はっきりとハディスの目に、失望の色が浮かぶ。

「さようなら。紫水晶《むらさきすいしょう》の瞳をした、お嬢《じょう》さん」

自嘲《じちょう》気味にそう告げて、ハディスが踵《きびす》を返す。瞬間、皆の金縛《かなしば》りがほどけた。ジェラルドが跳《は》ね起きて叫《さけ》ぶ。

「サーヴェル伯《はく》、竜帝を行かせるな！」

「アンディ、リック、サーヴェル領すべてに伝達！　竜帝を捕縛《ほばく》しろ！」

「決してラーヴェ帝国に戻しては駄目よ、戦争になるわ！」

両親の指示にジークが駆《か》け出し、ハディスの背後に飛んできた矢を落とす。カミラも舌打ちしてテラスから飛び出し、ハディスの元に駆けよって、振り向いた。

「ジルちゃん、アタシたちは――」

「やめろ、もう隊長は竜妃じゃない。――これ以上は、酷《こく》だろう」

振り切るようにカミラが顔をそむけた。ジークが目礼したあと、ハディスの前に立つ。ふわりと三人が浮いた。転移だ、と誰《だれ》かが叫ぶ。そう遠くまでいけないはずだと、空に魔力を抑《おさ》える魔術が描《えが》かれる。怒号《どごう》と、剣戟《けんげき》の音。魔力の輝《かがや》き。

怖《こわ》くなどない。慣れた光景だ。

なのに、一歩も動けなかった。凍《こお》り付いたように、足も動かない。

ただ胸を押さえて、呼吸をしているだけ。馬鹿《ばか》みたいだ。すべきことはたくさんあるのに、間違《まちが》っていないと思うのに、文句だって山のようにあるのに、さようならだけで苦しくてつらくて悲しくて張り裂《さ》けそうで、何もできなくなる。

(諦《あきら》めないって、言ったのに。約束を守れば、いいだけなのに)

これが恋《こい》だ。

知らなかった。知らないままで、いたかった。


いきなり重力が全身にかかって、どさりと腰《こし》からナターリエは床《ゆか》に落ちた。だが、毛長の絨《じゅう》毯《たん》が受け止めてくれたおかげで、それほど痛くない。

衝撃《しょうげき》で閉じた目を、おそるおそる開く。湖畔《こはん》の土を踏《ふ》んで少し汚《よご》れた革靴《かわぐつ》と、すらりとした脚《あし》が見えた。

「──まさか、ついてくるとはねえ」

呆《あき》れたような、小馬鹿《こばか》にしたような声が上から降ってくる。尻餅《しりもち》をついたナターリエの目線に合わせるように、この国の王が身をかがめた。ナターリエは息を呑《の》む。

クレイトスの、南国王。その名は、ラーヴェ帝国でも有名だ。政務を放《ほう》り投げ、クレイトス王国南方のエーゲル半島に黄金でできた後宮を建て、老若男女《ろうにゃくなんにょ》問わず淫行《いんこう》に耽《ふけ》る王。聞くに堪《た》えない風評からはとても想像できないすらりとした出《い》で立ちの美形だが、黒い瞳に宿る残虐《ざんぎゃく》さは噂《うわさ》に違《たが》わない。

「怖いかい？　ならどうしてついてきたのかな。まさか息子《むすこ》の気を引けるとでも思った？」

「……それはこちらの台詞《せりふ》よ、愛の国の王様」

精一杯《せいいっぱい》胸を張って、言い返す。

「どういうつもりなの、国璽《こくじ》を持ち出すなんて」

「年長者の、しかも国王様の質問に質問で答えるなんて、躾《しつけ》がなっていないなあ」

笑いながら、ルーファスがナターリエのドレスの裾《すそ》を踏みつけた。

「質問しているのは僕だ。竜神の皇女を僭称《せんしょう》する、お嬢さん」

「――あら」

ぐっと腹の底に恐怖《きょうふ》も不安も沈めて、矜持《きょうじ》だけで笑う。まっすぐ、底の知れない黒い瞳を覗《のぞ》きこんだ。

はずれの皇女。そう言われ続けて身につけた見栄の張り方だけは、ラーヴェ皇族の誰にも負けない。

「私は竜帝の妹よ、お義父様《とうさま》」

ぴくりとルーファスが片眉《まゆ》だけを動かし、反駁《はんばく》する。

「おとうさま……と、くるか」

「だってご存じなんでしょう？　私が何者で、何をしにきたのか」

「ご存じだよ。だって僕はこの国の王様だからね」

「そうね、息子さんも頼《たよ》りにする、立派な役者だわ」

今度こそはっきり、ルーファスの笑顔《えがお》が消えた。氷のような無表情だ。あの無骨な王子様とそっくりの顔。こうして見ると、親子だとわかる。

「私を殺せばあなたたちの筋書きが変わるんじゃないの？　疑われたら、竜妃《りゅうひ》を味方にできなくなるわよ。せいぜい、歓待《かんたい》して頂きたいわ」

「変わった命乞《いのちご》いだね。でもそれを決めるのは――」

こん、と扉《とびら》を叩《たた》く音が聞こえた。入れ、と上半身を起こしたルーファスが言う。入ってきたのは頭からフードをかぶって顔を隠《かく》した、巫女《みこ》服姿の女性だった。

「ルーファス様。竜帝が、サーヴェル家の屋敷《やしき》から逃走《とうそう》したようです」

ゆっくり、ナターリエは目を見開く。ちらとそれを見てルーファスが笑った。

「竜妃ちゃんも一緒《いっしょ》に？」

「いいえ。ジル・サーヴェルは残っています。竜帝とは決裂《けつれつ》したようです」

「ははは。意外と早かったな。あっけない。それで竜帝は、すごすご国へ帰った？」

「ラーヴェ帝国軍を動かすために、どこかへ向かっているようです。サーヴェル家が追っています」

ルーファスが鼻を鳴らした。

「まさか、開戦する気なのか。竜妃ちゃんを取られた腹いせに？　意外と小物――」

ルーファスが突然《とつぜん》、何かに気づいたようにナターリエに振り向いた。

この国王は決して愚王ではない。あの王子様と同じ、切れ者だ。しかも大した役者だ。王太子だった頃《ころ》は、神童と名高かったのだと一番上の嫌《いや》みな兄が教えてくれた。決して無茶をするなと、二番目の兄からは念を押された。

そして国を背負う三番目の兄からは、頼《たの》むと言われた。

どうかクレイトス側の本音を、引きずり出してくれと。

「何か？」

だから平然と、聞き返す。ルーファスがつぶやいた。

「あまりにこっちに都合がよすぎるね。まさか、わざと先に竜妃を切り捨てた？　だとしたらなんのために？　──竜帝《りゅうてい》の駒《こま》である君は、知ってるのかな」

黙《だま》って微笑《ほほえ》む。ナターリエだとてハディスの思惑《おもわく》をすべて把握《はあく》しているわけではない。

だが、自分はこのためにここへ飛びこんだのだ。静かな水面を波立たせる小石のように、水底に隠れた謀略《ぼうりゃく》を竜妃に気づかせるために。耳触りのよい言葉よりも、雄弁《ゆうべん》に。

それがきっと、竜帝である兄を救う。

おかしそうにルーファスも喉《のど》を鳴らした。

「いいだろう、君は手違《てちが》いでここにきてしまった客人だ。ここで人質《ひとじち》や死体にして、竜帝くんの主張に合わせるのも癪《しゃく》だ」

「賢明《けんめい》なご判断、有り難《がと》うございます国王陛下」

「でも忘れるな。君は死ぬ。何をしでかすかわからない、南国王の八つ当たりでね」

「そういう筋書きなの？　息子想《おも》いなのね」

ナターリエの率直《そっちょく》な感想に、ルーファスが声を立てて笑い出した。

「まったくもってそのとおり！　初めてだよ、理解してもらえたのは――残念だな。君にお義父様と呼ばれてみたかった」

「あら、わからないでしょう。未来がどうなるかなんて」

「いいや、わかるさ。竜妃はもう、竜帝を守る盾《たて》ではない。竜帝に愛を教える矛《ほこ》なのだから」

両目を開いたナターリエを置いて、ルーファスが踵《きびす》を返す。その姿が消えたあとで、ナターリエは両手を床についた。背中が汗《あせ》でびっしょりだ。今になって震《ふる》えもきている。

（……まだ何かある。私たちの知らないことが、竜妃に……）

だから兄は賭《か》けに出たのか。ジルは大丈夫《だいじょうぶ》だろうか。気づいてくれるだろうか。

わからない。でも大丈夫。震える手を胸の前で握《にぎ》りしめる。

「フリーダ。エリンツィア姉様、リステアード兄様……ヴィッセル兄様、ハディス兄様」

王子様は待たない。だって約束した。

無事生きて帰る。必ず助ける。そうきょうだいたちと誓《ちか》い合ったから、ナターリエは今、ここでまだ戦える。

# 第五章 ⚜ 孤軍奮闘、選択せよ

目がさめると、何もかもが変わっていた。昨日の続きなのに、まるで今までの時間がまるごと消えたみたいだ。

それとも、夢みたいな時間から、現実に戻《もど》ったのか。

「ナターリエ皇女が南国王の後宮にいると確認《かくにん》がとれたよ。今日のジェラルド王子との謁見《えっけん》で南国王が皇女を解放すればそれで解決だけど……皇女の安否と居場所は？」

「もう少しで割り出せると、リックが言ってました」

「そうか。じゃあ先に確認しておこう。これが最新の後宮の見取図だ」

大きな机の上にロレンスが図面を広げた。その首筋に一筋の汗を見つける。

クレイトス南部の入り口、日照時間も長いこの地域は、とにかく暑い。ただでさえ夏だ。魔《ま》術《じゅつ》で稼《か》働《どう》させている冷風装置も気休めにすぎない。もっと設備の整った高級な宿にいけば涼《すず》しいのだろうが、ジルたちは潜入《せんにゅう》者だ。快適さより、雑多にまぎれるほうが優先される。

「ジェラルド王子がどんな情報を持ち帰ってくるかによって動き方は変わるけれど……潜入と脱出《だっしゅつ》のルートは、頭に叩きこんでほしい。国璽の保管場所もね」

とん、とロレンスが叩いたのは、後宮の真ん中にある、吹《ふ》き抜《ぬ》けの庭園だ。天井《てんじょう》のないそこに屋根のような大きな魔法陣《まほうじん》が張られているのは、ジルも目視した。

アンディが気難しい顔を作った。

「リックにも確認させてますけど、ここ、偽装《ぎそう》の可能性はありませんか。あんなに派手な魔術展開をするなんて、罠《わな》としか思えません」

「南国王はそういう派手なのがお好きだから不思議ではない、というのがジェラルド王子の見解だ。あと、見えるからと言ってそう簡単に破れる魔法陣ではないとも聞いてるよ」

「……確かに、女神《めがみ》の護剣《ごけん》が核《かく》になってますからね」

偽《にせ》の天剣――そうラーヴェ帝国で評されていたものは、こちらでは護剣と称されているらしい。知らなかった。儀式《ぎしき》に使われることもなく表舞台《おもてぶたい》にまったく出てこないので、女神の聖槍《せいそう》にかすんでしまい、クレイトス国内でも浸透《しんとう》していないのだろう。実在もあやふやだった竜妃の神器と似たようなものだ。

だが、女神の聖槍から造られたのだ。威力《いりょく》も出所も、女神を護《まも》るに値《あたい》する剣だと、ジルは身にしみて知っている。

「ジェラルド王子でも太刀《たち》打ちできないかもしれない。そうなると――」

「竜妃の神器なら破れる」

ジルのひとことに、ロレンスとアンディが付き合わせていた顔をこちらに向けた。椅子《いす》に座り、肘掛《ひじか》けに頬杖《ほおづえ》を突《つ》いたままジルは続ける。

「天剣は陛下が持ってる。つまり破れるのはわたしか、陛下。そういうことだろう」

視線をさげると、左手の黄金の指輪が目に入った。

「いつ取りあげられるかわからない。竜妃の神器がまだ使えるうちに、動いたほうがいい」

「……ジル姉」

珍《めずら》しくアンディが言葉に詰《つ》まっている。ジルは苦笑《くしょう》した。

「嫌な言い方だな、すまない。でも、ほんとうの、ことだから……」

竜神ラーヴェの祝福を受けて、ジルは竜妃になった。ジルの承諾《しょうだく》も何も必要ない、一方的なものだ。逆に言えば、一方的に取りあげられてもおかしくない。

「……正直、今のわたしは竜妃なのかもさだかじゃない。陛下次第《しだい》だ」

「竜帝はまだ見つかっていない。ラーヴェ帝国軍も動く気配はない。軍が動き出す前に竜帝ともう一度話せたら、当初の予定どおり君と竜帝が婚約《こんやく》して、ラーヴェ帝国に帰国する可能性もある。考えるのは、もっと先でもいいんじゃないかな」

ロレンスが冷静に言う。つい、ジルは笑ってしまった。

「先延ばしか、珍しい。……お前は慰《なぐさ》めるのが下手だな」

「気遣《きづか》いを台無しにしないでくれると嬉《うれ》しいよ」

「だが、陛下はつかまらないぞ。逃《に》げるの、ものすごく得意なんだあのひと。隠れるのも」

ジルの回答に、アンディもロレンスもなんとも言えない顔をする。それが少しおかしい。

今、ジルたちは二手に分かれてことに当たっている。

両親たちはサーヴェル家の別邸《べってい》から姿を消したハディスの捜索《そうさく》、長兄と長姉は国境付近の出入りと動きを牽制《けんせい》している。その間に、ジェラルドとジルとロレンスが、アンディとリックを連絡係《れんらくがかり》にしながら南国王に対処――国璽《こくじ》を取り戻すのだ。

ハディスがラーヴェ帝国軍に接触《せっしょく》し戦端《せんたん》を開く前に、国璽を取り戻しナターリエの安全を確保すれば、ジルたちの勝ち。当初の予定どおりに婚約して、元どおりだ――本当に？

「……ねえ、ジル姉。この際、南国王とか開戦とかいう問題は置いといて、このまま本当に竜《りゅう》帝《てい》と結婚するの？」

答えずにいると、アンディはロレンスを横目で見た。

「ここでもしジル姉がクレイトスに戻ることを選んでも、反逆者とか言われませんよね」

「もちろん。ジェラルド王子もそんな気はないだろう。俺としても、竜妃《りゅうひ》をやめるのは大歓迎《だいかんげい》だよ。君と一緒《いっしょ》にジェラルド王子の下《もと》で働ければ楽しいだろうしね」

ジルはもう一度、金の指輪を見た。

「やめたくても、わたしにはどうすることもできないだろう。……ひょっとしたら、陛下にもどうにもできないいんじゃないのか」

その仮説はしっくりする気がした。二度とはずれないと言われた指輪だ。

「竜神……理《ことわり》の神との契約《けいやく》だもんね。確かに反故《ほご》とか、認めなそう」

「……。ジル。もし、その指輪をなくす方法があるとしたらどうする？」

分厚い硝子《ガラス》を一枚隔《へだ》てたように、どこかぼんやり会話していたジルは、まばたいた。

竜妃をやめる方法。金の指輪をはずす方法だ。そんなものがあるとしたら――。

「女神の聖槍と護剣だよ。おそらく、理という契約を反故にできる」

「女神の御業《みわざ》ではあるだろうね。ちょうど、今の状況《じようきよう》にもおあつらえ向きだ。――女神の聖槍と護剣だよ。おそらく、理という契約を反故にできる」

今、まさにクレイトスの国璽を大仰《おおぎよう》に封印《ふういん》している護剣が、目と鼻の先にある。

「調べたんだよ。君が竜妃の神器を手に入れるときに、竜妃について色々と。三百年前の前例も、そのとき知った。……歴代の竜妃の死に方も」

「女神はずいぶん、竜妃を気にしてたんだな」

「ジル姉。話の矛先《ほこさき》をずらすのは、やめたほうがいいよ。痛々しいから」

そうか、とジルは弟に笑う。

「痛々しく見えるか、わたし。すまない。慣れていなくて、こういうことに……」

「……色々あって疲《つか》れてるんだよ、ジル姉。少し休んだほうがいい。ジェラルド王子やリックが戻ってきたら、また呼ぶから」

「なら何か、おいしいものでも用意しようか。ゆっくりできるのも、今のうちだけだろう」

つとめて明るく、ロレンスが言った。気遣いを素直《すなお》に受け取って、ジルは頷《うなず》く。

「そうしてくれると有り難い、かな」

「折角の南国だ。果物なんかは特においしいよ。アンディ君も、食べたいものは？」

「なんでもいいですよ。サーヴェル家って、正直あまり農作物の出来がよくないので」

「ああ、だろうね。ラキア山脈周辺は元々農作地に向いてないうえに、あの磁場だから」

「……そうなのか。知らなかった」

ジルの感想に、アンディが嫌《いや》そうな顔をした。

「知らないって……ちゃんと座学とか聞いてないからだよ、ジル姉。うちの領地が緑豊かなのは、女神の加護のおかげ。ラキア山脈の気候なんて読めたもんじゃないんだから」

「……ラーヴェ帝国側では、ちゃんと作ってたから……陛下が」

「ノイトラールのこと？　あそこは麓《ふもと》だし、時季もよかったからだろうね」

ロレンスの解説に、なるほどとジルはつぶやいた。

「色々、ちゃんとわかってないことが多いんだな、わたしは。勉強しないと……」

「……ジル姉、本当に大丈夫《だいじょうぶ》？　勉強に目覚めるジル姉なんて、想像できないんだけど」

「失礼だな。反省したんだ、これでも。何も知らずに竜妃になって」

途端《とたん》にふたりが、ひっかき傷を作ったようなしかめっ面《つら》をする。

「覚悟《かくご》がたりてなかった。そう思うよ」

「その……俺が言うのも、おかしいけど。ジル姉は、まだ十一歳だよ。当然じゃないか。むしろそんなの要求するほうが重いと、俺は思う。みんなも、思ってるよ」

「俺は君の家族ではないけれど、同意するよ。それに――戻れるよ、まだ」

「うん、そうだな……戻れるんだ。本当に、わかってたつもりで、わかってなかった」

正方形の窓の外を、ふと見あげる。竜の飛ばない、空。

そこから逃げるように視線をそらして、両足を椅子の上に持ちあげ、膝《ひざ》を抱《かか》える。

「とんでもない男だよ、陛下は。だまされた。悔《くや》しい」

「ジル姉……だったら」

「どっちにせよわたしのやることは同じだ。国璽を取り返すために、あの護剣の魔法陣をわたしが破る。ナターリエ殿下《でんか》の身柄《みがら》も保護する。どちらも、陛下より先にだ」

両膝を抱えたままでも、自分のすべきことを見据《みす》える。

「わたしにだって、意地がある。……あとのことは、あとのことだ」

それまで、余計なことは考えない。

ふたりがほっとしたような顔で頷いた。うまく笑えているようだ。恋《こい》に破れて傷心中の、少女のように。他人事《ひとごと》みたいに、そう思った。


「——快適にすごしているようで、何よりだ」

「おかげさまで」

ジェラルドの皮肉を、ナターリエはあっさり受け流す。

南国王の後宮にある図書室である。壁《かべ》にびっしり、天井《てんじょう》まで詰められた蔵書の数々は、娯楽《ごらく》本から教本、経典までそろえられている。暇《ひま》つぶしにはもってこいだ。

椅子ではなく、絨毯《じゅうたん》の上に座ってクッションにもたれかかる姿勢には抵抗《ていこう》がある。靴《くつ》を脱《ぬ》いでいるので、裳裾《もすそ》がすうすうして心許《こころもと》ない。はしたない格好だが、ここは南国王の後宮だ。寝《しん》所《じょ》でもない、足を見せるくらいなんだ。そういう気概《きがい》でいないと、負けてしまう。

それに、絹の長靴下《ながくつした》を見ないよう、そっと視線をそらす王子様は、悪くない。

「南国王に、あなたをここから連れ出す許可をもらったのだが」

「あら、そう。ご苦労様。でもごめんなさい。この本を読み終わってからでいいかしら」

「……終わってから、とは」

「女神《めがみ》クレイトスの民話集。全三十二巻の大長編よ。ちなみに今、三巻目。竜妃が作った魔法《まほう》の盾《たて》の話よ。解釈《かいしゃく》の違《ちが》いに感心するわ。竜神が人間に罰《ばつ》を与《あた》えるため女神の祝福を拒《こば》んだ、ですって？　こっちだとそっちが呪《のろ》ったから草も生えなくなったって話なんだけど」

「今の状況をわかったうえでの、その態度か？」

「反逆者にされたラーヴェ帝国《ていこく》軍の人質《ひとじち》になったときよりは快適だもの」

「人質になるのがあなたの趣味《しゅみ》なのか」

この王子様の渋面《じゅうめん》を拝むのが、癖《くせ》になりそうだ。でも、せっかく綺麗《きれい》な顔をしているのに眉《み》間《けん》のしわが固定されてしまうのも可哀想《かわいそう》だと、本を閉じた。

「こういう違いの重なりを、歴史とか因縁《いんねん》って言うんでしょうね。ジルも大変だわ」

「そう思うなら、さっさとここを出て、彼女を安心させてやってはどうだ」

「嫌よ、あなたの株があがるだけじゃない」

「……そんなつもりは、ない」

語尾《ごび》が唐突《とうとつ》に弱くなった。だがすぐに深呼吸して持ち直すのは、この王子のいいところだ。

「国璽を取り戻《もど》す手はずは考えてある。あなたがここにいる理由はない。あるとすれば、開戦したい竜帝のためにわざと人質になった——すなわち、狂言《きょうげん》と判断せねばならなくなる」

「ねえあなた、どうしてお父様と仲が悪いの？」

「だからどうして、そう唐突に、ころころ話を変える……！」

青筋を立ててもすぐこらえる我慢《がまん》強《づよ》さも、いいと思う。

「少なくとも、あなたのお父さんは、あなたを大事に思ってそう」

そして不思議だ。ふっと、唐突に、すべての感情をなくしたように、引いてしまう。

「……冗談《じょうだん》じゃない」

口の端《はし》にのせた嘲《あざけ》りがどこに向けたものなのかは、まだわからない。

「私とくるつもりがないのは理解した。あなたは、竜帝とともに狂言誘拐《ゆうかい》をたくらむ共犯者だとジル姫《ひめ》には説明する。それでいいんだな」

「どうぞ、ご自由に」

「——後悔《こうかい》するぞ」

「負け犬の台詞《せりふ》よ、それ。手を貸していただけるかしら、客室に戻るわ」

ドレスの裾を払《はら》い、立ち上がる。王子は眉《まゆ》をよせたが、無視せずに、絨毯の端にあるナターリエの靴を取ってきて、床《ゆか》に並べた。ナターリエから本を受け取り、床に置く。そして肩《かた》と手を貸し、靴を履《は》かせてくれた。一連の動作が、流れるように見事だ。

「ありがとう。あなた、優《やさ》しいお兄さんなのね」

「何をまた、唐突に」

「慣れてるもの。私はこういうの、ちっとも慣れていないから助かったわ」

「あなたはよくわからないひとだな。殺されるかもしれないのに」

「あなたに？」

冗談のつもりだったのに震《ふる》えがきたのは、まっすぐ見返されたからだろう。悪寒《おかん》のような予感が背中に走る。それとも、既視感《きしかん》か。

「殺す理由がない」

それは理由があれば、殺すということか。光のない黒石みたいな目からは何も読み取れなくて、問いただせない。

ジェラルドが踵《かかと》を鳴らし、先に図書室から出て行く。

（——そろそろ、死ぬかもしれないわ。緊張《きんちょう》で）

本を胸にぎゅっと抱《だ》き、与えられた客室に戻る。お茶の給仕は断ったが、間違《まちが》いなく監視《かんし》はついているだろう。まだ自分は殺されないはず——そうは思っても、持ち出した本を開くのにも、神経を使う。

ちょうど、最初の竜妃《りゅうひ》が死ぬところだ。

竜帝《りゅうてい》を守るため聖槍《せいそう》の前に躍《おど》り出て、かばった竜帝に背後から天剣《てんけん》で突《つ》き刺《さ》されている。

竜帝に盾にされた、憐《あわ》れな妃《きさき》。なぜなら竜帝は愛を解さないからという解説つきだ。

「……大変よね」

はらりと、紙片《しへん》が本の間から落ちた。必要以上に表情を変えないよう細心の注意を払って、拾い上げる。栞《しおり》だとは最初から思っていなかった。

文字はない。あるのは印のついた後宮の図面と、時間だけ。深夜だ。一見、逢《あ》い引きのやり取りのようだが、紙片は新しい。これは伝言だ。ほっとした。やはり助けはきている。

（……でもよりによって……南国王の私室？）

なぜこんな場所が指定されるのだろう。灯台もと暗しというやつだろうか。

ふと、思い出した。靴を履かせてもらうとき、ジェラルドはこの本に触《ふ》れている。

これは助けではない。罠《わな》だ。

「……そうこなくちゃ」

南国王の私室ならナターリエの死体が転がっていてもおかしくない、という判断だろう。

殺す理由がない。よくもまあ、うそぶいたものだ。きちんとナターリエを警戒《けいかい》してくれている。捨て置けないと思っている——つまり、竜妃はまだ手中におちていない。

（うまくいかせてなんかやるもんですか）

大丈夫、ハディスを含《ふく》め兄たちが絶対に自分を助けてくれる。だから本を閉じても紙片が見えるよう、栞代わりに挟《はさ》み直して、置いておいた。

うまくいっている。盤面《ばんめん》は、滞《とどこお》りない。不測の事態も織り込み済みで、一手ずつ詰《つ》めていくのが自分の仕事だ。

狭《せま》い路地裏の奥にある石壁《いしかべ》の建物の部屋は日陰《ひかげ》になっており、冷風も魔術《まじゅつ》で吹《ふ》きこまれているが、何せ外が暑い。日よけのマントを脱いで一息つくと、優秀《ゆうしゅう》な部下が横から水を差し出してくれた。縦長のこの建物は、一階を厨房《ちゅうぼう》と食卓《しょくたく》が占領《せんりょう》している。

他《ほか》には誰《だれ》もいない。遠慮《えんりょ》なく水をひとくち飲んでから、尋《たず》ねた。

「ジル姫は」

「寝《ね》ているようです。弟さんがついてるので、ご安心を。――予定どおりですか」

「ああ」

予定どおりの情報を持ち帰った。暗にそう伝えるジェラルドに、ロレンスは椅子《いす》をふたつ、持ってきた。長細い食卓の角でふたり顔を突き合わせ、確認《かくにん》を始める。

「では、まず国璽《こくじ》を俺たちが。ナターリエ皇女はあなたが救出する、という形で進めます」

「それでいい。手は回してきた。お前の脚本《きゃくほん》どおりにな。細かすぎる気もするが」

「演出は大事ですよ。竜妃がナターリエ皇女を優先したらどうしますか」

「それはない。彼女はサーヴェル家で育てられた、優秀な軍人だ。国璽の封印《ふういん》に確実に立ち向かえるのが竜妃の神器しかないとわかれば、必ずそちらへ向かう。――それとも、何か彼女から異議が？　疑われているのか」

「いいえ、それはないです。本人も納得《なっとく》しているのは間違いないですが……」

ロレンスの歯切れが悪い。その先を、ジェラルドは補った。

「うまくいきすぎている？」

「はい、主に竜帝のおかげで。ただ、こうもこちらの筋書きにのられると……」

「確かに、気味の悪さはあるな」

もう少し時間も手間もかかると思っていた。だがあっさり竜帝が竜妃を切り捨てたせいで、経過に違和感《いわかん》がある。結果が予定どおりでも、薄気味悪《うすきみわる》く感じるのはそのせいだ。

「竜帝の動向を見失ったのは痛いですね。サーヴェル家でもまだ捕捉《ほそく》できないとは。ラーヴェ帝国にもう戻っている可能性も……」

「いや、まだ国内にいる。半分魔力が封《ふう》じられたままでは、ラキア山脈のあの磁場を無視してラーヴェに戻るほどの転移は不可能だ」

万全《ばんぜん》の状態でひとりなら不可能ではないだろうが、今の竜帝には竜妃の騎士《きし》たちがいる。ふたりをつれていこうとしたのは竜帝だから、転移でラーヴェ帝国に戻る気はないのだろう。

「だからこその迎《むか》えだろう。北と南から同時に入った侵入者たちが、この件に無関係なわけがない。竜帝はどちらかと接触《せっしょく》するはずだ」

「北のほうはそろそろ捕捉できそうだと報告がありました。南のほうは船で海を逃《に》げ回っているようで、上陸の気配がないとか。何やら大きな荷をのせてるようなんですが」

「目くらましか、それとも竜帝と接触するまでは海にいる作戦なのか……いずれにせよサーヴェル家の手が分散されるのが問題だな。……ジル姫は、何か知っていそうか」

「いいえ。何も知らなかった、というのは間違いないかと」

ジルの憔悴《しょうすい》ぶりを思い出すと、ジェラルドも苦い気持ちになる。

「竜帝のすることだ。竜妃の気持ちを……愛を解さないのは、いつものことだ」

「俺はあまりそういう概念《がいねん》をアテにはしたくないんですが、今はそういうことにしておきましょうか。実際、竜帝の行動は理にかなってはいるので」

大局を見れば、和平の一歩である交渉《こうしょう》を国王が妨害《ぼうがい》しておいて和平などあり得ないし、皇女を誘拐《ゆうかい》しておいて敵意がないなんて主張を信じるほうがおかしい。この状況《じょうきょう》でまだ故郷を信じる竜妃など使えないと竜帝が切り捨てたのは正しいのだ。

ただ、竜妃可愛《かわい》さにこちらの尻尾《しっぽ》をつかむ限界まで耐《た》えると想定していた。その間にふたりの関係を悪化させ、後戻《あともど》りできないところまでこじれさせるのがロレンスの脚本だったのだ。

竜帝が早々に竜妃を見切ったのは、想定外だった。

「ラーヴェで接触しちゃったせいですかね。俺の中で理《ことわり》で語られる『竜帝像』と一致《いっち》しないいんですよ、あの皇帝。ジルにちょっかい出したとき、本気でにらまれましたし」

「結婚《けっこん》も婚約も契約《けいやく》だ。自分の妃に手を出す男をにらむのは、道理だろう」

「あーそういう解釈《かいしゃく》に……うぅん、わからないな。愛と理の違《ちが》い」

「というかお前、ジル姫に何をしたんだ。ラーヴェで。不埒《ふらち》な真似《まね》をしていないだろうな」

「え。そっちは愛ですか」

眉をひそめて見返すと、ロレンスは嘆息《たんそく》した。

「……やめます、神の概念なんて考えたら負けだ。俺はしがない人間なので、目の前の情報で処理するしかない。現状、最善手で進んでます。ただ、油断はしないほうがいい」

「そうだな。……ジル姫はまだ竜妃を続けるつもりなのか？」

「まだ混乱して決めかねているみたいですが、やめると思いますよ。やめさせられるのとどっちが先かはともかくね。それこそ理ってやつでしょう。竜帝に拒《こば》まれては戻れない」

ジェラルドは首肯《しゅこう》した。

「なら、それで十分だ」

「ああ、でもあなたはまだ身を引く男でいてくださいよ。竜帝を悪く言わないように。傷心につけ込むにせよ、タイミングってものがあります」

「そういうものか」

「ええ、慎重《しんちょう》にいきましょう。でも、竜妃が竜帝に殺されていることを教えたあそこは名演技でしたよ」

限界まで、眉《まゆ》がよる。なぜか口の中が苦い。

「ただの事実を言ったまでだ」

「……。なら、それはそれで、はい」

「ジェラルド様、ロレンス様！　ちょっといいっすか」

窓から影《かげ》が音もなく飛びこんできた。ジェラルドの護衛を兼《か》ねてサーヴェル家が派遣《はけん》してきた双子《ふたご》の片割れ、リックである。「ナターリエの居所がわかった」と戻ってくる役目を負っているのだが、まだ予定より早い。

「何かありましたか」

「サーヴェル家から誰かこっちにきたみたいなんすよ。それで顔出してみたんですけど……誰もきてないっすか？」

眉をひそめたジェラルドが問い返す前に、今度は音を立てて出入り口が開いた。

「あらあら。リック、ちゃあんと私に気づいたのねえ」

咄嗟《とっさ》に身構えたジェラルドたちに、にっこりシャーロット・サーヴェルが笑う。ジェラルドは驚《おどろ》いて、椅子から立ち上がってしまった。

「サーヴェル伯《はく》と竜帝《りゅうてい》の捜索《そうさく》にあたっていたのでは。何かありましたか」

「こっちのお手伝いをしようかと思って。ご飯を用意するひともいないでしょうし」

「ごはん……」

あまりに状況からかけ離《はな》れた単語に、あっけにとられる。シャーロットは笑顔《えがお》で、持っていた荷物を見せた。

「買い物もすませてきましたのよ。夕飯を作りましょうか」

リックが髪《かみ》をかき上げて嘆息する。ロレンスは笑顔で固まったままだ。その間にシャーロットは厨房のテーブルに買い込んだ食料品を置く。遅《おく》れてジェラルドは舌打ちした。

「サーヴェル夫人！　いったい何を、この状況で」

「いけませんわ、緊張《きんちょう》してらっしゃるでしょうジェラルド様。それでは竜帝に負けてしまいますわよ」

テーブルに食材を並べながら、シャーロットに穏《おだ》やかにたしなめられた。ジェラルドの眉根がよる。

「ナターリエ皇女のことなら、不備はない」

「そういうことではありませんわ。心を痛めてらっしゃるでしょう。傷ついたジルの姿に」

今度は別の意味で、困惑《こんわく》してしまった。それをシャーロットが笑う。

「ジルを甘やかしてしまわないかと、心配になりましたの。アンディもリックも、もっと言えばビリーもそんなところがあるものですから」

「……申し訳ないが、仰《おっしゃ》りたいことがわかりません。今の彼女が深く傷ついているのは見ればわかること。……あれを見て、なんとも思わない竜帝と私は違う」

ジェラルドの胸に、ロレンスが手を押し当てた。しゃべりすぎだと言いたいのだろう。

むっとしたが、言い訳のようだと気づいて引き下がる。

「何か懸念《けねんじ》事項《こう》があるなら、共有していただけると助かります」

ロレンスが建設的な会話に切り替《か》える。ふんわりシャーロットは笑った。

「難しいことはわかりませんわ。ほら、ジル。隠《かく》れてないでおりてらっしゃい。アンディも」

階段に向けて投げかけた言葉に、シャーロットを除くその場の全員がぎょっとした。アンディが肩《かた》をすくめる。

「隠れてたわけじゃないよ。ジル姉が起きたから下におりようと思ったら、母様がいて、しかも難しい話をしているから、割りこむタイミングをうかがってただけ」

「お母様。どうしてここに」

大した話は聞かれていない。階段をおりてきたジルも、シャーロットがここにいることのほうが不思議なようだった。

そんな子どもたちに、シャーロットがにこにこ告げる。

「南国王を出し抜《ぬ》こうというときに、あなたたちだけじゃ不安でしょう？　それにお母様があちらに残っていても、あまり役に立てなさそうだから」

「でも、お父様が追っているのは陛下です。戦力はあったほうが」

「そうそう、忘れていたわ。竜帝の足取りがつかめたのよ」

ジルが両眼を見開く。ジェラルドは拳《こぶし》を軽く握《にぎ》った。

(早い。もう少し迷わせてやる時間があるかと……いや、これでいいのか？)

竜妃《りゅうひ》をやめるための材料集めは、時間をかけさせてやりたかった。そのほうが決意が固くなるし、何より家族に囲まれている今の状況に慣れるからだ。ひとは、慣れることに弱い。

だが、彼女がゆらいでいる今こそたたみかけるのも、戦略的には有効だ。

ジェラルドの迷いを見透《みす》かしたように、シャーロットがこちらを見た。

「正確には、竜帝と接触するであろう別働隊のほうの足取りです。北からの侵入者ですわ。竜帝ともう接触していてもおかしくありません。夫たちは包囲の準備をしています」

「別働隊と、接触……ラーヴェ帝国軍は⁉」

「まだ動いていないわ。心配しないで」

シャーロットがゆっくりジルの頭をなでる。ジルはほっとしたようだった。

「時間との勝負ね。ナターリエ皇女の居所も見つかったとジェラルド王子が仰ってたわ」

「本当ですか⁉　では決行は」

「ええ。確認《かくにん》は必要だけれど、今夜には――どうでしょう？　ジェラルド王子」

ジェラルドは眉をよせる。だが、全員に注視されて嘆息した。

少なくともシャーロットは早く動いたほうがいいと思っているのだろう。賛成する理由もないが、強く反対する理由もない。それにもし、これがまったく下心のない状況だったら、自分は動く。

ふと、シャーロットが何を心配したのかわかった気がした。ジルを気遣《きづか》って軸《じく》をぶらすなと言われたのではないか。どうせ正しい答えなどないのだから。

「では、最終確認に入ろう。もちろん警戒《けいかい》は必要だが、竜帝が見つかったならなおさら、ナターリエ皇女を早く助けたほうがいい。開戦の理由にされては困る」

「ジェラルド王子……ありがとうございます」

「礼を言われるようなことではない」

我ながら素っ気ない返しだと思ったのだが、さげた頭をあげたジルは、少しだけ笑った。

「ジェラルド様らしいです」

ほんの少しだけ、何かが交差した気がした。

だがそれを断ち切るように、シャーロットが手を鳴らす。

「さあさあ、そうと決まれば腹ごしらえですよ。ジェラルド様、ロレンス様は最終的な作戦立案をお願い致《いた》します。その間にアンディとリックは夕飯作りを手伝って。ジルはどこにいてもいいけれど、厨房《ちゅうぼう》には近づいては駄目《だめ》よ」

「なんでですか⁉」

「つまみ食いをするでしょう」

母の回答に皆《みな》が笑っている。ついつられて緩《ゆる》みかけた頬《ほお》をジェラルドは引き締《し》め直した。今夜決行というならば、やることは山積みだ。

(どちらの方策が彼女の歓心《かんしん》を買えるかなど、わからない)

正解などないに決まっている。そんなものだ——略奪愛《りゃくだつあい》の演劇なんて。

一応の保険でしかなかった。サーヴェル家の警戒網《けいかいもう》は厳重だ。そもそも突破《とっぱ》が難しいだろうし、どこもかしこも罠《わな》だらけだ。なんならまた国内で誰《だれ》かが裏切っていてもおかしくない。でも、ラーヴェが落ち合うんだろうとうるさくせかすし、ジークもカミラも当然のように向かうから、考えるのも面倒《めんどう》くさくて、ついてきただけ。

だから誰がくるか、なんて考えもしなかった。

「案の定だ。ひどい顔色だな」

ハディスを見て開口一番に、リステアードがそう言った。

鬱蒼《うっそう》と重なり合う木々が、爽《さわ》やかな風に吹《ふ》かれたようにゆれる。この兄は不思議だ。いるだけで、空気がいきなり軽くなる。薄暗《うすぐら》い山の中も、明るく見えた。

「僕がきて正解だった。なんて有り様だ。ちゃんと食事はとっているのか。休憩《きゅうけい》は」

「あーリステアード殿下《でんか》が救いの神に見えるわ……」

「ほんとにな……息が詰《つ》まって死ぬかと思った、肩の荷《に》がおりた……」

ここまでずっと無言だったカミラとジークが、どっと疲《つか》れたような声を出す。しかめっ面《つら》になったリステアードが、背後の部下——リステアードの竜騎士《りゅうきし》団だ——に休憩の支度《したく》をするよう言いつける。それでやっと気づいた。

サーヴェル家の屋敷《やしき》から逃《に》げてから、ろくに飲まず食わずでいたことに。

胸の裡《うち》でほっとしたようにラーヴェが息をつくのがわかった。ぱちりとまばたくと、リステアードに正面からにらまれた。

「なんだ。戦況《せんきょう》はお前の読みどおりだろう。もっと堂々としていろ」

「……兄上がくるなんて、ひとことも……」

「クリス・サーヴェルの警戒網をすり抜け、手のかかるお前を迎《むか》えてやり、補佐《ほさ》までするなんて、そんな芸当はこの僕にしか不可能だ」

胸を張って言われて、いらっとした。でもうまく頬が動かない。ずっと、ただ自分が何をすべきかだけを考えていたからだろう。

「別に……頼《たの》んでない」

「ふん。なら何をうつむいている。顔をあげてみろ」

「……」

「……まったく。自分の決めたことだろうが。胸をはれ。お前のよくないところだ」

「──よく、そんなこと言えるね。今の僕に」

嫌《いや》みたっぷりに、皮肉ってやったつもりだった。なのに目の前の兄は、まったく表情を曇《くも》らせない。

「迷うな。お前は正しい」

まっすぐ、先鋭《せんえい》に切り込んでくる。

「ジル嬢《じょう》を理由に、クレイトスの内紛《ないふん》に関わらなかった。ラーヴェ帝国の民の命を、竜妃の歓心を買うために散らそうとはしなかった。愛に流されず、理《ことわり》を忘れなかった。立派な竜帝《りゅうてい》だ」

「……ジルの望みどおりに、できなくはなかったよ。軍は動かさず、何も気づかないふりをしたまま、ジェラルド王子に利用されて、南国王を失脚《しっきゃく》させて……」

「そして竜妃ほしさにいいように利用できる便利な竜帝だと、侮《あなど》られればよかったか？　冗談《じょうだん》ではない。今回限りですむわけがないだろう。必ず今後に響《ひび》く。そのときに起こるのは今より悲惨《ひさん》な争いだ。ジル嬢は、もっと苦しむことになっただろう。故郷とお前との板挟《いたばさ》みでな」

「──全部、仮定の話だろう。全部が敵だなんて、僕の被害妄想《ひがいもうそう》かも」

「馬鹿《ばか》を言え、僕もヴィッセル兄上も懸念《けねん》したことだぞ。間違《まちが》いない、南国王はもちろんジェラルド王太子もサーヴェル家もすべて、我々の敵だ」

ぴしゃりと言い切る自信がすごい。

「お前はジル嬢をごまかそうとしなかった。故郷か、お前か。どちらかを選べと迫《せま》るのは確かに酷《こく》だ。だが彼女が竜妃だというならば、必要な選択《せんたく》だった。彼女の実家とどうつきあうのかは、それを選んだあとの話だ」

えらそうなことを言う。本格的に腹が立ってきた。

「しかし、まあ……火蓋《ひぶた》を切ったお前が貧乏《びんぼう》くじを引いたわけだが」

しかも、知ったかぶったみたいに嘆息《たんそく》する。

「つらかっただろう。よく踏《ふ》ん張った」

とどめに、手を伸《の》ばして頭をなでてきたりするものだから。

天幕の設営完了《かんりょう》しました、という部下の言葉にリステアードが背中を向ける。

「とにかく今は休め。そうだ、フリーダがクッキーをお前にと……あいたっ⁉」

「むかつく！　えらそうに！　僕の気も知らずに！」

リステアードの背中にがんがん頭突《ずつ》きしながら、ハディスは胸のくすぶりを叫《さけ》ぶ。

「ジルの馬鹿！　ものすごく僕は頑張《がんば》った！　なのに家族をとるとか！」

「まだそうと決まっ――いたっ痛い、八つ当たりはやめろハディス！」

「うるさいな！　僕には家族なんてろくにいなかったからわかんないよ、どうせ！」

「そ、そういうことを言われると、僕としては非常に反論しにく――」

「僕は信じない」

思い切り兄の背に頭突きをかまして、ハディスは唸《うな》る。

「ジルが追いかけてくることも、わかってくれることも、絶対、期待しない。僕より故郷を選んだんだ。僕を疑った。だましたのかって目で僕を見た。許せない」

「……ちなみにだが、竜妃《りゅうひ》の神器……指輪はどうしたんだ」

「……」

「……。僕はお前の兄だ。やせ我慢《がまん》をしても無駄《むだ》――ぃたっ、わかった、ジル嬢は信じられない、了解《りょうかい》した！　だから的確に同じところを何度も頭突きするな！」

「竜妃の神器なんてあとでどうとでもなる。どうせ、僕には向けられない武器だ」

天剣《てんけん》でできている、竜帝を守るための武器だ。竜妃の神器で竜帝を傷つけることは理が許さない。そんなこともわからず、彼女が間抜《まぬ》けにも自分に竜妃の神器を向けてくるようなら、そのとき目の前で粉々に叩《たた》き壊《こわ》してやればいい。

どんな顔をするだろう。傷つくだろうか。それとも解放されたと喜ぶのか。――どちらでもいい気がした。

何せ、自分は彼女が望んだとおり、彼女を諦《あきら》めないのだから。

（僕を弄《もてあそ》んだ報《むく》いだ）

額を兄の背に預けたまま、ハディスは嘲《あざけ》る。

「ローに合図は出した。もうジルはナターリエを助けられない。助けるのは僕たちだ」

「ラーヴェに戻《もど》ったら、ちゃんとナターリエをほめてやれ。あの子が動かなければジリ貧だっただろう」

「わかってるよ。でなきゃここまで手をかけるもんか。竜だって動かして」

「牽制《けんせい》としても上々だな。竜帝がいれば、クレイトスの空でも竜が飛ぶ」

そう、クレイトスに思い知らせなければならない。

分断されかけたラーヴェ帝国はもうないこと。手を出せば痛い目にあうこと。

「見物《みもの》だな。竜帝ここにあり、と示すのは……おい、なぜ今の会話でまた殴《なぐ》り始める、何が不満だ！」

「兄上の存在そのもの」

「まったく、甘えるのもいい加減に──すねを蹴《け》るな！」

ついに地面に膝《ひざ》を突《つ》いた兄を見おろし、鼻を鳴らす。

「休むのはいいけど、あと数時間もしないうちに囲まれるから作戦も立てて。サーヴェル家の防衛網を正面から突破するんだから、この少人数で」

「委細承知している。ナターリエたちを逃がさなければならないからな」

「……少しは怖《こわ》がればいいのに。ジルみたいに、僕を」

「なぜ兄が弟を怖がらねばならない」

平然と答えられたのが悔《くや》しかったので、もう一度すねを蹴り飛ばしてやった。

涙目《なみだめ》で非難する兄を置いて、竜の飛ばない空を見あげる。ここまできたのだ。

（ぜんぶ、僕の手のひらの上だ）

うまくやってみせる。胸の裡で、おう、と短くラーヴェが答えた。——ほら、理の神様だってハディスが正しいと、そう言っている。

南国王が自分の享楽《きょうらく》のために作ったという南の楽園は、夜になっても明るい。きちんと舗装《ほそう》され整えられた通路は等間隔《とうかんかく》で瓦斯《ガス》灯が備え付けられており、夜に開店するバーやカジノの軒《のき》先《さき》で光り続ける洋燈《ランプ》の灯《あか》りが路地裏にも届く。昼間の気温が高いせいだろう。行き交《か》う人の数も、昼と同じかそれ以上だ。夜からが本番とばかりに、露店《ろてん》が並んでいる通りもある。日夜が逆転した、眠《ねむ》らない街だ。

(星が見えないな)

ロレンスが立てた計画どおりの場所に、予定より少し早い時間に辿《たど》り着いたジルは、街が一望できる城壁《じょうへき》の上で目を細める。

人目につかないよう行動するなら、気温の高い昼間のほうがいい。だが夜は観光客やそれこそ表にあまり出たがらない商売人たちが動き始めるので、そこに紛《まぎ》れてしまえば見知らぬ顔も見とがめられない。自分の正体をさぐられたくないからこそ、他人を見ない者も多い。そして夜の宮殿《きゅうでん》であっても出入りがあるため、門番に少し金を握《にぎ》らせれば通れてしまう。王太子殿下《でんか》の部下という名目があれば、外廷《がいてい》まで入り込むのは容易だ。

何よりあちこちに灯りがあるとはいえ、夜は夜。とくに街の中でもひときわ光り輝《かがや》く宮殿となれば、暗闇《くらやみ》も濃《こ》くなる。

「見えるかい？　国璽《こくじ》を封印《ふういん》している魔法陣《まほうじん》」

リックとアンディに助けられて、合流場所の胸壁《きょうへき》までどうにかあがってきたロレンスに尋《たず》ねられた。

宮殿の内廷部分は外壁に囲まれている。ただの外壁ではない。東西南北に建てられた四つの円塔《えんとう》を核《かく》に魔術を展開した、魔術の外壁だ。いざとなれば対空魔術の障壁《しょうへき》も展開できるという円塔は高所に作られているため、宮殿を見おろせる。

宮殿は十字形に作られており、中央が屋根のない吹《ふ》き抜《ぬ》けの中庭になっている。そもそもの中庭は護剣を納める場所らしい。そこからまっすぐ空に向けて、光の柱ができていた。夜に見ると魔法の灯りだと錯覚《さっかく》しそうだ。

だが、近づいてよく見ると、光柱にうっすら魔法陣が透《す》けているのがわかる。

「確かに、封印の魔法陣だ。国璽を封印してるかまではわからないが、護剣が中心になっているのも見える。……ジェラルド様のほうは？」

「今のところは予定どおり、南国王と親子の語らい中。具体的には話し合いに応じるまで部屋から一歩も出さないと監視《かんし》中」

「意外とジェラルド様の言うことには耳を貸すんだな、南国王」

「何をたくらんでいるのか楽しみだからのっている、のが本音だろうね」

「お母様はどうしてる？」

ジルの問いが意外だったのか、アンディが眉《まゆ》をよせた。

「いざというとき動けるように母様の判断で動くって話さなかったっけ？」

「そーそー。今回、母様はいざという時の備えで、あえて戦力には数えないって」

「ひょっとして、君の手に負えなそうな封印かい？」

ロレンスの的確な確認《かくにん》に、ジルは首を横に振《ふ》った。

「そういうわけじゃない。だが、問題はここからだろう」

「確かに、そんなに難しい作戦じゃないからね……ここまでは」

まず宮殿に入れるジェラルドが手引きをし、ジルとロレンスとリック、アンディを引き入れる。それがここまでの作戦だ。

そしてこれから、ジェラルドは南国王の動向を牽制しつつ、ナターリエを助け出す。同時にジルはロレンスと弟たちの補佐《ほさ》を受けつつ、護剣の封印を破り国璽を取り戻すのだ。

ジルはポケットをさわる。わずかな手応《てごた》えを返すのは、折りたたまれた婚前契約書《こんぜんけいやくしょ》だ。

「おそらく一番危険なのは、脱出《だっしゅつ》時だ。リックとアンディはロレンスを護衛して逃《に》げるわけだろう？　どこまでできる」

「つんだよ、俺らがアテにならないって話かよ……あのな、俺らはもうクレイトス一周の武者修行《しゅぎょう》終わってるし、ふつーに家の仕事も請《う》け負ってるんだからな」

「母様からはジル姉をよろしくって言われてるよ。本来リックだけでいいところを、俺までここに駆《か》り出されてるのは、ジル姉のためだ」

不満そうな弟たちの声に、ジルは苦笑いする。

「そうだったな。余計な心配か。でも相手はあの南国王だろう？」

「そこはジェラルド王子に期待するしかないなー」

「脱出ってだけならいざとなれば母様は動いてくれるし、なんとかなるよ」

シャーロットは戦闘《せんとう》の可能性が一番高い、脱出時に臨機応変に動く形だ。今どこに潜《ひそ》んでいるかは、誰《だれ》も知らない。ロレンスと弟たちも隠《かく》している気配はなさそうだ。

（……やっぱり、お母様がいちばん、手強《てごわ》いな）

ロレンスが懐中時計《かいちゅう》を見た。

「そろそろ時間だね」

ふうっとジルは深呼吸する。

そして、ロレンスの背後に回りこんで足を払《はら》い、膝を突かせて腕《うで》を締《し》め上げた。

「なっ……」

「ジル姉!?」

「遅《おそ》い」

弟たちの間合いは把握《はあく》している。ロレンスを助けるには距離が開きすぎていた。そもそもジルとの戦力差は読めるはずだ。だがそれ以上に、ジルの突然《とつぜん》の行動に驚《おどろ》いているのか、反抗《はんこう》する気配はない。

ロレンスでさえ息を殺してこちらをうかがっているのだから、当然だろう。

愛《いと》しさと切なさをこめて、ジルは唇《くちびる》をゆがめる。

「わたしをなめすぎだ、ジェラルド様も、お前たちも――陛下も」

いくら異常者などと罵《ののし》られる南国王の寝室《しんしつ》とはいえ、素人《しろうと》の自分が物陰《ものかげ》に隠れた程度で辿り着けたことを「運がいい」などと思えるほど、ナターリエはお気楽な性格ではない。

南国王が今、息子《むすこ》の詰問《きつもん》から逃げるべく離宮《りきゅう》に入り、そこの出入りを王太子が固めていると いう噂《うわさ》がナターリエの耳に入ったことも、偶然《ぐうぜん》であるわけがない。

とはいえ、自分にできることは罠《わな》にのってやることと、せいぜい指定された時間をずらす程度である。

南国王の寝室に入りこんだナターリエはほっと息を吐《は》き出した。おそらくここまでは何の問題も起こるまいと思っていたが、それでも緊張《きんちょう》はする。寝室の鍵《かぎ》があいていなかったらと気を揉《も》んだりもしたのだ。だがちゃんと偶然、寝室の片づけを終えた使用人が鍵を落としていってくれた。今回の筋書きを描《えが》いた人物は、演出が細かい。

とっくに日が暮れている時間だ。大きな窓の外からは瓦斯灯や街の灯りが差し込んできているが、持ち主不在の寝室の中は真っ暗だった。ここで灯りをつけるのは、馬鹿《ばか》な皇女を演じるにもさすがにわざとらしすぎる。じっと息を潜めて味方を待っているふりをすべきだろう。

ここにナターリエが呼び出された理由は、簡単だ。

(間諜《かんちょう》が……助けが入りこんでいるか、私の反応から確認するため)

そしてもし死んだとしても、南国王の寝室ならばジェラルド王子の責任ではないことになるから、だ。

不仲だと有名だが、それだけではないのだろう。親子の情というのは複雑だ。わからないでもない。ナターリエを供物《くもつ》がわりに置いて帝城を出た母と兄に対する感情が、割り切れないのと同じだ。

きっとジルも複雑だろう、と思った。彼女は愛されて育ったようだから、なおさらだ。

そんなことを思いながら、灯りが差し込む窓をよけ、すり足で歩く。壁《かべ》を伝っていた左手の感触《かんしょく》がふと変わった。本の、背表紙だ。どうも壁一面が本棚《ほんだな》になっているらしい。

「……南国王の寝室にこんなたくさん、本なんて……」

「意外かい？」

声が返ってきてぎょっとした。慌《あわ》てて振り向いたせいで、近くにあったらしい椅子《いす》を倒《たお》してしまい、よろけた背中が勢いよく本棚にぶつかった。幸い本は落ちてこなかったが、蹴《け》倒《たお》された椅子が書き物机にぶつかったらしく、そこから冊子や置き時計らしきものがずり落ち、書類が舞《ま》う。

「本は知識の塊《かたまり》、先達の叡智《えいち》だ。学ばぬ道理はない――などと理《ことわり》の国の皇女様に説くのは、野《や》暮《ぼ》かな?」

「……国王、陛下」

奥の寝台《しんだい》で人影《ひとかげ》が動く。顔は見えないが、ルーファスの声で間違《まちが》いない。

ナターリエが蹴倒した椅子が、勝手に動き、ふわりとナターリエの前におりてきた。

「どうぞ、立ち話もなんだろう」

ナターリエは本棚から背を離《はな》し、椅子に座る。

「質問は何かな? なぜ、息子に離宮で監視されているはずの僕がここにいるか? 僕を息子想いと見抜《みぬ》いた君ならわかるかな」

「……国璽《こくじ》の騒《さわ》ぎも何もかも、あなたと息子の自作自演だからでしょう。サーヴェル家もぐるかしら。だからあなたがどこにいようが、竜妃《りゅうひ》から見て矛盾《むじゅん》がなければいい」

「そこまでわかってるなら、メモも罠だとわかっていただろう? なぜきたのかな。助けが用意されているからか、それともただの無謀《むぼう》か」

「それがわからなくて、聞きにきてくれたのなら光栄だわ。クレイトスの国王と王太子を手玉にとっているということだもの」

「びっくりだ。ここにきてまだ情報収集か。君は優秀《ゆうしゅう》だね。ラーヴェ皇族の中ではずれだと聞いていたけれど、なかなかどうして、度胸がある」

ナターリエはぎゅっと冷や汗《あせ》をかいている手を膝《ひざ》の上で握《にぎ》り込む。お褒《ほ》め頂いて光栄だが、必死だ。ルーファスが寝台に腰《こし》かけるだけの影の動きにすら、逃げ出したくなる。

「では、君は今から自分が殺されるとわかっているね。その理由は？」

「……サーヴェル家もクレイトス王家も南国王と組んで自作自演をしていることに気づいている私が、竜妃に何かを吹きこむ前に始末したほうが安全だから」

「では、君が今まで殺されなかった理由は？」

「行方不明《ゆくえ》になった竜帝《りゅうてい》から指示を受けているか、情報を持っているかもしれないから。私は魔力《まりょく》もない。少し泳がせたって竜妃に接触《せっしょく》しない限りは、負担にはならない。……ということは見つかったのね、ハディス兄様。なら、今から竜妃が私を助けにくるのかしら。でも間に合わせない。ハディス兄様が見捨てたせいで、私が死んだ――そういう筋書きにするのよね」

ぱんぱんとルーファスが緩慢《かんまん》に拍手《はくしゅ》をした。

「素晴《すば》らしい。そう、君だけが今回、配役として完璧《かんぺき》なイレギュラーだった。たとえ何もないにしても僕らは警戒《けいかい》せざるを得ないし、筋書きも変更《へんこう》しないといけなくなる。何より竜妃が君を助けようとする以上、簡単には片づけられない。だがそうやって竜妃を混乱させることこそが竜帝の狙《ねら》いだろうと、竜帝の代役たる僕は思っている」

「代役……？」

ルーファスが頷《うなず》き返す気配がした。

「そう、クレイトスの国王はすべて竜帝の代役だ。代わりが本物に抱《いだ》く感情はそれぞれだと思うけれど、まず興味を持つものだろう？　僕もその例に漏《も》れない。ということで、竜帝になったつもりで君をどう動かすか考えてみた」

立ち上がったルーファスが、近づいてくる。斜《なな》めに差し込む大窓からの灯《あか》りに、端整《たんせい》な顔が照らし出された。

「君は殺されること込みの竜妃の餌《えさ》、捨て駒《ごま》だ」

見おろす瞳《ひとみ》の色は違《ちが》う、だがそこに宿っている物騒《ぶっそう》な光が、穏《おだ》やかに笑いながらそう言える様が、確かに兄によく似ている気がした。

「動じないね。覚悟《かくご》のうえか」

「そういう見方もあるでしょうね。でも言ったはずよ、私は竜帝の妹だって」

それに、まだルーファスもジェラルドもハディスを読み違えている。

ナターリエは捨て駒ではない。試金石だ。クレイトス側の筋書きにない自分を放《ほう》りこむことで、真意を暴く。だからぎりぎりまで、引きつけて、少しでも情報を引き出す。

ハディスは、兄たちは絶対に、ナターリエを助けてくれるのだから。

「竜帝くんはもてるなあ。それもそうか。本当の王というのは、命を奪《うば》うものではない。光に羽虫が集まるように、皆《みな》に自ら命を捧《ささ》げられてこそ、王だ。……そういう意味で僕は所詮《しょせん》、代役なんだろう。誰も僕のために命をかけてくれない」

「じゃあ、あなたもクレイトス王国を竜帝に捧げたらどうなの。代役ということは、竜帝の代わりにクレイトスを治めているんでしょう？　お義父《とう》様」

皮肉交じりに呼ぶと、ルーファスは目を丸くしたあと肩《かた》をすくめた。

「その考え方は斬新《ざんしん》だ。……惜《お》しいな。お義父様と呼ばれる未来がこないなんて」

「あら、まだ結論を出すには早計よ。あなたはどうして私がここにいるのか、わかっていないんでしょう」

「おや、まだ惑《まど》わせる気かい？　やはり助けがくるのか。君のそのしたたかさはなかなか、タチが悪い。ジェラルドが迷うわけだ。君を殺すべきか、殺さずにおくべきか。……ひょっとして僕に決めてほしいと思ってるのじゃあるまいな」

ルーファスは考えこんだようだった。そして、悪巧《わるだく》みをひらめいたように笑う。

「よし、じゃあ君を絶対に殺さなければいけない理由を作っておこう」

硬直《こうちょく》するナターリエの前で、ルーファスが笑う。

書き物机から床《ゆか》に転がり落ちた時計の針はまだ、メモにある刻限を指していない。


「状況《じょうきょう》の説明をお願いできるかな、ジル。誤解があるならときたい」

冷静なロレンスの声色《こわいろ》に、双子《ふたご》の弟たちが我に返ったようだった。

「そうだよ、何してんだよジル姉。これから国璽を取り戻《もど》すんだろ!?」

「ナターリエ皇女のこともだよ。竜帝との婚約《こんやく》はさておきさ」

「じゃあ、質問だロレンス。南国王の宮殿《きゅうでん》にいるお前の姉は、助けなくていいのか？」

双子の弟たちが息を呑《の》む。ロレンスを捕縛《ほばく》する力をまったく緩《ゆる》めないまま、ジルは冷たく言った。

「場所の設定を失敗したな」

「……時と場合くらいは考えるよ。今は姉を助けられるときじゃない」

「そうか？　わたしが知っているお前なら、この状況なら何がなんでも姉を助けようと策を巡《めぐ》らせる。少なくとも何か頼《たの》みそうなものだ――ナターリエ殿下の救出に励《はげ》むよりもな」

かつての未来で、ロレンスはルーファスとジェラルドの対立が激化した最中に、姉を助けるという私情を優先させた。間に合わなかったけれど、今よりもっと緊迫《きんぱく》した、姉の救出なんて余裕《よゆう》のあることが許されない状況だった。

あのとき動いた人物が、今の状況で何も言わないなんて、あり得ない。

だとすれば答えはひとつ。ロレンスは、既に姉を助け出したのだ。つまり――

「ジェラルド様と南国王は今、手を組んでいるんだな」

国璽の盗難《とうなん》も、この状況も何もかもが自演だ。もちろん、ジェラルドに従っているサーヴェル家――ジルの家族も承知しているに違いない。

「だからお前は姉を助けようとしない。助ける必要がないからだ。簡単な推理だろう？　おめでとうくらいは言っておいてやる。わたしが竜妃になったおかげだな」

悲惨《ひさん》な未来がひとつ減ったのだ。死因である南国王と協力体制ができたなら、両親も無事ですむかもしれない。結構なことである――狙いが、竜妃でさえなければ。

ロレンスは苦笑い気味に嘆息《たんそく》した。

「そういえば、君にはそういう不思議なところがあったね。まるで、僕がこの先で何をするのか最初から知っているみたいな」

「ロレンス様、俺たちは南国王と手を結んだわけじゃない」

咎《とが》めるようなアンディの声に、ロレンスはおどけて笑った。

「そうだね。でも彼女にとっては同じだろう。竜帝を倒すまで手を組むんだから。……負け惜しみのようだけど、僕にも違和感《いわかん》はあったよ。どうして君がナターリエ皇女の救出を強く主張しないのか。普段《ふだん》の君なら、国璽より人命だろう。竜帝に失恋《しつれん》したのがこたえて頭が回ってないのかと思ったんだけど」

「安心しろ、ものすごくこたえてる。わたしは今回、まったく陛下に、当てにされていないんだからな。ナターリエ殿下も、どうせ陛下が手を打ってるんだろう」

「へえ、なら竜帝に切り捨てられたのはやっぱり本当――ぁいたっ」

腕《うで》を回すように力をこめてひねると、傷口に塩を塗《ぬ》り込む口が止まった。余計なことを聞いて弟たちが顔を変える。

「ならジル姉、なんでだよ。竜帝と通じてるわけじゃないなら、なんで今、こんなことするんだよ。俺たち、ジル姉に不利になるようには動いてねーだろ!?」

「もし、ジル姉が竜帝とまだ結婚《けっこん》するとしても、国璽がいるよね。なら今、対立する必要はないはずだけど」

「……お前たちは、わたしより察しもいいし頭もいい。だから、わかってるだろう？」

自嘲《じちょう》をこめて、ジルは笑う。

「本当はわたしと陛下の結婚に、クレイトスの許可も、まして国璽なんて、必要ないんだ」

そう――わかっていないのは、自分だけだった。

「でも、わたしがそう望むから、陛下はぎりぎりまで妥協《だきょう》してくれた。お遊びの範囲《はんい》ですむことに付き合ってくれた。……お前たちはそれを知って、わたしを餌に陛下にしかけた。うまく陛下と南国王が相討《あいう》ちでもすれば、ジェラルド様のひとり勝ちだ。絶対に損はしない」

一方、ラーヴェ帝国はクレイトス王国の内紛《ないふん》に力を注ぐことになってしまう。それで感謝されればいいが、まず侵略行為《しんりゃくこうい》と見做《みな》されるだろう。そして国外に力を注いでいる間に、内部から荒《あ》らされればどうなるか。そのことにロレンスもジェラルドも、気づかないわけがない。

もちろん、ハディスも気づいていた。だから、そちらがそのつもりならナターリエを理由にきっちり侵略戦争をすると、やり返したのだ。

「陛下は、わたしへの気持ちをお前たちに利用されたんだ」

なのに、ジルはそれに気づかずに、ジェラルドやロレンスがしかけたとおり、ハディスに疑いを向けた。

「……呆《あき》れられて、見捨てられて、当然だった」

ラーヴェ帝国にとってクレイトス王国は敵国。実家は敵国。そう何度も口にした。

でも、そこから導かれる現実を、ジルはまるでわかっていなかったのだ。

うつむいたジルに、弟たちまで傷ついた顔をする。演技ではない。演技だけだったなら、どんなによかっただろう。

「家のことだってそうだ。楽観的に考えすぎていた。クレイトスの加護なしにはやっていけない領地だなんて、わかっていなかった」

サーヴェル家の領地は広大だ。だが餓《う》えた話など聞いたことがない。それは女神《めがみ》の愛があるからで、竜神《りゅうじん》の理《ことわり》ではまかないきれないだろう。でも、困っているアンディも言葉を選んでいるらしいリックも、両親も、家のために従えとは言わなかった。

だから、ジルは線の引き方を見誤った。

小さく、確かめるようにアンディが言う。

「……それは、ジル姉が悪いわけじゃないよ」

「そうだ、わたしだけが悪いわけじゃない」

きっぱり断言したジルに、弟たちがまばたきを返した。

「きっと陛下は今、こう思ってる。――ほらみろこうなった、って」

だからジルに、最初から何も教えなかったのだ。

どうせ、ジルは家族の情に負けて裏切る。あの男は実家への挨拶《あいさつ》を考えながら、彼氏だなんだとうきうきしながら、腹の底でその疑いを決して捨てなかった。

「その程度だったって、笑ってる。――なめすぎだろう、あの馬鹿《ばか》夫！」

あー、となんとも言えない声をあげるロレンスの首に回す腕に、力を込めた。

「今になって、わたしをそんじょそこらの有象無象と同じ扱《あつか》い！　これはもう、ものすごく怒《おこ》っていい案件だ。わたしは絶対、陛下の思いどおりになんかならない！」

「だ、だったらジル姉、俺らと対立しなくても」

「お前らもそうだ！」

怒鳴《どな》られた弟たちが、ひっとそろって姿勢を正した。

「わたしを陛下にだまされてる可哀想《かわいそう》な女にしようとしただろう。ふざけるなよ。なってたまるか、そんなものに。わたしは陛下と結婚するって言ってるだろうが！」

「それはやけくそって言わないかな……ジル姉」

「どんなに意地張ったって、あの竜帝《りゅうてい》じゃ幸せになれねーだろ」

「わかったふうな口をきくな。お前たちはそうやって、心配しながらわたしを利用しようとしてる。でも陛下は……陛下だけが、今回もわたしを利用しなかった」

ロレンスの腕を左手でつかんだまま、ジルは口角をあげる。

「最高だ。強くないとできない。最高に、かっこいい男だ。惚《ほ》れ直した。——最高に、腹が立つだけで！」

さようならのひとことだけで、一歩も動けなくなる自分を知った。一方で、さようならを告げるハディスの強さを知った。

だって、大好きな相手を傷つけることも、失うことも、嫌《きら》われることも覚悟《かくご》のうえで、さようならと自ら言えるだろうか。

(馬鹿だ、陛下は)

何かごまかすか、言い訳をすればいいのに、いつもあのひとはしない。

「……わかった、君の心情は把握《はあく》した。でも、この状況はわからない。僕を人質《ひとじち》にとって何か意味がある？」

「わたしを甘く見るな、と言っただろう。あの結界には何がしかけてある。お前たちは、わたしを――竜妃《りゅうひ》をどうする気だったんだ」

おそらくロレンスはラーデアでの争いを静観したときから、家族の情と竜帝の非道を訴《うった》えジルを取りこむことを考えていた。うまくいけば、兵を動かさず竜妃の神器ごと竜妃の力を手に入れられる。だがこの場合、うまくいかずとも竜帝から竜妃という戦力を削《そ》げるような次策が必要だ。でなければ、危険性が高すぎる。

ジェラルドやロレンスも優秀《ゆうしゅう》だ。ジルがハディスを選ぶ可能性を決して捨てないはず。だからたとえジルがハディスを選ばずとも、竜妃としてのジルを無効化するくらいの策があるはずなのだ――絶対に。

（でも、何がしかけられているのかわかってない。陛下もわかってないはずだ）

だから、ジルを無理につれていこうとしなかったのだろう――そう思うことにしている。

「答えろ。どうせ、神話の何か面倒《めんどう》なやつだろう。あの結界に仕掛《しか》けがあるのか」

「……。どうしてだろうね。俺は決して、君も竜帝も見くびってるつもりはないんだけれど、なんだか予想外なことになってしまう。いつも」

「時間がないんだ、ロレンス。わたしは陛下が開戦する前に、止めなきゃいけない」

「今の竜帝が君の話なんて聞いてくれるかかな」

「逆だ。聞かせられるから、竜妃なんだ。お前たちだって今、開戦するのは困るだろう」

でなければすでにナターリエの死体があがっているはずだ。

開戦するなら竜妃の力を手に入れてからか、削いでから。そう考えているから中途半端《ちゅうとはんぱ》に待ちの態勢になっている。

不意に、ロレンスが小さく笑う気配がした。

「ひとつ、先に誤解を解いておこう。俺はね、好きじゃないんだよ。愛だとか理だとか神だとか、そういう摩訶不思議《まかふしぎ》なものに頼《たよ》って策を練ることは。魔力《まりょく》が少ない逆恨《さかうら》みかな。でも、こうなったらしかたない。君のことは、歴代の竜妃とやらにまかせよう」

「は？　どういう――」

双子《ふたご》が静かに動き出す。ジルがそちらに意識を取られたその瞬間《しゅんかん》、背後から影《かげ》に覆《おお》われた。

上空を振《ふ》り仰《あお》いだジルは、ロレンスを突《つ》き飛ばし、うしろに飛びさがる。

そして姿勢を低く構えたまま、自分を見おろす影に笑った。

「……やっぱり、お母様は気づいてましたね」

「そうねえ。だって私の娘《むすめ》だもの。私のお願いを叶《かな》えてくれなかったなんて理由で、すねたりしないでしょう。お願いを叶えてくれないなら、叶えさせればいいものね」

穏《おだ》やかな口調も柔《やわ》らかい笑みも、いつもどおりだ。

「それに、好きなひとのお願いを叶えてあげるほうが好きでしょう？　私と一緒《いっしょ》で」

だがいつも辺境伯夫人らしくゆるく結っている髪《かみ》を、今は頭のてっぺんでひとつに縛り、ドレスを脱《ぬ》ぎ捨てた母親が、尖塔《せんとう》の先につま先だけで上品に立っていた。

「お父様は、やっぱり陛下との結婚に反対なんですね」

「そりゃあそうでしょう。将来戦うことになったらどうしよう、でも反対すればジルが悲しむって、ずっと板挟《いたばさ》みになってるのを頑張《がんば》って隠《かく》してらしたのよ。あとは根本のところで相性《あいしょう》が悪いんじゃないかしら、ハディス君とあのひと」

「ああ、お父様は根がいい人が好きですもんね」

表面は冷たそうでも、根が真面目《まじめ》なジェラルドのことは気に入っていた。表面の当たりがいいだけで根がひねくれているうえ得体の知れないハディスとは、気が合わないだろう。

「今頃《いまごろ》、ぼこぼこにされてないといいわねえ、ハディス君」

ちらと流し目でこちらをうかがわれ、ジルは身構えて不敵に笑う。

「陛下のほうが強いので心配してません。お母様はお父様を助けにいったほうがいいですよ」

「あら、余裕《よゆう》ねえ。あなたを片づけてからそうしましょうか」

「お母様でも容赦《ようしゃ》しませんよ、竜妃の神器だってあります」

「まあ怖《こわ》い。だが覚えておけ、竜妃よ。サーヴェル家は、竜も竜帝も竜妃もおそれない！」

妖艶《ようえん》に笑ったシャーロットが、両手に持った二本の鞭をしならせた。同時に、いつの間にか視界でとらえられない両端《りょうはし》から、双子たちがそれぞれ飛びかかってくる。

綺麗《きれい》に宙返りして双子の背後にジルは回る。そしてその背中をそれぞれ片足ずつで蹴《け》り落として床《ゆか》に沈《しず》め、側面から襲《おそ》いかかってきたシャーロットの鞭をつかんだ。

「リックとアンディは鍛《きた》え直したほうがよいのでは？」

「言うわねえ。男に別れを告げられただけで、一歩も動けなかった小娘が」

ひそかに気にしていることを的確に指摘《してき》され、こめかみに血管が浮《う》く。

だが、鞭を力まかせに引っ張ると、手のひらにちりっと火花のような痛みが走った。

（しまっ……魔力！）

咄嗟《とっさ》に鞭を離したが、鞭が生き物のようにジルの体に巻きつき、魔力で縛りあげられてしまう。引きちぎるために踏《ふ》ん張《ば》ろうとした両足首を弟たちにつかまれ、そのまま壁《かべ》に向かって放《ほう》り投げられた。と思ったらもう一本のシャーロットの鞭が首に巻き付き、上空で円を描《えが》いて魔力の城壁《じょうへき》に背中から叩《たた》きつけられる。

食いしばった口の中で、血の味がした。侵入者《しんにゅう》を阻《はば》む魔術の壁とシャーロットの魔力が加わり、全身が魔力で焼かれ続ける。稲妻《いなずま》に打たれっぱなしでいるようなものだ。かすむ視界で、胸壁から見おろすロレンスの姿が見えた。

「容赦ないなあ、サーヴェル家。あとは彼女を封印《ふういん》の結界に――」

途中《とちゅう》でロレンスの言葉が切れたのは、ジルに気づいたからではない。気づいたのは家族のほうだ。

爆発音《ばくはつ》と煙《けむり》が上がった。

アンディがロレンスを抱《だ》いて距離《きょり》を取った。鞭になって襲いかかる竜妃の神器をかわせず、リックが地面に激突《げきとつ》する。幾重《いくえ》にも飛び交う触手《しょくしゅ》のような鞭をよけ、同じ鞭で叩き落としたのはシャーロットだけだ。

魔力の障壁《しょうへき》とシャーロットの魔力を吹《ふ》き飛ばしたジルは、そのまままっすぐ母親のもとへ飛んだ。

「さすがですね、竜妃の神器をさばくなんて！」

「同じ鞭《むち》で、娘におくれを取るわけにはいかないでしょう。それにしたって竜妃の神器、まだ使えるのね。竜帝との仲違《なかたが》いは神器に影響《えいきょう》ないのかしら？」

「何言ってるんです、陛下はわたしに竜妃の神器を残していったんですよ。その意味がおわかりでない？　意外とお母様は男女の機微《きび》にうといんですね」

「あら自信があるのね。でもいくらなんでも、短絡《たんらく》的で楽観視がすぎないかしら」

今の一瞬《いっしゅん》でわかった。鞭さばきはやはりシャーロットのほうが上だ。すさまじい勢いで上下左右から襲いかかってくる鞭を、ジルはふせぐので手一杯《ていっぱい》になる。

「だってそうでしょう。あなたは竜妃失格と竜帝から見做《みな》された。それが現実よ。今から追いかけていって、結婚《けっこん》してくれと叫《さけ》んで、信用されると思うの？」

「うるさいな、わたしは確かに陛下に捨てられましたよ！　でも、あのひとはわたしを諦《あきら》めたりしない！」

「そうねえ、竜妃は盾《たて》にして使い潰《つぶ》すのが竜帝のやり方だもの」

「そうでしょうね！」

そう簡単に竜妃は見つからない。そういう事情も含《ふく》めて、ハディスはジルを竜妃でいさせようとするだろう。

シャーロットが顔をしかめた。その隙《すき》に鞭の合間から抜《ぬ》け出て、上空にあがる。

「否定しないの？　お母様としては、さすがにそういう殿方《とのがた》はすすめられないわ」

「すすめられなくて結構です。陛下はラーヴェ帝国《ていこく》軍を率いて、サーヴェル家に攻《せ》めこんだあと、必ずわたしを花嫁《はなよめ》によこせというはずです」

「それを条件に和平を結ぶ、というわけね。あなたは戦利品。それでいいの？」

「よくないから止めようとしてるんでしょうが！」

今まだ竜妃《りゅうひ》の神器が使えるのは、なんでも平気で捨てていくハディスが置いていった、期待のひとかけらだ。

――ほらみろ、君だってその程度。でも、もし、君が僕を諦めないなら。

「これはわたしと陛下の喧嘩《けんか》だ、邪魔《じゃま》するな！」

鞭から剣《けん》へと竜妃の神器の形を変えて、魔力の塊《かたまり》をシャーロットに叩きつけた。

鞭で真っ二つにされた魔力の塊が、それぞれ宮殿《きゅうでん》の屋根や壁をえぐる。だが魔力の塊と一緒に突っこんできたジルの剣先は、まっすぐシャーロットの左胸を狙《ねら》っていた。この間合いでは、シャーロットは回避《かいひ》できない。

躊躇《ためら》いはない。そういうふうに、育ててもらった。

やたらゆっくりと見える時間の中で、母親が目を伏《ふ》せる。

「――そう。あなたは本当に、お嫁にいっちゃったのねえ」

ぞっと肌《はだ》が粟立《あわだ》ったジルは、剣先を翻《ひるがえ》す。

「ジェラルド王子。お願いします」

「承知している。……残念だ、ジル姫《ひめ》」

音もなく横から襲いかかってきた黒い槍《やり》を、ぎりぎりふせいだ。だが、衝撃《しょうげき》は殺せずに上空へと吹っ飛ばされる。

「あなたは家族に説得されるべきだった」

吹き飛ばされたジルを追い抜いたジェラルドが、上から槍をまっすぐ振り下ろす。闇夜《やみよ》に輝《かがや》くその槍に、ジルは瞠目《どうもく》した。

(女神《めがみ》の聖槍《せいそう》!)

盾に姿を変えた竜妃《りゅうひ》の神器が、槍先を正面から受け止めた。

大丈夫《だいじょうぶ》だ、上を取られているがそう簡単には負けない。今、自分が持っているのは竜妃の神器だ。たとえクレイトス王国内でも、簡単には――。

「歴代の竜妃たちよ。今こそ、解放のときだ」

魔力の渦《うず》が吹き上がる中で、ジェラルドがつぶやいた。

ずぶりと、槍先が盾に沈む。両目を見開いた。

「なっ……んで」

われたのでもない。盾は傷ついていない。そんな音すらしなかった。

だが、槍が通っていく。

「あなたたちの哀《かな》しみを、女神は忘れない。あなたたちの愛を、女神は理解する」

まるで、竜妃の神器が女神の聖槍を受け入れたように、槍先が沈む。

同時に、背中に魔術《まじゅつ》が迫《せま》る気配がした。護剣の結界だ。だがそれだけではない。結界と聖槍の先が魔力でつながる。竜妃の神器を挟《はさ》むように構成された、巨大《きょだい》な魔法円。

「時は満ちた。愛を解さぬ竜帝《りゅうてい》に、報《むく》いを」

女神の聖槍が、竜妃の盾を突《つ》き破った。

瞬間《しゅんかん》、金の指輪がほどけて消える。

宮殿の中庭、護剣が作った結界のど真ん中にジルは背中から落ちた。

全身が軋《きし》む音がした。墜落《ついらく》の衝撃で、声もあげられない。ただ、泡《あわ》のように竜神に受けた祝福が、飛んでいくのを見ているだけ。

(そん、な)

きらきらと金色の魔力の粒《つぶ》が、ジェラルドが持っている女神の聖槍を祝福するように、吸い込まれていく。

「竜帝は、あなたをもう受け入れないだろう」

真上で女神の聖槍を持ったまま、ジェラルドが微笑《ほほえ》む。

「だが私は竜帝とは違《ちが》う。あなたを受け入れる、ジル姫。——たとえ、竜妃でなくなったあなたでも。いや、竜妃でなくなったあなただからこそ、だ」

周囲がどんどん暗くなる。感覚が遮断《しゃだん》されているのだ。結界の効力だ。すさまじい痛みがあるはずなのに、全身から力が抜ける。魔力が奪《うば》われているのだと、遅《おく》れて気づいた。

「ジル姉本人は、大丈夫なんですよね？」

「結界の効力で少しの間は動けないだろうが、大丈夫だ。無事、神器と一緒《いっしょ》に竜妃の力を彼女から引きはがすこともできた。無理に動かすな。女神の護剣は、南国王に返還《へんかん》しておけ」

「これからどうします、ジェラルド様。特に竜帝のほうを」

「こうなったらもう時間稼《かせ》ぎも必要ない。殺せ。護剣を持たせた南国王をぶつければ可能性はある。軍も動かすぞ。このまま開戦したとしても、ここでダメージを与《あた》えておけばのちのち有利に働く」

声が遠くなっていく。視界もかすんできた。見えるのはどんどん上にのぼっていく、金色の泡だけだ。

竜妃の力。あのひとを助けるための、力。

「まっ……へい、か……」

なんとか震《ふる》える左手を伸《の》ばし、小さな泡をつかむ。だがジルの意識も、そのまま泡と一緒に弾《はじ》けて消えた。

# 第六章 矛盾の共謀者

殺す理由を作る。どう返したものかわからず口を動かさないナターリエに、ルーファスが尋《たず》ねたのはなんでもないことだった。

「君はクレイトス王家の家系図をお勉強してきたかな？」

眉《まゆ》をひそめて、頷《うなず》く。自分でクレイトス王家との婚約話を持ち出したときから、ラーヴェ帝国でわかる範囲《はんい》のことは調べていた。

「勉強熱心でよろしい。王家とそれに連なる貴族の家系は、国政においてとても重要な人物相関図になるからね。では、ジェラルドとフェイリスの母親については？」

「……イザベラ王妃。公爵《こうしゃく》家のご令嬢《れいじょう》でしょ。あなたとは幼馴染《おさななじ》みだったって」

「ラーヴェ帝国の間諜《かんちょう》もそれなりに優秀《ゆうしゅう》じゃないか」

「でも、フェイリス王女を産んだときに、産後の肥立ちが悪くて亡《な》くなったって……確か同時期に、あなたの妹姫のローラ王女も病死されて……」

ずいぶん前の話だが、この王は妻と妹をほとんど同時期に亡くしているのだ。妹のローラ王女は、クレイトスの王女の大半がそうであるように体が弱く長く生きられないと言われていたらしいが、それでも妻と妹が立て続けに亡くなったのはつらいだろう。

ナターリエは少しだけ口調を改めた。

「……今更《いまさら》だけれど、お悔《く》やみ申し上げるわ」

「気にしなくていい。ずいぶん前の話さ。で、君はこの話をどう考えている？」

「どうって……何よ。まさか、実は魔術《まじゅつ》で生きてるとかじゃないでしょうね」

話の筋が読めない。主導権を取り返すために思いつくままを皮肉でまぜっかえすと、ルーファスが笑った。

「彼女たちは間違《まちが》いなく死んだよ。特に妻は、殺した僕が言うんだから間違いない」

椅子《いす》を蹴倒《けたお》して立ち上がってしまった。頬《ほお》が引きつる。

「……まさかクレイトス王妃は、国王に殺されなければならないとか、そういう掟《おきて》？」

「まさか。毎度毎度、竜妃を盾《たて》にして殺す竜帝じゃあるまいに。でも、似たところはあるんだろう。所詮《しょせん》、クレイトスとラーヴェは愛と理《ことわり》の合わせ鏡だ」

「意味深な言い方でごまかさないで。……ジェラルド王子は知っているの、このこと」

「息子《むすこ》を気にしてくれるのか。嬉《うれ》しいな。──知っているさ。目の前で見ていたんだから」

ルーファスの目元を、笑《え》みと一緒に深い陰《かげ》が彩《いろど》る。

「ジェラルドは僕のようになるまいとしている」

「っ……そりゃあそうでしょうよ、母親を子どもの目の前で殺す父親なんて！」

「しかたない。妻は、我らが女神を弑《しい》しようとしたのだから」

女神を、殺す。常人ではおよそ考えつかない行動に、ナターリエの興奮が冷えた。

兄は竜神を身の裡《うち》に飼っているらしいし、ジルも見えると言っている。竜神がいるなら、女神だって実在するのだろう。でも神を殺そうとするなんて――ただの人間が。

「常々イザベラは自分は強い女だ、平気だと言っていたのにね。僕はすっかりだまされたというわけさ。女神を殺せばこの国がどうなるか、考えもせずに」

ラーヴェ帝国で竜神を殺《あや》めて、竜を使えなくするようなものだ。ルーファスが苦笑いを浮《う》かべた。

「弱いなら弱いと言ってくれればよかったんだよ。僕はイザベラの強さを信じず、うまくやっただろう。ジェラルドが今、そうしようとしているように。でもそれも間違いだ。あの子はわかっていない。女神の守護者といえど僕らは所詮、竜帝の代役でしかないことを」

「……は、話が抽象《ちゅうしょう》的でさっぱりわからないわ。でも、代役だとかそういう役割の押しつけはやめなさいよ、息子に対して。そうならないように頑張《がんば》ってるなら、なおさらよ」

「ただの事実なのに？」

「事実でもよ。自分の可能性を狭《せば》めるわ。あなたもよ」

ルーファスが目を丸くした。苦々しくナターリエはにらみ返す。

「そう言われ続けてたら、そうなるのよ。知ってるわ。……どうせなら、なりたいものになれるように、言い聞かせなさいよ。あなただって、その代役とやらになりたかったわけじゃないんでしょう」

なりたくもないものになってしまった自分を繰《く》り返し確認《かくにん》するのは、ただの自傷行為《こうい》だ。まして息子にも同じ呪《のろ》いをかけようものなら、同じだけの痛みがはね返る。

「それとも息子も自分と同じ目に遭《あ》えば安心できるの、あなたは。──違うでしょう」

さっぱり話の内容はわからないが、伝わるものはある。

自分と同じ役割を背負った息子に、できる限り同じ苦しみを与えたくない。

クレイトス国王。享楽《きょうらく》主義者の南国王。女神《めがみ》の守護者。竜帝《りゅうてい》の代役。様々な肩書《かたが》きを持っている彼は、まだ父親を捨てていない。

床《ゆか》に目線を落とす。なんだかとてつもなく、腹が立って──泣きそうだ。

「……あなたは、ゲオルグ叔父《おじ》様と同じだわ。何かを守ろうとして、自分が犠牲《ぎせい》になろうとしている気がする」

「──ああ。竜帝に屠《ほふ》られた、あの偽帝《ぎてい》か」

驚《おどろ》くほど柔《やわ》らかい声に鼓膜《こまく》を打たれ、思わず顔をあげた。

「しあわせだっただろうなあ、彼は」

ルーファスの表情は暗闇《くらやみ》に呑《の》まれて見えなかった。でも、笑っているのだとわかる。

「竜帝に託《たく》して、逝《い》けたんだろう。間違いを、理に貫《つらぬ》かれた。本望《ほんもう》だっただろうよ。竜帝にはそういう強さがある。過《あやま》ちをすべてを正してくれるような、愛を解さぬ裁き。……ああ、そうか。僕は本物の竜帝がいる時代に、生きてるのか。嫌《いや》だな、自覚したくなかった」

相変わらず言っていることはさっぱりわからない。だが、羨望《せんぼう》のこもった声に嫌な予感がこみ上げる。

「ねえ、なんの話——」

だが、その問いかけは爆発音《ばくはつ》と大きなゆれにかき消された。よろめいたナタ―リエは椅子から転がり落ちてしまう。背後にある本棚《ほんだな》から、どさどさと本が落ちてきた。小さな悲鳴をあげてナタ―リエが頭を抱《かか》えてしゃがみ込む。

だが本は一冊も体に当たらなかった。何か柔らかいものでくるまれている——金色の、魔力《まりょく》だ。驚いて魔力の持ち主を見あげる。だがルーファスはこちらを見ていなかった。

「竜妃《りゅうひ》の神器の攻撃《こうげき》だな。やはり竜妃ちゃんは手に入らなかったか。君はああ言ったけれど、代役は所詮、本物に勝てない。まして僕の息子は、まだ代役見習いだ」

物悲しそうな顔だった。床に両手を突《つ》いたままのナタ―リエを、ルーファスが見おろす。

そしてにっこりと笑った。

「よし。せっかくだ。今から君を殺せるか、賭《か》けをしようか」

両目を見開く。

断続的に続くゆれや爆発音にかまわず、ルーファスが窓際のソファまで歩いていく。そして乱雑に投げ捨てられている上着に袖《そで》を通し、壁《かべ》に立てかけられた槍《やり》を取った。

「君に敬意を表して、女神の聖槍《せいそう》か、せめて護剣《ごけん》を使いたかったが、これしかない」

くるりと回された槍先が、窓から入りこむ灯《あか》りに強く反射する。強い光に、ナタ―リエは反射的に目をつぶった。

そして次に目をあけたときは、ルーファスが正面の暗がりに立っていた。

「最初からこうすればよかったな。竜帝《りゅうてい》が我々の企《たくら》みに対して何か策を講じているなら、君は死なない。余計なことを考えすぎた。僕もジェラルドを笑えない」

「……私を、ジェラルド王子に殺させるんじゃなかったの」

床に転がったままの時計の針は、まだ数分、届かない。

「気が変わった。息子には覚悟《かくご》がないと思っていたが、僕も竜帝を倒《たお》す覚悟がたりなかったようだ。だが竜帝の妹君に、あまりに礼を失した殺し方になる。だから、誠意だけでも示そう」

ルーファスはナターリエとの中間にある本や書類が散乱した床から、何か取った。紐《ひも》で縛《しば》られた書物のようだ。

「よりによってこれがここに落ちているのは、運命だね」

「……なんなの、その本」

「本じゃない。妻の日記帳だ。女神を殺すと決意する少し前から、死ぬまでの一年間の彼女の心情だよ。魔術で封印《ふういん》されていてね、ちょっとした暗号なんだけれど」

ルーファスが日記の表紙を愛《いと》おしそうになでると、紐が光り、ほどけて消えた。

「子どもの頃《ころ》からの、僕らの内緒《ないしょ》の暗号だった。僕の手に渡《わた》ればすぐ解かれてしまうのに。それとも僕が忘れているとでも思ったのかな。忘れるわけがないのに」

ふわりと日記帳が浮いて、書き物机の上におさまる。そして再び現れた紐に縛られた形に戻《もど》った。ルーファスの手に残ったのは一枚の、折りたたまれた紙切れだ。

「これが、妻を絶望させたものだよ。何、大したものじゃない。祖父、父、そして僕――先々代分までの、クレイトス王族の本当の家系図だ」

「……まさか、ラーヴェ皇族みたいな血の断絶でもあるの？」

「逆だ。脈々と続く、竜神の呪い。理という名の、クレイトス王族への呪いだよ」

そんな話、聞いたこともない。だがルーファスは疑問を挟《はさ》むことを許さなかった。

「さあ、賭けよう。君は死ぬか、生きるか――君がそうなると繰り返し口にするように、生きて、次のクレイトスの王妃にでもなるのか」

窓からの月明かりが届く場所に出てきたルーファスが、折りたたまれた紙を開く。

「もし君が勝ったら、僕は息子のために竜帝を討《う》ちにいこう。竜帝を殺せば、息子は僕のようにならずにすむ。簡単な理だ。愛にもならない」

そして、ナターリエのほうへと向けた紙から、指を離《はな》した。

ひらりと、木の葉のように紙切れが落ちていく。同時に、ルーファスは一分《いちぶ》の無駄《むだ》もなく槍を身構えた。魔力がほとんどないナターリエにも伝わる、すさまじい魔力だ。

きっとこの紙切れごとナターリエを貫くつもりだろう。

いつの間にかゆれも爆音もなくなった暗闇の部屋で、妙《みょう》に冷静にナターリエは考える。なんだか時間がゆっくり流れている。死ぬ前だからだろうか。でも、目の前を落下する紙から目が離せない。

紙に描《えが》かれた家系図の形には、違和感《いわかん》があった。普通《ふつう》、家系図は下にいくにつれ広がる形になる。だがその家系図は、砂時計を連ねたような同じ形を保ち続けていた。落ちているからゆがんで見えたのだろうか。

だが、はっきり識別できるものもあった。名前だ。

まず、ジェラルドの名前を見つけた。その横に、フェイリス。そしてそのふたりの上に、ルーファスの名前が見える。クレイトスとラーヴェは地方によっては多少言語の発音や綴《つづ》りに違《ちが》いはあれど、基本的に共通言語だ。読み間違えない。だから、ルーファスの隣《となり》には妻の――ジェラルドたちの母親の、イザベラの名前があるはずだ。だが、その名前は読み取れなかった。

かわりにあったのは。

――ローラ。

ルーファスの、妹の名。

その上にはふたりの両親の名前が――いや違う、兄妹《きょうだい》だ。先代くらいまでは名前を覚えておいたので、間違いない。

ジェラルドとフェイリスが、ルーファスとローラ――兄妹から生まれた子どもで。

ルーファスとローラの両親も、また兄妹で。

つまり、それは。

(――まさか)

その上も、その上も？

大きく瞠目《どうもく》したナターリエの目の前で、家系図に槍先が食い込んだ。

魔力の火花があがり、真ん中から家系図が焼け切れる。いくらただの槍でも、素人《しろうと》のナターリエによけられるわけがない。

クレイトス国王——女神の守護者の魔力がこめられた、一撃《いちげき》。

それを横から振《ふ》りかぶった白い影《かげ》の長剣が、止めた。

魔力の反発に、変装のためにかぶっていた白いベールがはがれて、まとめていたのだろう灰銀の長髪《ちょうはつ》が広がった。

「エリンツィア姉様！」

「竜帝の姉君か！　やはりきていたか、助けに！」

笑ったルーファスが、エリンツィアが上から押しこんだ剣を下から弾《はじ》き飛ばした。

「なかなかの奇策《きさく》、いい人選だが、姉妹の死体が転がるだけだな。竜帝の負けだ！」

「ローザ！」

エリンツィアが愛竜の名前を呼んだ。

部屋の窓硝子《まどガラス》がすべて割れ、炎《ほのお》が吹《ふ》きこんできた。魔力を焼く竜の炎だ。一緒《いっしょ》に壁も一部、吹き飛ばされる。うしろに飛びさがったルーファスが眉《まゆ》をひそめた。

「なぜ竜がこんな所まで……そうか、竜の王が孵《かえ》ったのか！」

「ナターリエ、逃《に》げるぞ！」

「ちょっ……」

エリンツィアに問答無用で担《かつ》がれたナターリエはつい、何かをつかもうとして、書き物机の上にあったイザベラ王妃の日記帳をつかんでいた。

偶然《ぐうぜん》だけれど、運命のように手にしたものに、ルーファスと視線が交差する。笑《え》みを象《かたど》った薄《うす》い唇《くちびる》が、動く。

——君の勝ちだ。

読唇術《どくしんじゅつ》など、姉に無理矢理叩《たた》き込まれた初心者めいた知識しかない。でも、そう聞こえた気がした。

ナターリエを抱えてエリンツィアが鞍《くら》に乗る。再度ローザが炎を吐《は》いて周囲を牽制《けんせい》しながら翼《つばさ》を動かした。燃える宮殿《きゅうでん》の一角を見おろしながら、浮上《ふじょう》していく。

「大丈夫《だいじょうぶ》だ、ほとんど周囲にひとはいない。南国王もこれくらいでは無傷だろう」

「……エリンツィア姉様……変装してたのね、やっぱり」

エリンツィアは神殿《しんでん》の巫女《みこ》服に似た白い装束を着ていた。何度も南国王の宮殿で見かけた衣装だ。

「最初に報告にきたあの使用人、エリンツィア姉様だったわよね？」

「お、よくわかったな。結構うまく化けたつもりだったんだが」

「ほんと。びっくりした。姉様に、間諜《かんちょう》みたいなことができるなんて」

「約束したからな。何があってもお前を助けにいくと」

当然のようにそう返せる姉の背中に、ナターリエは額を預ける。ちゃんと目を開いていないと涙《なみだ》がこぼれそうだ。

「ちゃんと迎《むか》えもきてるぞ。ハディスたちが北でサーヴェル家を引きつけている間に、南から船で逃げるよう言われている」

「……よくローザ、クレイトスの空を飛んでくれたわね。飲まず食わずになっちゃうのに」

「赤竜だから、一日二日はもつ。それに今は竜神と竜帝《りゅうてい》、竜の王がそろっているおかげで、竜への加護も強くなっているそうだ。とはいえ、長居はできない」

発見されにくいよう雲の上にあがったローザは、すでに街から離れようとしている。

「そうだ、ジルは⁉ 何か戦いが起きてるんじゃないの⁉」

「ああ。だが、もう魔力《まりょく》の気配を感じない。竜妃《りゅうひ》の神器の気配も一緒に消えた」

ナターリエの頭から血の気が引いた。

「まさか、負けたの？ ジルが⁉」

「わからない。ジェラルド王子はサーヴェル家の人間と一緒に転移装置で移動したようだが、ジルも一緒かどうかまでは……。王子たちはハディスの追撃《ついげき》に向かったんだろうが」

「たぶん、南国王もハディス兄様を追いかけるわ」

息子《むすこ》のために。そう言っていたルーファスの顔を思い出した。あれは、死を覚悟《かくご》した顔ではなかったか。つい考えこんでしまいそうになるその意味を、首を横に振って振り払《はら》う。

「南国王も戦場に出るとなると、そのまま一気に開戦してもおかしくないな」

「……姉様は、ジルが敵だと思う？」

「さあ。だが味方なら、ハディスと一緒に北に向かっていたはずだ。お前も、ヴィッセルやハディスからそう言われていただろう」

そう、ジルが故郷よりハディスを選んでくれたなら、ここにいないはずだ。兄たちにも、そう教えられていた。

「でも、ジルよ。ハディス兄様の味方のまま、ここにきていることだってあるでしょう」

「ナターリエ。ここはクレイトスだ。ローザもいつもと勝手が違う。無茶はさせられない」

エリンツィアの口調も横顔も厳しい。軍人の顔をする姉に響《ひび》くよう、ナターリエは訴《うった》える。

「ジルが味方だったら、ラーヴェ帝国は竜妃を失うことになる。たとえ敵だったとしても、どうなったか見届ける意味はあると思うの。今なら街にジェラルド王子も、南国王も、サーヴェル家の人間もいないんでしょう。最後のチャンスよ、なんとかできない？」

エリンツィアがしばらく前を見据《みす》えたあと、小さく尋《たず》ねる。

「ローザ。いけるか」

ギュル、と短くローザが鳴いた。響きでわかる。応、だ。

嘆息《たんそく》して、エリンツィアが手綱《たづな》を取り直す。

「対空魔術に囲まれてローザが墜《お》とされたら終わりだ。少しだけだぞ」

「いいの!?」

「想定外のことも起こっているようだし、私もお前もジルに助けられた恩があるからな。それにまあ、何か問題が起こっても私の弟たちは賢《かしこ》いから何とかしてくれるだろう」

あっさり丸投げしたエリンツィアの誘導《ゆうどう》に従い、ぐるりと首を巡《めぐ》らせたローザが、空に綺麗《きれい》な半円を描いて方向転換《てんかん》する。だがこれまでよりも速度があがっているあたり、実はエリンツィアもジルを気にしていたのだろう。

そうして煙《けむり》があがる上空からナターリエとエリンツィアが見たのは、宮殿の中庭で気絶しているジルだった。


あれ、とジルは声をあげた。そのつもりだった。

「どうした。さっきから黙《だま》りこんで」

顔をあげようとする。だが、意に反して視線はさがった。

(あれ？　わたし、確か女神の聖槍《せいそう》と護剣《ごけん》の魔法円に取りこまれて……)

「もうクレイトスから嫁《とつ》いでこられて、七年です。そろそろ、監禁《かんきん》を解いてさしあげては」

口から出たのは思いもしない言葉だ。まったく状況《じょうきょう》がつかめないまま、勝手に話は進む。

「女神の末裔《まつえい》を？」

嘲《あざけ》りの含《ふく》まれた冷たい返事に、ほっとするのがわかった。でもなぜだかわからない。

「仲睦《なかむつ》まじい夫婦《ふうふ》になれとは申しません。竜帝たる陛下には譲《ゆず》れぬ理《ことわり》もございましょう。ですが、姫《ひめ》はとてもお優《やさ》しい方です。何年も冷遇《れいぐう》したままでは、陛下の評判にも関わります」

「その声は小鳥のように心地《ここち》よく、微笑《ほほえ》みは春の陽《ひ》のように柔《やわ》らかく、言葉は花冠《かかん》のように優しく贈《おく》られる、だったか。どこぞの詩人の台詞《せりふ》では。——それが女神《めがみ》の手管だとも気づかず」

「クレイトスの姫は決してそのような方では……」

「置物でいいならと承諾《しょうだく》した。それ以上はない」

「まだ姫は十六にもならないのです、陛下。一度、きちんとお会いしてみては。一目見れば陛下も——」

きっと、心が変わるだろう。湧《わ》き上がったのは純粋《じゅんすい》な期待ではない。どろどろに汚《よご》れた羨望《せんぼう》と嫉妬《しっと》だ。

「その必要はない」

だから本当は、その回答に安心している。悲しい顔は作って見せるけれど——だって自分は、慈悲《じひ》深い竜妃だから。

「戦争を忌避《きひ》する気持ちはわかる。だが、竜妃がそう弱腰《よわごし》では困るな」

「決してそのようなことは。ただ、強硬《きょうこう》な姿勢はかえって反発を招きます。今のラーヴェ帝国は陛下のおかげで安定しておりますから、特に」

「今は、な。まだ世継《よつ》ぎが生まれていない」

「……第三皇妃殿下《こうひでんか》がご懐妊《かいにん》されたとか」

また胸の裡《うち》にどろりとしたものが溢《あふ》れ出てきた。今度は大きい。気づかれぬよう、奥歯を噛《か》みしめているのがわかる——ジルではない、誰《だれ》かが。

(ひょっとしてわたしが、誰かに入りこんでいるのか？)

(ああ、やっと気づいたのね)

応じた声に、ぎょっとした。だがその間にも会話は進んでいく。

「今度こそ世継ぎが生まれればいいが」

「……私も、お力になれればよいのですが」

「あなたは女神から私を守るのが仕事だ。世継ぎのことなど他《ほか》の妃《きさき》にまかせておけば――まさかまた何か、言われたか」

「いいえ。そのような、ことは」

いくら夜を共にしようと、警護しているだけとは。竜帝は竜妃を女扱《あつか》いしていない。私たちのほうがよほど愛されてるわよ。竜帝陛下は竜妃殿下とは御子《みこ》を作らないそうだ。いくら戦力の確保ったってねえ。何か問題があるんだろうなあ。ねえ、竜妃殿下っておいくつ？　もうそろそろ産めないご年齢《ねんれい》でしょう。

「気にするな。すぐに黙らせる。私の妻に不敬を働くのは許さない」

「……知っております。陛下が、私を大事にしてくださっていることは」

「お前のおかげで、私は安心して眠《ねむ》れるんだ」

あれは妃などではない、ただの兵。ただの盾《たて》だ。

――そう周囲から言われていることを、知っているくせに、この男は。

「ありがとう。愛している」

胸底から噴《ふ》き上げる愛と憎《にく》しみに、ジルは口を押さえた。でもやはり動きにはならず、ただ笑ってみせる。愛するひとに、失望されないように。

（なんだ、これ）

（私の記憶《きおく》。三百年前の話よ。私はあなたの、先代）

どこにいるのだと視線を巡らせたら、動きに合わせたように場面が変わった。

「ごめんなさい。やはり陛下は、あなたを警戒《けいかい》しているみたいで……」

「よいのです、竜妃殿下。嫁ぐときからわかっておりました」

逆光で顔はよく見えないが、とても美しい佇《たたず》まいの女性が、簡素な石造りの椅子《いす》に座っていた。鉄格子の窓からは空が見える。塔《とう》だろうか。

「それよりも、竜妃殿下。顔色が悪いです。また何か無理をなさったのでは……」

「いいえ、大丈夫《だいじょうぶ》。あなたのおかげで、クレイトスとの争いも減ったから……」

もし、あってくれれば余計なことを考えずにすんだのか。ぽつぽつと心に小さな穴が、あいていく。

「それにラーヴェ帝国を……陛下を守れるのは私だけです。魔力が強いのだけが取り柄《え》の、可愛くない女だもの。それくらいお役に立たなくては」

「そんなふうにご自分のことを卑下《ひげ》なさらないで。竜妃殿下はお可愛らしい方ですわ」

そっと温かい手に、くるまれた。

「私にとってはお姉様も同然です。力になれることがあればよいのですけれど……」

「そんな。あなたのほうが大変でしょう。こんなところに、何年も閉じこめられて」

また憐《あわ》れみと優越感《ゆうえつかん》が同居する。優しい声が出た。

「いつか陛下も、わかってくださるわ。私が言い続ければ」

「そうですわね、竜妃殿下《りゅうひでんか》の言うことですもの。けれど……無理はなさらないで。王弟殿下も気に病まれてました」

とても優しい面差《おもざ》しの青年の姿がまぶたの裏に浮《う》かんだ。何かと自分を気にかけ、声をかけてくれる、義弟だ。年が離《はな》れている分、兄には気後《きおく》れしているようで、自分を頼《たよ》ってくれるのがくすぐったくもあった。ただし、ジルの記憶ではそんな人物はいない。

(これが三百年前にあったことなのか？　さっきのがクレイトスから嫁いできた姫で……)

また場面が変わった。

耳をつんざく赤ん坊《ぼう》の泣き声。世継ぎだ、という声。おめでとうございますと祝福が飛び交《か》う中で、嬉《うれ》しそうにあのひとが笑う。よくやったと、自分ではない女をねぎらっている。陰《かげ》から見つめる自分があまりにも惨《みじ》めな気がして、衝動的《しょうどう》に飛び出した。その腕《うで》をつかんだのは、自分に気づいた夫ではない。

「義姉上《あね》！　大丈夫ですか」

「大丈夫じゃないわ！」

もし、このとき大丈夫だと答えていられたら。この思いは、後悔《こうかい》だろうか。

「大丈夫じゃない、少しも……っだって私はまた明日《あした》から、ラーデアに戻《もど》るのよ。国境を守るために。別の女が産んだ、あのひとの子どもを守るために！　こんな惨めなことがある⁉」

「あ、義姉上、落ち着いてください。決してそのようなことは」

「笑わせないで、あなただってそう思っているんでしょう。私はただの兵、妃でも女ですらない、ただの盾よ！」

「そんなふうに私は思っていない！　私は兄上と違《ちが》う——あなたを、愛している！」

頭が真っ白になった。おとなしい義弟から抱《だ》きしめられて、息が詰《つ》まる。かろうじて出たのはかすれた声だった。

「はな、して」

「わかっています、自分でもどうかしていると思っている！」

こんな熱さは、知らない。

「私は兄上に到底《とうてい》、及《およ》ばない。でも、義姉上。あなたが不幸になるだけなら、私は——兄上から、あなたを奪《うば》ってみせる」

冷め切った理の愛は、こんなふうに自分を燃やしてくれたことはなかった。

クレイトスの動きがあやしいと言えば、一、二ヶ月ラーデアに滞在《たいざい》しても夫は疑わない。ただ、さみしいなどと言って見送るだけだ。王都に戻ってから王弟と逢瀬《おうせ》を重ねても、気づかれない。おかしくて気分がよかった。

変化に真っ先に気づいたのはクレイトスの姫だ。ふたりが幸せならと協力してくれた。

(そんな。だめだろう、こんなの。みんな不幸せになる)

(そう？　このときがいちばん幸せだった気もするわ。愛されて、愛して)

だが、妊娠《にんしん》したとわかったときはさすがに震《ふる》えた。

もちろん、竜帝《りゅうてい》の子であろうはずがない。そして竜妃の裏切りが許されるわけもない。逃《に》げようと画策したのは誰からだったか。ちょうど、クレイトスの姫《ひめ》との離縁《りえん》が持ちあがっていた。国境付近のあやしい動きが活発になり、きな臭《くさ》くなってきていたのだ。

だがそんなことはもうどうでもいい。自分の中に芽生えた新しいこの命を、守っていかなければ——たったひとりでも、もうひとりじゃないのだから。

「よくもやってくれた、女神《めがみ》の末裔！」

だから夫にすべてが露見《ろけん》したときも、恐怖《きょうふ》はなかった。クレイトスの姫が王弟をそそのかしたとか、王弟とクレイトスの姫が自分を囮《おとり》にして逃げ出したとか、どうでもよかった。大体、竜帝がそう言っているだけで本当かどうかもわからない。

「さすがだ、聖槍《せいそう》がなければ何もできないと思った私が甘かった！　よくも、よくも」

ジルは目をそらしたかった。でも、これは記憶だ。目をそらせない。

「お願い、見逃《みのが》してください！　この子を産みたいんです。私は今まで精一杯《せいいっぱい》あなたを守ったでしょう！　だから、お願いだから、他にはもう何もいらないから」

「よくも、私を裏切ったな竜妃！　愛していたのに——」

ああ、この男は最後までこうなのか。

絶望したとしたら、このときだ。

(愛してなんかいなかったくせに)

最初は足を、次は、腕を。そして最後に守ろうとした胎《はら》を、天剣《てんけん》が突《つ》き刺《さ》す。

（呪《のろ》われろ）

竜妃の指輪の中に潜《ひそ》むものに気づいたのは、そのときだ。

（呪われろ、竜帝）

共鳴している。

いつの間にか、ジルは暗闇《くらやみ》にいた。もう竜妃の姿も竜帝の姿もない。右も左も、上も下もない。自分が立っているのか、浮いているのかもわからない。

ただぐるぐると周囲を、絵画のような光景がいくつも回っている。どれもこれもジルの記憶にはないものだ。だが予想はつく――竜妃たちの、記憶の絵画。

先ほどの竜帝に突き刺される竜妃の姿もあった。三百年前の竜妃だ。

ラキア山脈に、結界を張る細い背中を見つけた。ひょっとして、初代の竜妃か。正面から槍に、背後から剣に突き刺された竜妃の姿が、目の前に浮かぶ。

「待て。初代竜妃は女神を封印《ふういん》するために、自ら天剣で――」

途中《とちゅう》で気づいた。カミラたちからそう聞いただけだ。ラーヴェ本人は『初代竜妃は自らを天剣で刺した』とはひとことも言っていない。むしろあのとき、ラーヴェはジルを女神ごと天剣で斬《き》ろうと画策していた。そちらのほうが正解だったのではないか。

答え合わせのように目の前の光景から、声が響《ひび》く。

「陛下、今のうちに早く！　私が女神を押さえているうちに、私ごと女神を！」

「……わかった。君に、感謝を」

咄嗟《とっさ》にジルは両耳をふさぐが、無駄《むだ》だ。聞こえてしまった。自らを盾にして竜帝を守り抜《ぬ》き、殺せとまで叫《さけ》んだその竜妃にも。

「次をさがさないといけないな」

まさか自分は、替《か》えがきく道具だったのか。死にゆく自分は、ただの壊《こわ》れた道具なのか。

──可哀想《かわいそう》に。

ジルですら痛みを感じて押さえた胸に、優《やさ》しい声が響く。

──可哀想に、あんな男を愛したばかりに。わたくしと、同じ目にあって。

はっと目を見開いた。女神の声だ。消えゆく命の灯火《ともしび》を前に、初代の竜妃も同じことに気づいている。自分の命を奪いにきた相手が、泣いていることに。

──可哀想に。わたくしたちは、おんなじね。同じ男を愛して、裏切られて。

最後の最後に、自分を救おうとしてくれるのが、夫の理《ことわり》ではないことに。

──助けてあげられなくて、ごめんなさい。

それは、女神の深い愛。

張り詰めていた糸が切れるように、竜妃たちの慟哭《どうこく》が反響《はんきょう》し出した。

(呪われろ)

(私たちの愛を解さず)

(私たちの愛を盾《たて》にするばかりの竜帝め)

(呪われろ)

(また次を見つけるのか、何もかも忘れて)

(いつだってお前の理は私たちを切り捨てる)

(呪われろ)

(お前に、竜帝に、必ず報《むく》いを)

(愛の報いを受けろ。私たちの痛みを、思い知れ！)

許サナイ許サナイ許サナイ許サナイ許サナイ許サナイ許サナイ許サナイ許サナイ許サナイ許サナイ許サナイ許サナイ許サナイ許サナイ許サナイ許サナイ許サナイ許サナイ許サナイ許サナ
イ――竜帝、どんな惨めな姿になろうとも、お前だけは!!

ごぽりと暗闇の床《ゆか》から足首をつかまれた。黒い手。槍から戻れなくなった女神と同じ姿だ。

ああ、とジルは奥歯を噛《か》みしめる。

(これが、竜妃の末路か)

両手首をつかまれる。腕を、腰《こし》を。ジルを取りこもうとしている。いや、助けようとしているのかもしれない。

また竜帝に盾にされてしまう前に。

伝わってくるその必死さが、痛い。苦しい。悲しい。涙《なみだ》がにじむ。誰《だれ》の傷なのか、境界線すら曖昧《あいまい》になっていく。

「可哀想な、わたくしたち」

突然《とつぜん》聞こえた声に、視線がつられた。いつの間にかあの絵画めいた記憶《きおく》たちは消えていた。見えたのは、人の形だ。暗闇の中でジルと向き合うように、ひとり、少女が佇《たたず》んでいる。顔はぼんやりとしていて見えない。だが、神話のとおり、花冠《はなかんむり》をかぶっていた。

少女が、金色に輝《かがや》く槍を持ち上げた。暗闇に一筋、光を示すように、槍先が輝く。

竜帝の理を突き崩《くず》すために――竜妃たちの愛を、救うために。

「言ったでしょう。あなたもきっと、ご自分の意思で竜帝を捨てる、と」

「……わたし、は」

「罪ではありません。そもそも、ひとの身にはあまること。……だいじょうぶ。もう、戦う必要はありません。あとは、わたくしが引き受けます。竜妃たちの哀《かな》しみもすべて」

少女が約束する。優しい、女神の微笑《ほほえ》み。すがりつきたくなるような慈愛《じあい》。

「あのかたのしたことはすべて、わたくしが背負う」

膝《ひざ》を突けば楽なのだろう。

でも、傲慢《ごうまん》だ。拳《こぶし》を握《にぎ》った。笑って、かつての警告を叫ぶ。

「二度とひとの夫に手を出すなと言っただろう！」

助けようと伸《の》ばされた手を、力まかせに引きちぎった。魔力《まりょく》に焼かれた黒い手の群れが、蒸発する。

だがすぐにジルをとらえようとまた手が伸びてきた。どこからくるかわからない。ただ視認《しにん》できたものはよけ、捕《つか》まれても引きちぎる。

(まだわからないの、あなたは竜帝にだまされている)

(あなたを、助けてあげたいの)

紛《まぎ》れこむ思考は、自分のものじゃない。振《ふ》り切るようにジルは叫ぶ。

「目を覚ませ、竜妃《りゅうひ》！　お前たちは勘違《かんちが》いしてる、女神は――」

「女神クレイトスは本当に竜妃を助けたいと思って、力を貸したのですよ」

先回りしたように、穏《おだ》やかに、少女が答える。ジルは舌打ちした。

「そうだろうな！　でも間違ってる！　わたしたちはみんな、違う存在だろう！」

地面か床かわからない何かを、蹴《け》った。ちゃんと足元はある。

「三百年前の竜妃！　お前はちゃんと、見てたじゃないか！　お前を殺そうとしたとき、泣いてたじゃないか、竜帝は！」

腕《うで》をつかんだ黒い手が、動きを止めた。だがすぐに別の手に足首をつかまれて、転ぶ。でも諦《あきら》めずに訴《うった》える。

「初代竜妃！　お前だって聞いてただろう、竜帝の震《ふる》える声を！」

(黙《だま》れ)

直接頭に声が響く。

(黙れ黙れ、もう私はだまされない！)

(あの男は私を傷つけた、死にゆく私を看取《みと》りもせず！)

「どうせそれも、死ぬ妻を見ているのが耐《た》えられなかったとかじゃないのか！　置いていかれるのが嫌《いや》で――そういうとこ、なかったか⁉」

戸惑《とまど》うように足首をつかむ手がゆるむ。ジルは起き上がって叫んだ。

「言っておくがどいつもこいつも最低なクソ野郎《やろう》だというのは認める！　よく結婚《けっこん》したな、あんなのと！　でも、わたしもひとのこと言えないけどな！　囮《おとり》にされかけたし、わたしを信じないしすぐためそうとするし！　今も絶賛喧嘩《けんか》中だ、絶対殴《なぐ》る！」

（だったら、あなたも）

「そうだ、あなたたちも自分で殴るべきだったんだ、自分の竜帝《りゅうてい》を！　ちゃんと自分の手で殴らなきゃいけないんだ、でないと殴ったときの自分の痛みもわからなくなるから！」

だから自分の痛みを他人の痛みとまぜ、みんな同じだと意識を肥大化させ、違いを矮小化《わいしょう》して、自分の戦いを他人に押しつけるのだ。

「わたしの陛下とお前たちの竜帝は違うんだ！　お前たちの竜帝は、エプロン着たか⁉」

すべての手の動きが止まった。さすがにエプロンを着た竜帝は今までいなかったらしい。

複雑な溜《た》め息を吐《つ》いてから、ジルは地面に手を突《つ》いて、ゆっくり起き上がる。

「思い出してくれ。あなたたちは、忘れちゃいけないことを忘れてる」

「なんでしょう」

暗闇《くらやみ》の向こうに立っている花冠の少女が尋《たず》ね返した。深呼吸して、ジルは答える。

「女神から竜帝を守り切った、自分の雄姿《ゆうし》を」

いまだ、ジルには成し遂《と》げられていないことだ。

「あなたたちと一緒《いっしょ》にいる竜帝は皆《みな》、しあわせそうだった。──敬意を表する、今代の竜妃として。わたしもそうなりたい」

花冠の少女とジルの間に、竜妃たちがうごめいている。こんな姿になりたいのかという畏《おそ》れと戸惑いが伝わった。

変わり果てた憐《あわ》れな姿だと、笑うのは簡単だ。でも違うだろうと、ジルは見据《みす》える。

「だから、わたしを陛下のところへ行かせてくれ」

「竜妃の力はすでに女神《めがみ》の元へとくだりました。この結界から出たとしてもあなたにもう竜妃の神器はない。黄金の指輪もない。竜妃の力も立場も、もう失っています」

そうだ、そうだ。あなたはもう竜妃ではない。

──私たちはもう、竜妃ではない……。

身を寄せあう竜妃たちの、萎縮《いしゅく》するような声が聞こえた気がした。

それをジルは笑い飛ばす。

「馬鹿《ばか》だな。あなたたちは神器があったから、指輪があったから、竜妃だったのか？　違うだろう。わたしたちは、竜帝を守りたいと思ったから、しあわせを願ったから、竜妃なんだ」

きっと、歴代の竜妃たちもそうだった。でなければあんなに竜帝を憎《にく》まない。

愛と憎しみは、とてもよく似ているから。

「竜帝はあなたを竜妃と認めないかもしれませんよ」

「わたし以外に陛下の竜妃はできないし、させない。なあ、そうだろう」

黒い手はどこにもう見えなかった。身を潜《ひそ》めてしまったのか、時折、闇《やみ》の中でぼこりと泡《あわ》を吹《ふ》くだけだ。

でも聞いている。

「あのひとを守り、しあわせにするのはわたしだ。あなたたちだって、そうだったんだろう」

沈黙《ちんもく》。肯定《こうてい》のような共感のような、憐れみに似た眼差《まなざ》しを感じる。

かつての自分を見るような。

「結界を解いてくれ。時間がないんだ。陛下を止めないと」

結界はジルにあった竜妃の力を女神に渡《わた》すためのものだ。これまでの竜妃が望むように。なら、この空間を支配しているのは、竜妃たちだ。

(力は、いらぬと)

迷わず頷《うなず》いた。

(私たちのようになるかもしれなくても?)

「そうだ。あなたたちがそうだったように」

(……私たちは、あなたとは違う……私たちは、女神に救われた)

「その点においては、ひとつ忠告がある。あなたたちを助けたそこの女も、ろくなものじゃないぞ。わたしの死因はそいつだ」

ふっと、花冠の少女が笑う気配がした。

「わたくしだとお気づきでしたか」

「陛下を捨てるに違いないなんて言ったのは、お前だろう。敵のことは忘れない。……なぜここにいるのかはわからないが」

「竜妃の神器は、女神の聖槍《せいそう》とつながっていました。初代の竜妃が天剣《てんけん》で貫《つらぬ》かれたときから、竜妃の無念を、理《ことわり》に砕《くだ》かれた愛を、少しずつ共有してきたのです。そして千年かけて降り積もったその愛のかけらは今、このときをもって、女神の力となりました」

ここまでくれば察することができる。衝撃《しょうげき》はなかった。

「つまり、もう竜妃の神器や力は女神のものになったというわけか。なら、潔《いさぎよ》くここに置いていく。陛下は女神が大嫌《だいきら》いだからな。それでいいだろう。行かせてくれ、竜妃」

（……喧嘩を、しに？）

ためらいがちな問いかけに、ジルはつい笑ってしまった。

「そうだよ。勝ってくるから。せめて、あなたたちの分まで」

はらりと、雪のように闇が一部、剝《は》がれた。

――行かせてくれるのだ。

「末の竜妃には、甘いこと」

はがれていく闇から、光がこぼれてくる。フェイリスは笑ったようだった。

「……あなたは見逃《みのが》してくれるのか、わたしを」

「見逃すも何も、目的は達しました。彼女たちは、わたくしと共に竜帝を討つ。彼女たちが望んだとおり、失った女神の力を補ってくれるでしょう」

「そうか。うん、さっきはああ言ったけど、なかなかに最低だったからな……お門違《かどちが》いだとしても、暴れたくもなるか。しかたない。じゃあ、受けて立とう」

愛を砕かれた痛みを、怒《いか》りを、ハディスにぶつけてくるなら、ジルはふせぐしかない。

「全力でこい」

フェイリスが小さく声を立てて笑った。

「勇ましい御方《おかた》。……まさか、竜妃たちの末路を知ってもなお、竜帝を捨てないとは思いませんでした。てっきり捨てると思っていましたよ。お兄さまを、捨てたように」

「陛下はまだわたしを裏切ってないんだ、ジェラルド様と違って。一緒にするな」

「あなたはぶれませんね。まるで理に生きる慈悲《じひ》なき竜神のよう」

「……フェイリス王女。女神には、いったい何が……いや」

途中《とちゅう》で問いの愚《おろ》かさに気づいて、首を横に振《ふ》った。

「なんでもない。……陛下に害を及《およ》ぼすなら、敵だ」

「賢明《けんめい》です。ではのちほど、現世のどこかで相見《あいまみ》えましょう」

フェイリスが背を向ける。瞬間《しゅんかん》、目に光が差し込んだ。まばたく。自分の目だ。

そして、爆音《ばくおん》が耳に入り、爆風にまかせて目がまわる。一気に目が覚めた。

「……敵襲《てきしゅう》か!?」

「エリンツィア姉様！　ジルが気づいた！」

「今は手が離《はな》せない、あとにしろ！　ローザ、高度を上げろ、振り切るぞ！」

背後から魔《ま》法陣《ほうじん》が撃《う》ってくる。さっき目に入った光はこれかと、ジルは首を巡《めぐ》らせようとして、身動きがままならないことに気づく。

それもそのはず、エリンツィアとナターリエの間にはさまれているからだ。おまけに、決して広いとはいえない竜の上である。

（せまっ……どういう状況《じょうきょう》だ⁉）

下は砂漠《さばく》。なんとか首を動かし背後を振り返れば、遠くに街の灯《あか》りと、こちらに照準を合わせている魔法陣。ひょっとしなくても南国王の宮殿《きゅうでん》からだろうか。

ふたりの間で器用に鞍《くら》の上に立ったジルに、手綱《たづな》を握《にぎ》るエリンツィアが叫《さけ》ぶ。

「確認《かくにん》だ、ジル！　君は敵か味方か⁉　敵なら地面に叩《たた》き落とす！」

なら、答えは一択《たく》ではないか。だが、ある意味軍人らしい問いかけだった。エリンツィアの頭上すれすれを、魔力の直線がかすめていく。

「味方です！　振り切れますか⁉」

ナターリエを乗せエリンツィアが操る赤竜が、対空魔術の光線をかいくぐりながら逃《に》げている。それだけで状況は知れた。エリンツィアがナターリエを救出して、ついでになぜだかジルも回収してくれて、逃亡《とうぼう》しているところだ。

「振り切れる。今、あそこには南国王もジェラルド王太子もいないからな」

「まさか、南国王たちは転送装置で陛下のところに向かったんですか？」

「そうだ。それ自体はかまわない、ハディスたちも想定内だろう。だがこっちは、飛ぶ方角が予定と違《ちが》う！　これでは味方と合流できない」

「ひょっとして、南のほうをうろついてるっていう船のことですか」

「ああ。私たちは北に向かってしまってる。これではクレイトスの上を飛ぶことになる」

地図を思い浮《う》かべたジルは顔をしかめた。

「それまずいです、竜《りゅう》対策の対空魔術がしかけられてます！　街や都市だけじゃなく、それはもうあちこちに！　大きさや高度で竜を判別して、自動追撃《ついげき》するやつが！」

「やっぱりか！　クレイトスの空を竜で飛ぶのは、地雷《じらい》原を歩くようなものだと聞いてはいたが……っ今から海に出る方向は⁉」

「ここから海岸に出るのはもっと危険です！　砂漠の上のほうがましです。とにかく感知されないよう、雲に隠《かく》れて進むしか」

「はははは、今夜は月も星もよく見えるいい天気だな！」

「そうですね！　なんでこんな無謀《むぼう》な逃避《とうひ》行《こう》になってるんですか、ナターリエ殿下を乗せてるのに！」

「な、何よ、助けてあげたのに！」

ナターリエが叫んだ。それで、察した。自分を助けにきて、こうなっているのだ。

「陛下にわたしを助けるなって言われてませんでした⁉」

「そ、そりゃ、言われてたけど……」

「でしょうね！　陛下は本当に今回、わたしをあてにしてないな！」

「なんなの、どうしてキレてるのよ！　あなた本当に味方……っ竜妃《りゅうひ》なの⁉」

口を閉ざしたジルは目をさげる。左手の薬指に、金の指輪は――なかった。

「……神器ごと、竜妃の力は女神《めがみ》に奪《うば》われました」

「――え」

「あとで説明します、それよりも今は陛下を止めるのが先です。このまま陛下に合流しましょう。ローザなら陛下の居場所がわかりますよね？」

「どうする気だ。君はハディスの信頼《しんらい》を失っている。しかも竜妃の神器を敵に奪われた。不用意にハディスに近づけるわけにはいかない」

エリンツィアの声はまだジルに対する警戒《けいかい》を解いていない。厳しい問いかけは当然だ。

だが、答えも端的《たんてき》だ。

「そうですよ、陛下とは喧嘩《けんか》中です。だから勝ちにいくんですよ！」

「はあ⁉　余計行かせられないわよ、馬鹿《ばか》なの⁉　そもそも行って何をする気なの」

「南国王は陛下のところにいるんですよね。女神の護剣を持ってるはずです」

ジルはずっと持っていた婚約《こんやく》の契約書《けいやく》をふたりに見せつけた。

「わたしはクレイトスに国璽《こくじ》を押印させて、実家に祝わせて、陛下と結婚するんです！　このまま開戦して、陛下の戦利品になるなんて冗談《じょうだん》じゃありません！」

　ナターリエは目を白黒させている。エリンツィアが手綱を持ったまま豪快《ごうかい》に笑った。

「なるほど、そういう喧嘩か！　君が勝てば開戦はぎりぎりさけられるか――のった！」

「姉様、またそんな簡単に！」

「だが問題は三つある。一つ目、ハディスが竜妃の神器を失った君を受け入れるか。二つ目は引き止めてくる実家を君が本当に殴《なぐ》れるか。ハディスはサーヴェル家に追い払《はら》われるわけにはいかない。凱旋《がいせん》しなければいけないんだ。わかるか？」

　クレイトスから引き揚《あ》げるという行動は同じでも、どう帰還《きかん》するかでまったく意味合いが違う。竜帝《りゅうてい》を追い払ったとなれば、クレイトスは勢いづく。だがあのサーヴェル家が叩きのめされたとなれば、勢いをなくすだろう。

「君の実家は今回、そういう立場だ。辺境伯の宿命だな。さけることはできない」

「大丈夫《だいじょうぶ》です。というか、最初っからそう説明してくれればよかったんですよ、陛下は」

　左手を差し出しながら右の拳《こぶし》を振りあげていたハディスの『和平』の説明が、今ならばわかる。ジルは唇《くちびる》を尖《とが》らせた。

「状況によってはうちの実家をちょっと叩かないといけないかもって。それならわたし、ちゃんと作戦を考えました。効率的に、犠牲《ぎせい》を最小限ですませる方法を」

「それが君の本音ならいいが」

「……わたしの覚悟《かくご》が色々たりてなかったのは、認めます。陛下の懸念《けねん》も当然でした。でも、うちの――いえ、サーヴェル家の家訓は強いが正義です。負けたときに禍根《かこん》は残しません。今だって誰《だれ》が陛下と戦うかじゃんけんしてますよ、きっと」

「どういう家なのよ……」

眉間にしわをよせているナターリエに小さく笑う。すでに街は遠くなり、対空魔術の射程からはずれたようだ。先ほどまでの光景が嘘のように、静まり返っていた。

「……陛下はきっと、わかんなかったんですね。家族と喧嘩しても、必ずしも憎《にく》み合って終わるとは限らないって。ご自分にそういう経験がないから」

「さ、最近はハディスもきょうだい喧嘩を覚えてきた気がするぞ？」

「だからわたしも対立したら最後、家族と殺し合うか否《いな》かの二択しかないと思いこんだんですよね。まったく――」

「ハディス兄様はあなたに家族と殺し合う道なんて選ばせたくなかったのよ」

ナターリエにさらりと告げられ、胸が詰《つ》まった。エリンツィアが苦笑《くしょう》する。

「そうだろうな。私もそう思うよ。本人は認めなかったが。竜妃ならどうこう言って」

「絶対、ジルに先にふられたくなかっただけのくせにね。……しかも、少しでもジルが実家に戻《もど》りやすいように、わかりやすく自分が悪者になる方法を選ぶんだから、兄様は……」

「困った子だ。なあ、ジル」

意味ありげにふたりに目線を投げられて、ジルははっとする。顔が赤くなった。

「そ、そうとは限らないですよ、だって陛下だし！　どうせわたしをためそうとして……だ、大体、万が一そうだったとしても、勝手です！　……絶対、殴ってやります！」

「はは、覚悟はできているというわけか。ならもう何も言うまい──と思うが、最後の問題はローザだ。ここから全速力で飛ばないと到底《とうてい》間に合わないし、ハディスに抗《あらが》えない」

ジルを敵とみなしていれば、ハディスに近づかせない可能性がある。賢《かしこ》い赤竜だ。ゆっくり飛んで時間を稼《かせ》ぐ小細工くらいするだろう。

ジルはエリンツィアの肩《かた》に手を置き、くるりと宙返りをしてその前に座った。

「ローザ。全速力、最短距離で、わたしを陛下のところへ運んでくれ」

そっとその首をなでたが、ローザは答えない。無視しているようだ。

「陛下を助けたいんだ。わたしを助けろとは言わない。つれていってくれるだけでいい」

エリンツィアとナターリエは固唾《かたず》を呑《の》んで見守っている。

「ローザ。頼《たの》む」

やはりローザは答えない。エリンツィアが嘆息《たんそく》した。

「やはり駄目《だめ》か。竜は竜妃の指輪がなくては、君を竜妃だとは認めな──」

「でないと今すぐお前を肉塊《にっかい》にするしかなくなる」

「ギャオ!?」

やっとローザが反応した。ジルは微笑《ほほえ》んで、ゆっくりその首をなでる手に力をこめた。

「わたしが竜妃じゃないって言うなら、わたしはサーヴェル家の人間だ。お前らの敵だ。竜の世界だとどう呼ばれてるんだろうな、うちは？　竜の撃墜《げきつい》数は世界一だと思うんだが」

エリンツィアに助けを求めようとしたのか、ローザが首を動かそうとした。それを足で踏《ふ》んづけて、頭を片手で押さえる。

「どっちでもいい。好きなほうを選べ。わたしを運んで飛ぶか、肉塊か」

「……ギュ、ギャ」

「大丈夫、竜帝を助けるんだ。何も問題ない。そうだろう？」

低い声でなだめながら、ゆっくりと頭をつかむ手に力をこめた。

「陛下には知らせるな。ローにもだ。でなければお前はわたしを運んでも死ぬ」

ローザがこくこくと頷《うなず》いた。そして大きく翼《つばさ》を広げ、ものすごい速度で飛び始める。

満足して、ジルは震《ふる》えているエリンツィアとナターリエに振《ふ》り返る。

「わたしを竜妃だって認めてくれるそうです！」

「そ、そうだな!?」

「よかったわね！」

ひっくり返った声でエリンツィアとナターリエも同意する。あとはあの、わからず屋の夫だけだ。北東の空はうっすら星の輝《かがや》きが消え始めていた。夜明けは近い。

『分断されたな』

「ああ。でも支障はない。そのほうが戦いやすいくらいだ」

まだ暗い空を見あげながら、ハディスはラーヴェに応じる。ひとりきりだ。

元々少人数だったが、綺麗《きれい》にハディスだけリステアードたちと引き離《はな》された。深夜から始まった押しては引く攻撃《こうげき》は、最初からハディスの孤立《こりつ》を狙《ねら》っていたのだろう。

「ナターリエの救出は？　ローザはもう南国王の宮殿《きゅうでん》にいる姉上と合流できたんだろう」

『いんや、それ以後の連絡《れんらく》はない。あっちもゴタついてんだろ。……なかなか本格的に攻《せ》めてこねーなぁ。サーヴェル家ならもっとこう、ガッとお前に食いつくと思ってたんだが』

「そうだね。でも、攻撃してきてるのはサーヴェル家の私兵だけだ。王国軍じゃない」

言いながら、ふと気づいた。もし、ハディスがラーヴェ帝国《ていこく》側にローを通じて指示を出せることをまだ知らないとしたら——ハディスさえ足止めすればラーヴェ帝国軍は動かないと考えているなら、辻褄《つじつま》は合う。

ただ、それはすなわち。

『黙《だま》ってくれてんだな、嬢《じょう》ちゃん。まあ、ローザを見られたらばれるけど』

「……。僕は信じない。どうせ開戦が嫌《いや》だとかそんな理由で、僕の味方じゃない」

『はいはい、わかってるよ。……変なことになってないといいけどなぁ、嬢ちゃん』

「へ、変なことってなんだ」

三角座りをしていたハディスの胸から、ラーヴェがするりと出た。

『ただお前を悪者にして嬢ちゃんを取りこむとか、竜妃《りゅうひ》の力を削《そ》ぐ作戦としてお粗末《そまつ》、感情論すぎないか？　女神《めがみ》らしいっちゃらしいが、なんか他《ほか》にもある気がするんだよ。女神は散々竜妃に負けてるから、いい加減何か打開策を見つけててもおかしくない』

「……ジルは竜妃をやめたいだろうから、いいんじゃないか。なんでも」

『お前さあ、こういうとき変な意地はるのやめたほうがいいと思うぞ』

「意地なんてはってない。僕は冷静に、現実を見極《みきわ》めてるだけ――」

言い返そうとした言葉が、詰まった。ちょうど気にしてしまったのも悪かったのだろう。同じことに気づいたラーヴェが、ハディスと同じ方角を見る。南の、遠く離れた方角だ。

竜妃の神器の気配が、消えた。

『……おい、ハディス……』

何かあったのか。それとも、なんらかの方法で竜妃の指輪をはずしてみせたのか。

「……気にしない。今、僕が気にすべきはそこじゃない」

『だけど、女神が嬢ちゃんになんかしたとしたら』

「竜妃の指輪があろうがなかろうが、竜妃が誰かは、僕が決めることだ」

立ち上がったハディスに、ラーヴェが目を丸くしたあと、苦笑いした。

『……そうか。そうだな。うん、それでいいんだよ』

「なんだ、意味ありげに。いいから準備しろ。くるぞ」

『あー俺の出番かぁ、ついに』

「兄上に居場所を知らせるにもちょうどいい。それに義父上《ちちうえ》になる相手だぞ。敬意は払《はら》う」

するりとラーヴェが右腕《みぎうで》に巻き付いて、姿を変える。

銀色に輝く天剣《てんけん》を握《にぎ》ったその瞬間《しゅんかん》を待ち構えたように、空から魔力《まりょく》が降ってきた。夜空の星をすべて降らせたような膨大《ぼうだい》な量だ。

さすがサーヴェル家。笑ったハディスは、地面を蹴《け》って飛び上がる。そして背中を狙う拳を、天剣の柄《つか》で弾《はじ》き返した。普通《ふつう》ならそれだけで地面に叩《たた》き落とされるはずだが、相手は体勢も崩《くず》さず蹴りを繰《く》り出す。よけて距離を取ったところで、ラーヴェが呆《あき》れた声をあげた。

『天剣に拳で戦いを挑《いど》むか、普通!?　いくら魔力があるからって、度胸ありすぎだろ』

「さすが、今の一撃《いちげき》をよけられるとは素晴《すば》らしい反射神経ですな」

にこやかな声に、ハディスは目を向ける。

屋敷《やしき》に招いてくれたときと同じように、ビリー・サーヴェルはにこにこしていた。ただし肉体は、以前見たふくよかな紳士《しんし》のものではない。

『じょ、嬢ちゃんの父親、だよな……？　体積変わってないか!?』

ハディスより低かった身長も高くなっている。魔力の肉体強化だ。筋力と骨格を増強しているのだろう。

「一応、確認《かくにん》したいのですが。ビリー・サーヴェル辺境伯で間違《まちが》いないですか」

「ええ、そうですよ竜帝陛下。初めましてではありませんん」

周囲の気配をさぐりながら、ハディスはビリーと向かい合う。口角があがった。

「おひとりで？」

「ええ。領民たちもきたがったのですがねえ。何せ竜帝です。誰《だれ》が戦うかの選別も血で血を洗う争いになってしまって。年甲斐《としがい》もなく我こそはと声をあげる者やら、血気盛んな若者やらで収拾がつきません。私ひとりの歓待《かんたい》になってしまいますが、ご勘弁《かんべん》ください」

「お気遣《きづか》いなく。あなたともう一度お話をしたかったので、十分です」

「はて、何かご用がありましたかな」

「本音で話せなかったでしょう、ここまで。ぜひおうかがいしたいことがあって」

にっこり笑って天剣の剣先《けんさき》を突《つ》きつけると、鍛《きた》え抜《ぬ》かれた上半身をさらしたビリーは隙《すき》のない構えをとった。それを見据《みす》えて、ハディスは大事な言葉を口にする。

「娘《むすめ》さんを僕にください」

「断る」

すがすがしい即答《そくとう》だ。そのまま、互《たが》いの魔力が衝突《しょうとつ》した。

## 第七章 ⚜ 竜妃たちの絶対防衛線



ビリー・サーヴェルにとって、三女のジルはとても可愛《かわい》い娘だった。もちろん、長女と次女も愛娘《まなむすめ》だ。だが小さな頃《ころ》からませていた長女は「私はお父様みたいな筋肉馬鹿《ばか》じゃなくて顔のいい男と結婚《けっこん》する」とか言い出すし、狙撃《そげき》に目覚めた次女からも「……訓練の邪魔《じゃま》」とすげなくされる。ついでにいうと長男は喋《しゃべ》らず目も合わせないし、そもそも姿を見せない。

そんな中「どうやったらお父さまみたいなパンチができますか！」と駆《か》けよるジルは、天使のようだった。一緒《いっしょ》の訓練も嫌がらない。「わたし、お父さまみたいな強いひとと結婚する！」と言われたときの感動は、決して忘れないだろう。

それだけに心配なこともあった。長女のようなしたたかさもなく、次女のように思慮《しりょ》深くもない、何より食べ物に目がないジルが、悪い男にだまされてしまわないかだ。

その予感は、ある意味において的中した。

よりによって、竜帝ハディス・テオス・ラーヴェと結婚したいなどと言い出すとは。

「ジルとはいつからのおつきあいでしたかな！」

拳鍔《けんつば》と天剣が魔力の火花を散らしながら弾き合う。無駄《むだ》な動きは一切ない。強大な魔力を無駄なく使えるのは鍛錬《たんれん》の積み重ねと、魔力の扱《あつか》いと筋肉の動かし方を熟知しているからだ。

強さは申し分ない。

「ジェラルド王太子の誕生パーティーですよ」

まだ丁寧語《ていねい》を崩さないのは、敬意だろう。小賢《こざか》し——いや、礼儀正《れいぎただ》しい。

「ほう！　ではあのあと、いったいあの子をどうやってたぶらかし——いや、それは聞きますまい。料理ですな」

「幸い、僕は得意だったので。僕の料理はお気に召《め》しませんでしたか」

「いやはや、とてもおいしかったですよ！　娘の成長も見られましたし」

あの食べることとしか頭になかった娘が、エプロンを着て竜帝の指示に従い料理の手伝いをする姿には、大層衝撃《しょうげき》を受けた。味見だと竜帝の手ずから「あーん」などと言っている姿を見たときは、ちょうど取り出したスプーンの束が拳《こぶし》の中でまがってしまったくらいだ。まったく周囲を気にしている様子がなかったので、日常的にやっているのだろう。

「まったくもって、娘をラーヴェでひとり修業《しゅぎょう》させた甲斐《かい》があったというものです！」

「義父上にそう言ってもらえて僕も嬉《うれ》しいです」

「誰が義父上だ、結婚は許さん！」

激昂《げきこう》した拳をよけ、姿勢を屈《かが》めた竜帝が間合いを詰《つ》めてきた。

「なら、サーヴェル家に痛い目を見させて娘さんを差し出してもらうしかありませんね」

汗《あせ》ひとつかいていない、涼《すず》しげな顔だ。娘たちがそろって見惚《みと》れそうな美麗《びれい》な顔。

実は最初から、そこが気に入らない。

男は筋肉だ――ジルもそう言っていたのにと、ずっとひそかにいじけていた。

「死ね」

何よりいきなり変貌《へんぼう》する、得体の知れないこの金の瞳《ひとみ》に、ぞっとする。

「なめるな小僧《こぞう》！」

背後に回りこんで背中に蹴りを叩き込んだ。地面に向かって落ちていく竜帝《りゅうてい》を追い抜いてその腹に全力の魔力をこめた拳を打ち込む。

だが腹に入ったところで手首をつかまれた。引こうとしても、ぴくりとも動かない。

顔をあげた竜帝が、口角をあげる。

「たとえ一瞬《いっしゅん》でも、僕に全力を出させることはほめてやる」

ぐるんと手首を振《ふ》り回され、地面に向けて投げ捨てられた。

体勢を立て直して地面に足をついたが、そのまま竜帝の靴《くつ》裏に顔面を踏《ふ》まれた。体が沈《しず》み、魔力圧で地面が円形にえぐられる。

(これが竜帝)

これに討《う》たれるならば、悔《く》いはない。そう憧憬《どうけい》を抱《いだ》かせる神の力に、背筋が粟立《あわだ》った。

「お館様！」

「駄目《だめ》だくるな――ッ！」

黙《だま》れと言わんばかりに今度は胸を踏みつけられた。せめて足首をつかんで引きはがそうとするがまったく動かない。竜帝が天剣を一振《ひとふ》りしただけで、周囲の木々がなぎ倒《たお》され、助けようと飛んできた領民たちが吹《ふ》き飛んでいく。魔力の風に煽《あお》られて、青年の顔が見えた。

虫を踏み潰《つぶ》してしまったことに気づいたような、さめた眼差《まなざ》し。神の残酷《ざんこく》さと慈悲《じひ》は、等しく同居する。

「さようなら、サーヴェル伯《はく》」

星のまばたきが見えない空に向け、一等星よりも強く、天剣の剣先が輝《かがや》いた。圧倒《あっとう》的な容赦《ようしゃ》のない、銀色の魔力。だが、足元は、のぞき込んではならぬ深淵《しんえん》だ。

そこに娘をつれていかせるわけにはいかない。血を吐《は》いて叫《さけ》ぶ。

「お前に娘はわたさん！」

そのまま振り下ろされるはずの天剣が、眼前で止まった。

ビリーは息を止めたまま、まばたく。だがやはり、天の剣先は落ちてこなかった。それどころか胸の圧迫《あっぱく》までなくなる。竜帝が足をどけたのだ。

「死にたくなければ、しばらくそこでおとなしくしていろ」

円形に沈んだ地面の縁《ふち》に立った竜帝が、そう告げる。起き上がろうとして、できなかった。

あの死が迫《せま》る一瞬《いっしゅん》で、魔力を使い果たしていた。だがまだ生きているし、口は動く。

「なぜ、ですかな……ここで儂《わし》を殺しておけば、サーヴェル家は負け。ジルは戦利品です」

「大した理由なんかない。勝つのが簡単すぎて、つまらないと思っただけだ」

「……まさか今更《いまさら》、儂を殺せば娘にどう思われるか気にしたとでも？」

ただの挑発《ちょうはつ》と嘲笑《ちょうしょう》のつもりだった。だが、竜帝の背がわかりやすく震《ふる》えた。

目を丸くして、ビリーは動かないその背中を見つめる。

「……別に、嫌《きら》われるとか、いつものことだ。気にしてない」

「……めちゃくちゃ気にしておられるのでは」

「殺されたいか、お前。誤解だと言っ――」

ぎろりとこちらを見て殺意を放ったと思ったら、竜帝の横顔が強烈《きょうれつ》な魔力に照らされた。こちらへ向かってくる、魔力の塊《かたまり》だ。

「次は南国王か。まったく次から次へと、こりない」

静かにつぶやいた竜帝が魔力をすべて結界で弾《はじ》き返す。そしてちらとこちらを見てから、地面を蹴《け》った。ここから離《はな》れるようだ。

（……まさか、儂を巻きこまないように……）

よくわからない青年だ。さっきまで確かにこちらを殺そうとしていたのに、最後の瞬間に思いとどまったり――本当に、得体が知れない。

「――あなた！　生きてます？」

「ああ、シャーロット。お前も無事……つぅっ」

戦闘《せんとう》中の興奮が落ち着いたせいだろう。しげみの奥から現れた妻の手を借りて起き上がろうとして、やっと全身の痛みを感じた。これは骨が何本かいっている。

「こてんぱんじゃありませんか。なんてこと。ジルに笑われてしまいますよ」

「そうだ、ジルはどうした。竜帝と別れてうちに戻《もど》ってくれるのか」

「いいえ、やっぱり駄目でした」

あっさり笑って返されて、絶句したあとに慌《あわ》てる。

「や、やっぱりってお前、ちゃんと、ジルを説得……あいたたた」

「あら、足が変な形にまがってますわ。担架《たんか》を用意しましょう。あなたは座ってらして」

「だ、だがまだ、竜帝の部隊がそのまま残っているだろう」

「クリスが抑《おさ》えてますよ。いい勉強になるでしょう。リステアード皇兄殿下《でんか》は指揮がお上手で、苦戦しているようです」

「それはいかんだろう！　サーヴェル家が負けたとあれば、今後の士気に関わる」

「時間はかかるでしょうが、力押しでクリスが勝ちます。それにジェラルド様が有能な軍師を貸してくださいました。リックとアンディも向かわせましたわ。ジェラルド様ご自身も、軍を整えて指揮をとられるそうです。――南国王が、竜帝を討つと」

それは開戦を意味していた。結局そうなるかと、ビリーは苦笑いを浮《う》かべる。

「そうかぁ……竜帝が現れた以上は、覚悟《かくご》しとったがな」

「しかたのないことです。子どもたちの代でなくてよかったと思いましょう」

「お前は冷静だな」

「あら、これでも落ち込んでいるのよ。……ジルったら、私の心臓をためらわず狙《ねら》いにきたんですから」

それが意味することを、さすがに読み違《ちが》えたりはしない。娘《むすめ》は、竜妃《りゅうひ》の道を選んだのだ。

「竜妃の神器は計画どおり奪《うば》いましたが、あの子は竜帝を捨てないでしょう」

「……い、いや！　竜帝がジルを捨てる可能性も、まだなくはないだろう！」

「あら、ハディス君はジルを捨ててくれそうなの？」

捨てない気がする。でなければさっき竜帝は『サーヴェル家当主の首級』という簡単な勝利を選んで、とっととラーヴェ帝国に凱旋《がいせん》しただろう。

黙ったビリーに、妻は答えを得たようだった。

「さみしいわねえ、もうお嫁《よめ》にいってしまうなんて」

「……そんな……ジル……わ、儂の、ジルが、あんな得体の知れない輩《やから》に……！」

まだ十一歳なのに。そう考えると、涙《なみだ》が止まらない。

「あなたは誰《だれ》だって嫌《いや》なんでしょうに」

「そうだが！　あんな義理の息子《むすこ》とはうまくやっていけない……！」

「そうねえ。――じゃあ、奇跡《きせき》的にジルがこの状況《じょうきょう》をうまくおさめてくれれば、みんなでラーヴェ帝国に旅行に行きましょうか」

「そんなこと許さないだろう、あの若造は！　心が狭《せま》そうだ！」

「あら、わからないわよ。あなたを殺さなかったようにね」

ぐっと詰まっている間に、問答無用で担架に乗せられた。空が目に入る。だいぶここはラキア山脈の頂上に近い。竜帝の魔力の輝きが先ほどより落ちているように見えた。やはりこちらとの戦いで消耗《しょうもう》しているのだろう。南国王に押されているようだ。

少し離れた場所でも、息子がようやく本領発揮したらしい。誰かうまく指揮を引き受けてくれたのだろう。これでジェラルドが軍を率いてくれれば、こちらの勝ちだ。ラーヴェ帝国軍の助けは間に合わない。

華々《はなばな》しいクレイトス王国の勝利から始まる開戦である。

竜帝は魔力を半分封《ふう》じられたまま、竜妃の力もない。竜神ラーヴェを滅《めっ》する、これ以上ない好機だ。仮想敵国のたかが一貴族に結婚《けっこん》の許しをもらうなんて稚拙《ちせつ》な行動で国を危機にさらした竜帝の無能さを煽ってやれば、内部分裂《ぶんれつ》も起こるだろう。

だが、娘はそれをよしとするだろうか。

愚《おろ》かにも今回、竜帝が求婚者としてサーヴェル家を訪ねるなんて脇《わき》の甘さを見せたのは、娘のためだ。それくらいは、ビリーもわかっている。その甘さを取り返すためにサーヴェル家当主の首が必要だっただろうに、彼はそれも手放した。

また爆音《ばくおん》が響《ひび》いた。戦場では珍《めずら》しくもないそれ。だがサーヴェル家の対空魔術が追っているものに、ビリーは目を丸くする。

「あなた」

他《ほか》の負傷者と一緒《いっしょ》にさがろうとしていたシャーロットに、手を握《にぎ》られた。

標高の高いラキア山脈では、日の出が早い。薄闇《うすやみ》の中で暁《あかつき》をつれてくるのは、竜だ。

自動追尾《ついび》する魔力の光線を弾き飛ばし、かいくぐり、脇目も振らず一直線に飛んでくる。

その竜に乗っているのは。

「あらあら、まあまあ。ジルったら、間に合っちゃうのねえ」

つぶやいた妻の声には、呆《あき》れと切なさと、感動がまざっていた。姫様《ひめさま》だという領民たちの声を聞いて、ビリーは苦笑いを浮かべたまま、嘆息《たんそく》する。

娘の心が戻る見込みはなさそうだ。そして竜帝は娘をつれていくのだろうなと思って、また涙が溢《あふ》れた。


「大したものだな、サーヴェル家の対空魔術！」

片手でローザの手綱《たづな》を操り、片手で剣《けん》を握って魔力の光線を振り払《はら》いながら、エリンツィアが叫ぶ。

「だが、私のローザはもっとすごいだろう！」

「最高ですよ、さすがです！」

讃《たた》えるエリンツィアとジルに、ローザが誇《ほこ》らしげに鳴き、速度をあげる。腹をくくれば、クレイトスの空だってなんてことはない、ただの戦場だ。一直線に飛べばいい。

数時間飛びっぱなし、しかも対空魔術に突《つ》っこんですべてよけるか落とすという荒業《あらわざ》の連続に、もう怖《おそ》れも迷いも吹《ふ》き飛んでいた。脳内物質が本能を鼓舞《こぶ》して、進めと命令する。いわゆる興奮状態だ。ローザも絶好調である。

なお、ナターリエはとっくに気絶していて鞍《くら》にくくりつけられている。

「今なら私でも女神《めがみ》の聖槍《せいそう》を折れそうだ！」

「いいですね！　でも譲《ゆず》りませんよ、それはわたしの仕事です！」

「それは残念だ。——最後の魔法陣《まほうじん》だ、ローザ！　突っ切るぞ！」

今度は右手前方から魔法陣が輝《かがや》いた。ラキア山脈北部、中腹付近からだ。その下から硝煙《しょうえん》もあがっている。うまく地形を利用して、サーヴェル家の奇襲《きしゅう》戦術をさばいているようだ。自国ではない不利な地で持ちこたえてみせるのは、リステアードの才覚の高さだろう。

だがふと見えた地上に、ロレンスの姿があった。それに、生《お》い茂《しげ》る木々に潜《ひそ》んでいるぞっとするような魔力。同じ気配に気づいたエリンツィアがつぶやく。

「私はリステアードを助けにいったほうがよさそうだな」

「気をつけてください、わたしのお兄様は強いですよ！」

「大丈夫《だいじょうぶ》だ、私も強い！」

頷《うなず》いて前を向いたジルの目には、ぶつかり合う魔力が見える。ここまでくれば、もうハディスの戦場とそんなに距離《きょり》はない。

「ここまででいいです。エリンツィア殿下《でんか》、ご武運を！」

「ご武運を、竜妃《りゅうひ》殿下！」

てらいなくそう送り出してくれるエリンツィアは剛毅《ごうき》だ。ジルにはもう竜妃の神器はおろか、黄金の指輪すらないのに、信じてくれている。

口角をあげ、ローザの力強い背を足場に飛び出した。

戦っているのは、ハディスとルーファスだ。ラーデアでの戦場と同じ構図。だがあのときよりも魔力の輝きがすごい。そこだけ朝焼けがきたように空が輝いている。ハディスの魔力があのときよりも回復しているからだろうが、それ以上に南国王が本気だ。殺気を感じる。

(この間と空気が違う。ジェラルド王子もいるはずだ、どこに……)

二対一で押しこめばクレイトス側に勝ちが見える場面だ。ジェラルドがこんな好機を逃《のが》すはずがないと首を巡《めぐ》らせて、はっとした。

クレイトス国王とラーヴェ皇帝《こうてい》が戦う、はるか上空にジェラルドがいた。その手が振《ふ》りかぶったのは、女神の聖槍。黄金の魔力を帯びた槍先が光り、聖槍が投擲《とうてき》される。

狙いは、鍔迫《つばぜ》り合いをしているふたりともだ。

「――やめろ、陛下！　南国王も！」

誰よりも先にジルに気づいたハディスが、目を丸くした。そのあどけない表情に、かっと頭に血が上った。

女神の聖槍が迫《せま》っているのに、どうしてジルの姿を目にしただけで戦いの最中に動きを止めてしまうのだ、この男は。

まるで、さよならを告げられて一歩も動けなかった自分のように。

「よけろ、馬鹿《ばか》！」

魔力を全開にして飛んだジルは、夫の背中を両脚で蹴《け》り落とす。巻きこまれた南国王と一緒に、そのまま夫も地面に墜落《ついらく》した。

よく持ちこたえている。高台の茂みに身を潜めたカミラは、苦笑いした。背後で同じく気配を殺しているジークが小さく尋《たず》ねる。

「どうだ、敵の動きは」

「動きなし。リステアード殿下は？　そろそろ焦《じ》れて攻《せ》めたがる頃《ころ》じゃないの」

「いいや、迎撃《げいげき》のみだそうだ。意外だな」

「そうねえ、この我慢強《がまんづよ》さ。ちょっと驚《おどろ》きよ」

実戦経験が浅く皇子様らしい言動が目立つ彼を所詮《しょせん》お坊《ぼっ》ちゃまだと内心で見くびっていたのだが、なかなかどうして、いい指揮をする。

そもそも数も補給も地も向こうが有利だ。竜帝がサーヴェル家の私兵を削《そ》いでいるが、圧倒《あっとう》的な物量差がひっくり返るわけではない。だが、きちんとリステアードはこれがナターリエが無事逃《に》げるまでの時間稼《かせ》ぎの撤退《てったい》戦だと理解していた。だから相手を撃破することにまったくこだわらず、犠牲《ぎせい》を最小限にひたすら逃げの一手である。特に、サーヴェル家の長男クリス・サーヴェルの動きを常に把握《はあく》し、あちらに捕捉《ほそく》される前に逃げ出す徹底《てってい》っぷりだ。しかもきちっとこのあたりの地形を偵察《ていさつ》済みという有能さである。

相手との相性《あいしょう》もよかった。ここまで攻めてこない相手と戦ったことがないのか、クリスのほうの指示が雑で、サーヴェル家の連携《れんけい》があまり見られない。

「竜が使えれば勝てたかもな、この戦《いくさ》」

「短期戦ならでしょ。結局、時間がかかれば負けよ。あーあ、早く帰りた――」

望遠鏡で周囲を見ていたカミラは、敵の本営で見えた姿に息を呑《の》む。急いで望遠鏡をしまい、移動を始めた。きちんとついてきながらジークが尋ねる。

「どうした、見つかったのか」

「違《ちが》うわ、あの狸坊《たぬきぼう》やがいた。きっと何かしかけてくるわよ」

「マジか、めんどくせーことになりそう――」

ジークの声は途切《とぎ》れた。空に現れた魔法陣のせいだ。クレイトスのあちこちにあるという、空を守るための対空魔術。

それらが、一斉《いっせい》に地面に向かって魔力を吐《は》き出した。

「なっ、なんだこれ！　いきなり一斉攻撃《こうげき》すぎるだろ！」

「アタシたちをあぶり出すつもりなのよ！　リステアード殿下と合流するわよ！」

走り出したカミラに、ジークも舌打ちして続く。

上から少し離《はな》れた場所が撃《う》たれているだけで、ゆれは響くが攻撃は当たらない。それはそうだろう、狙《ねら》いなどさだめていないのだ。

ただ、どこにいるかわからないから、片《かた》っ端《ぱし》から面で攻撃していって移動させる。費用対効果など無視、あちらに物量があるが故《ゆえ》の質より量な作戦だ。誰《だれ》がそんな作戦を始めたのかは明白である。

「やっぱ殺しときゃよかったな、あの坊主《ぼうず》！」

「ほんとにね！　――リステアード殿下、向こうの指揮官が替わったわ！」

陣営《じんえい》に戻《もど》ると、厳しい顔をしたリステアードが振り向いた。

「どうりでいきなり流れが変わったわけだ。あぶり出すつもりだな、僕らを」

「どうする、もっとさがるか」

「ああ。だが限界がある。ハディスとこれ以上、離れるわけには――」

「やっと見つけた」

周囲を囲む木の上からぼそっと声が響いた。リステアードが顔をあげ、槍を構える。

「全員、先ほど撃たれた付近へ向かえ！　対空魔術は時間をあけなければ連続で撃てない！」

「ああ、やっぱアタマいい奴《やつ》だったんだ」

上から魔力と一緒に振ってきた剣戟《けんげき》を、リステアードの一撃がさばいた。その姿をとらえたカミラも弓を引く。だが当たらない。

「クリス・サーヴェルか⁉」

「だから何。キライなんだよ、アタマいい奴……まぁいいや、もう見つけたし」

ぼそぼそと声が聞こえるが、位置がつかめない。リステアードとジーク、カミラの三人で背中を合わせて構える。だがいきなり足元に、ふっと人影《ひとかげ》が落ちてきた。

「ジーク！」

振り回された武器は、速すぎて見えなかった。だが大剣《たいけん》で受け止めたジークが吹き飛ばされてしまう。そして弓を構える前にカミラの腕《うで》も切り裂《さ》かれた。その横からリステアードが槍先を繰《く》り出すも、まるで手品のようにその場から消えて、次には上空に浮《う》いている。

振り下ろされる武器はふたつの短剣、双剣だ。狙いはリステアードの首。

「お前を殺せば、後は烏合《うごう》の衆《しゅう》だろ」

駄目《だめ》だ、間に合わない。だがカミラが想像した未来を、炎《ほのお》が焼いた。

「生きてるか、リステアード！」

頭上から聞こえた声に、リステアードが呆然《ぼうぜん》としたあとで叫《さけ》ぶ。

「あ、姉上！　どうしてここにっ……今、僕ごと焼こうとしませんでした⁉」

「ローザはそんなヘマはしない！」

「僕の前髪《まえがみ》、ちょこっと焦《こ》げてますが⁉　……姉上、上です！」

甲高《かんだか》い音を立てて、エリンツィアの槍がクリスの短剣を受け止めた。それでやっとクリスの顔が見える。全身黒い衣装をまとった黒い塊《かたまり》のような男だった。ぐしゃぐしゃに伸《の》びた黒い前髪の隙間《すきま》から、紫色《むらさきいろ》の目が見開かれる。驚いているようだ。

「素早《すばや》さはあるが、攻撃が軽いな」

エリンツィアの槍《やり》が半円を描《えが》き、クリスを弾《はじ》き飛ばした。だがクリスはくるりと回って、木の枝の上に立つ。

エリンツィアもローザから飛び降りた。

「リステアード、ここはわたしが引き受ける。お前は部隊の立て直しと、ナターリエを頼《たの》む」

「ナターリエ⁉ なんでここにつれてきてるんですか、姉上！」

「色々あったんだ。ジルもいるぞ。ハディスと結婚《けっこん》するそうだ」

そのひとことに、ふっとカミラの体からこわばりがとけた。とけて、気づく――ずっと緊《きん》張《ちょう》していたのだ、自分たちは。命のやり取りよりも、小さな主君が何を選ぶかを。ジークも、はあっと大きく息を吐き出して立ち上がり、腕を回し出す。

「と、いうことで私は、君の妹の夫の姉――どう呼ぶんだ、こういう関係は？」

「は？　アンタ、女じゃないだろ」

リステアードが凍《こお》り付く、という非常に珍《めずら》しい光景をカミラは目撃した。

木の上からぼそぼそと、それにしてはよく通る声で、クリスがつぶやく。

「信じられない。本気じゃなかったとはいえ、俺の攻撃を片手で受け流すなんて。絶対、女じゃない……」

「……ほう」

ばきりとエリンツィアが拳《こぶし》を鳴らした。

さすがに状況《じょうきょう》を把握したカミラも、頰《ほお》を引きつらせる。

「大変参考になる意見だ。皇女らしくない、女らしくない、腕力《わんりょく》馬鹿だとかは言われ慣れているが……まさか、正面から言ってくる命知らずがいるとは」

エリンツィア皇女は優柔不断《ゆうじゅうふだん》と言われるほど優《やさ》しく、大らかであまり怒《おこ》ったりもしない。

だが、逆鱗《げきりん》はあるらしい。

「いい度胸だ。お前が軟弱《なんじゃく》すぎるだけだと教えてやる」

「あ、わかった。お前、実は人間じゃないだろ。ゴリラだろ」

「ぜ、全員ここから引き揚《あ》げるぞ！　退避《たいひ》！」

リステアードに命令されるまでもない。噴《ふ》き上がるエリンツィアの魔力《まりょく》を背に、一目散にカミラたちは逃げ出した。その間にも、空からカミラたちをあぶり出すための攻撃がくる。

「もうっ毎回なんでこうなるわけアタシたち⁉　完全にぐちゃぐちゃじゃないの！」

「――おい、どうせだ。元凶狙《げんきょうねら》うぞ」

「はァ？　リステアード殿下《でんか》の命令、聞いてなかったの。アタシたちは」

「竜妃《りゅうひ》の騎士《きし》だろ」

端的《たんてき》な答えに、カミラは目を丸くしたあと笑う。確かにそうだ。

ずいぶんおとなしいと思っていたが、ジークもやはり気落ちしていたのだろう。

「そぉね。まずはあの狸坊やからやっちゃう？　ジルちゃんを見事にだましてくれちゃって」

「撤退理由が必要だろう、あちらさんにも。ここで死ぬならそれまでだ」

示し合わせて、方向転換《てんかん》する。遠くでものすごい爆音《ばくおん》が響《ひび》いたが、かまわない。きっと主君が戦っているだけだ。

南国王と竜帝《りゅうてい》を狙った聖槍の一撃は、山の一部を丸裸《まるはだか》にしてしまった。だが、まだ誰も死んでいない。遠くで転がっている南国王は額から流れる血をぬぐって起き上がる。もちろん、攻撃をしかけたジェラルドは無傷だ。

「……ジル姫《ひめ》。なぜここに」

こちらを見おろすジェラルドを、じろりとジルは見あげた。

「竜帝と婚約《こんやく》するための契約書《けいやく》に、国璽《こくじ》を押してもらいにきました」

「……その竜帝は、あなたが踏《ふ》んでいるようだが」

「おかまいなく。陛下は妻にならなら踏まれるといつも言ってますので」

「跪《ひざまず》くだよ！　踏まれるとは言ってな――ぐえっ！」

もう一度背中を踏みつけて黙《だま》らせた。そしてにっこり笑う。

「とても有意義な軍事演習になったみたいでよかったですね、陛下」

「演習だと？」

「そうですよ。わたしとの婚約の挨拶《あいさつ》をするついでに、サーヴェル家と合同軍事演習をすることになったんですよね。それでちょっとはっちゃけてしまっただけで」

今ならまだ、そういうことにしてしまえる。立ち上がった南国王が、膝《ひざ》の埃《ほこり》を払《はら》った。

「なるほどね。面白《おもしろ》い提案だが、今更《いまさら》無理かな。僕も、息子《むすこ》も、竜帝も納得《なっとく》しない」

「そんなに戦争したいんですか」

「国の面子《メンツ》の問題だよ。どうせ戦うんだ。だったら有利に進むようにしたいじゃあないか」

「あなた、さっき息子さんに殺されかけてましたけどいいんですか、その辺は」

「それで竜帝が滅《ほろ》ぼせるなら、喜んで。クレイトスの悲願だよ」

本人も承知の上らしい。ジルは舌打ちして、ハディスを踏んづけていた足をどけて、前に出て構え直した。

「なら、気が済むまでわたしがお相手をします。ただしわたしが勝てば、演習終了《しゅうりょう》ですよ」

「頑固《がんこ》だなぁ。だいたい、君はもう竜妃ちゃんじゃないだろう？　黄金の指輪がない」

「……そうだよ、紫水晶《むらさきすいしょう》の目をしたお嬢《じょう》さん」

背後で、ハディスが立ち上がる気配がした。

ああ、嫌《いや》だ。ジルは拳を握《にぎ》りしめる。

「何をしにきた。もう君は竜妃じゃない。まさか、戻ってくれれば僕が喜ぶとでも？」

平気で嘘《うそ》をつく、彼が嫌だ。嘘をつかせる、自分が嫌だ。

「あまつさえ、竜妃の力を失った君を、受け入れるとでも？」

わかっているのに身をすくませてしまう、自分の弱さが嫌だ。

「優しい家に戻《もど》るといい。お嬢さん。……ひょっとしたら、僕に戦利品として差し出されてしまうかもしれないが」

「ジル姫」

近づいたジェラルドに腕を取られた。

「さっきも言っただろう。もし、クレイトスでの今後の立場を気にしているなら問題ない。あなたは竜帝にだまされた。皆《みな》、それで納得す――」

その腕を、振《ふ》り払った。そして叫ぶ。

「わたしは、この方を、一生かけてしあわせにします！」

ハディスがどんな顔をしたのか、振り向けない愛の弱さが嫌だ。

でも、心に決めた理《ことわり》の強さなら貫《つらぬ》ける。

「――感動したよ、君こそ竜妃だ！」

ルーファスが叫ぶと同時に女神《めがみ》の護剣《ごけん》を振りかぶった。咄嗟《とっさ》に地面に転がっている剣を拾い
護剣の一撃《いちげき》を受け止めるが、体ごと上空に打ち上げられてしまう。

「敬意を表して、手加減などしない。――ジェラルド、竜帝を殺せ！」

「――言われずとも」

「させるか！」

空中で体勢を立て直したところで、二撃目がきた。剣身が真ん中から折れる。

（くそ、やっぱり武器で差が出るか！）

魔力では補いきれない差だ。だがもうあとには引けない。

「さあ、竜帝を守り抜《ぬ》いてみせろ、竜妃！」

首を狙《ねら》ってきた護剣の剣筋をよけ、蹴《け》りを脇腹《わきばら》に入れる。だが足首をつかまれてしまった。

「何より、僕を絶望させないでくれ」

優しげにそう言いながら、ルーファスが護剣を振り上げる。その背後からハディスが斬《き》りか

かってきて、ルーファスを吹《ふ》き飛ばした。そしてジルの腰《こし》を抱《だ》いて、その場から離《はな》れる。

「足手まといだ」

「はあ!? もっぺん踏まれたいんですか！」

「だって事実だ。竜妃の神器もない、指輪もなくしたなんて」

うぐっと詰《つ》まる。そこは反論しづらい。そのうえハディスに指摘《してき》されると、不安がすぐにこみあげる。なんでこう、恋心《こいごころ》は臆病《おくびょう》さをつれてくるのか。

「――そんななのに、竜妃だって、僕を助けにくるなんて」

でも、強く抱きすくめられて、それだけですべてが霧散《むさん》していく。

「馬鹿《ばか》だ、君」

「……陛下だって、馬鹿ですよ。さよならって言ったくせに」

首に両腕《りょううで》を回して、ぎゅうっと抱き締《し》め返す。

「これじゃあ、わたしを大好きって言ってるようなものじゃないですか」

「盛り上がってるところ申し訳ないが、逃《に》がさないよおふたりさん！」

追いついてきたルーファスの護剣をハディスが天剣で受け止めた。その眼前を女神の聖槍《せいそう》がかすめていった。

と思ったら、聖槍が何かに弾《はじ》かれて角度を変え、ジェラルドの手に戻っていく。

「なっなんですか、今の!?」

「ラキア山脈の魔法の盾《たて》だ」

鋭《するど》い峯《みね》が眼下に広がっていることに気づいて、ジルは息を呑《の》む。もう、山頂なのだ。ラキア山脈にある魔法の盾は、女神を拒《こば》む。おそらく女神本人は今フェイリスといるのだろうが、女神の聖槍は女神の一部だ。神話によれば、女神は姿を変え誰《だれ》かの手によって運ばれなければラーヴェ帝国に入れない。だから投擲《とうてき》された聖槍が弾き飛ばされた。そうでなくてもラーヴェ帝国側なら、竜神ラーヴェの加護が大きくなる。

「陛下、ラーヴェ帝国側に入れば、少しは戦いが有利になるんじゃ――」

突然《とつぜん》、ジルの左手首に何かが巻き付いた。ハディスから引きはがすように、魔力に拘束《こうそく》されて体が引っ張られる。

「ジル！」

「陛下、わたしはいいです、南国王が！」

舌打ちしたハディスが横から斬り付けてきたルーファスの護剣と打ち合う。その間に、まるで見えない壁《かべ》に磔《はりつけ》にされたように左手が張りついた。

（なんだいったい、何が――まさか、ラキア山脈の魔法の盾か⁉）

ちょうど足の真下に、鋭い山頂があった。ジルの目と同じ高さに、ジェラルドが浮上《ふじょう》する。

「今の君――元竜妃は、女神の聖槍の一部と判定されているようだな」

竜妃の神器が女神に取りこまれたからだろうか。魔法の盾は、竜妃の神器とは別に、まだ女神を弾くため機能しているらしい。

「諦《あきら》めて、クレイトスに戻れ――と言っても、無駄《むだ》なんだろうな」

「当然だ……っ！」

魔力《まりょく》で拘束を引きちぎろうとして、ぐらりとめまいがした。魔力の調節がうまくいかない。

「無理はしないほうがいい。いくら君でも、こんな神域に近い場所で、なんの神器も持たない状態ではいつものような力は奮えないだろう」

ラキア山脈では魔力の磁場が狂《くる》っていると聞いていたが、これか。真夏だというのに、吐《は》く息が白い。

「やってみなくちゃ、わからない、だろうが……！」

「本当に嫌《きら》われたものだ。――だが、私の手を取らない君に、安心した」

ジェラルドの苦笑いも白く曇《くも》る。

「やはり性《しょう》に合わない。身を引くフリをして、女性の歓心《かんしん》を買うなど」

「でしょうね。そういうタイプじゃないですよ……」

「君は私をよく理解しているんだな。だからか。嫌われているほうが落ち着くのは……好かれていたらきっと、つらかった。君に好かれていたくて、判断を誤っただろう」

ジェラルドが聖槍を振りかぶった。光景も場所も何もかも違《ちが》うのに、あの吹雪《ふぶき》の夜が脳裏《のうり》をかすめる。

ジェラルドがその手で聖槍を握ったまま向かってくる。左手が拘束されたままだ。右手だけで止めるしかない。

だが、ジルの前で槍先《やりさき》が止まった。ハディスが右手で聖槍をつかんだのだ。

ハディスの魔力と聖槍の魔力がぶつかり合って、爆風《ばくふう》が起こる。その風に、皮膚《ひふ》が焼ける匂《にお》いがまざった。ハディスの手が聖槍の魔力に焼かれているのだ。

「陛下っ……うしろ！」

動かないハディスの隙《すき》を見逃《みのが》さず、左側からルーファスが護剣を打ち込んできた。左手で握った天剣で、ハディスはそれも受け止める。

「竜帝《りゅうてい》が竜妃《りゅうひ》をかばうか。これは傑作《けっさく》だ！　竜帝が愛に溺《おぼ》れて理を曲げれば、竜神が神格を堕《お》とすぞ！」

ルーファスの哄笑《こうしょう》が響《ひび》く。ああ、とジルは察した。

愛の女神は、愛の強さに負けてしまう。

そして理の竜神は、理の正しさに負けてしまうのだ。

竜妃は竜帝を守る者だ。すなわち、竜帝は竜妃を守る者ではない。その立場を踏《ふ》み越《こ》えてしまえば、それは理に反する。

「……ラーヴェは、お嫁《よめ》さんは、大事にしろって、僕に教えた」

ルーファスたちに背を向け、ジルをかばっているハディスが、つぶやく。

「竜神の自分は、決して僕に愛を与《あた》えられないけれど、それが理だけど、みんなが、竜妃がきっと僕を愛してくれるから、諦めるなって。だから」

顔をあげたハディスの魔力が輝《かがや》く。銀色の、竜帝の輝き。

「ラーヴェは堕ちない――愛する妻を守るのは、理だ!!」

「女神の愛を解しもせずにほざくな、竜帝!!」

だが相手は女神の護剣と聖槍だ。ハディスの顔に苦痛が浮《う》かぶ。でもジルを守って動こうとしない。

(動け！　どうして、左手……っ！)

ラキア山脈の魔法の盾は、女神から竜帝を守るためにあるのに。

(そうよ)

はっと、ジルは顔をあげた。左手を見る。――金色に包まれた、左手の、薬指を。

(私の竜帝は、私の子守歌が好きだった。でも、本人は音痴《おんち》だったの。それがおかしくって)

(あら。私の竜帝は、本の虫よ。食事も忘れて読みふけるものだから、よく叱《しか》ったわ)

(私の竜帝は、絵を描《か》くのが趣味《しゅみ》だったの。モデルをさせられて、うんざりしたわ)

ああ、と左の手のひらで魔法の盾を触《さわ》る。

竜妃の神器が奪《うば》われた今もなお、変わらず竜帝を守る盾の意味を、確かめるように。

(思い出したわ。ありがとう)

女神にすべて持っていかれたと思っていた。でも、残っている。

(女神はわかってくれたわ。だから託《たく》した。でもこれじゃあ、あまりに不平等だものね)

竜妃が現れて初めて機能するラキア山脈の、魔法の盾。最初に竜帝を女神から守った、竜妃の力。たとえ怒《いか》りと哀《かな》しみに呑まれても、消えなかったもの。

(末の竜妃。あなたには、私たちの気持ちがわかるかしら。女神には託せない気持ち)

背中を、押された気がした。左手が、離れる。ラキア山脈の魔法の盾を、千年降り積もった竜妃の折れない愛を、貫《つらぬ》いた理《ことわり》を、すべて凝縮《ぎょうしゅく》した金の指輪が、薬指に輝く。

「わかるよ」

真っ先に異変に気づいたハディスが、両目を見開いている。

「あなたたちの愛も理も、わたしが引き継《つ》ぐ」

次に気づいたジェラルドが、ルーファスが、愕然《がくぜん》として力をゆるめる。

その隙をジルは見逃さない。

「女神《めがみ》だかなんだか知らないが、人の夫に手を出すな!!」

それは、決して女神には託せぬ、竜妃の本心。

弾《はじ》けるように竜妃たちが笑った気がした。なんて女たちだ。敵の女神に怒りを託し、それと戦う後輩《こうはい》には激励《げきれい》を託す。一筋縄《ひとすじなわ》ではいかない。さすが、竜妃。

竜帝を守り抜いた先輩たちだ。

口角をあげたジルの手に、黄金の竜妃の神器が宿る。身を引いたジェラルドが叫《さけ》んだ。

「馬鹿な、なぜ――ッ!」

剣の形にした神器で、女神の護剣《ごけん》を弾き飛ばす。そしてルーファスに蹴りを叩《たた》き込んだ。

その横からジェラルドが聖槍を突《つ》き出してくる。空中で回転した護剣を取ったジルは、その槍先を護剣で打ち上げた。体勢を崩《くず》したジェラルドの腹に拳《こぶし》を叩き込み、緩《ゆる》んだジェラルドの手から女神の聖槍を引き抜《ぬ》く。

「星にでもなってろ、お前は！」

大きく振《ふ》りかぶり、女神の聖槍《せいそう》をどこぞの方角に向けてぶん投げる。そして唖然《あぜん》としたジェラルドを、剣から変形させた鞭《むち》でつかまえて、地面に叩きつけた。もう片方の手で持った護剣は、地面に落ちたルーファスを目がけて振り下ろす。

何重にも奔《ほとばし》った魔力の刃《やいば》が、地面をえぐり、木々を切り倒《たお》した。ついでに遠く、まだ争っている方面にも一撃《いちげき》、叩き込む。そして深呼吸した。

「──演習は、終わりだ!!」

叫んだジルの大声に、注目が集まる。

「これからわたしと陛下の婚前契約書《こんぜんけいやく》に、南国王が直々に国璽《こくじ》を押してくださるそうだ！　調印式の準備をしろ！」

「そんな馬鹿《ばか》な話、誰も呑まないよ。竜妃ちゃん」

さすが、ルーファスはあれだけくらってもまだ立ち上がってくる。

「竜妃の指輪が、神器が戻《もど》ったからといって、状況《じょうきょう》は変わらない。竜帝がラーヴェに逃《に》げ帰ると言うなら話は別だが」

だがもう勝負はついている。

「まさか、クレイトスとラーヴェは今日から友好国ですよ。ですよね、ジェラルド殿下《でんか》」

右手に持った竜妃の神器は、ジェラルドを縛《しば》りあげ宙に吊《つる》していた。素手《すで》で竜妃の神器を振りほどけるわけもない。少し力をこめて魔力をこめてやると、息を詰《つ》めたようだった。

息子《むすこ》を人質《ひとじち》にとられて顔色を変えるルーファスを意外に思わなかったといえば、嘘《うそ》だ。いつぞやの未来では悪評しか聞かなかったが、父親らしいところは残っているらしい。

だが、上下関係は決まった。

「ラーヴェ帝国への留学をご希望だそうです。ですよね？」

空中に吊され身動きがとれないジェラルドは屈辱《くつじょく》に顔をゆがめ、こちらをにらむ。

「私を、人質にするつもりか」

「人質なんて物騒《ぶっそう》ですよ。それともまさか、わたしに負けたってことですか？」

ジェラルドが舌打ちする。いい様《ざま》だ。続いてルーファスの苦々しいつぶやきが聞こえた。

「意外と頭が回るね。竜妃ちゃん」

「そんなことないですよ。ところで押印《おういん》にこれ、必要ですよね？」

護剣を持ち上げ、ルーファスに向けてにこりと笑う。だが、声は低く、隙は見せない。

「折られたくなければ、すぐに契約書に押印しろ」

ルーファスが拳を握《にぎ》り、頬《ほお》をゆがめる。しかし、反論はなかった。それが答えだ。

すました顔でジルはハディスに確認《かくにん》する。

「で、陛下。文句はありますか」

「ありません……」

「喧嘩《けんか》はわたしの勝ちですね」

勝ち誇《ほこ》って唇《くちびる》の端《はし》をあげる。地上では争いの手を止め、皆《みな》がこちらを見あげていた。

これでジルが望んだとおりの、円満解決だ。文句は言わせない。

「どうしよう、ラーヴェ！　僕のお嫁さんがかっこいい！」

両手で顔を覆《おお》ったハディスが薄明《はくめい》の空で叫ぶ。当然だとジルは胸を張った。

サーヴェル辺境領にて軍事合同演習を終えた翌日、クレイトス国王ルーファス・デア・クレイトスとラーヴェ皇帝ハディス・テオス・ラーヴェは、ジル・サーヴェル嬢《じょう》とラーヴェ皇帝の婚姻《こんいん》を取り決めた。会談場所はラキア山脈中腹にあるサーヴェル侯爵邸《こうしゃくてい》。婚前契約書は二国の国璽が押印されるという、他《ほか》に類をみないものになった。

また、今後の交渉《こうしょう》とラーヴェ帝国への見識を深めるため、ジェラルド・デア・クレイトス王太子殿下が帝都ラーエルムへと留学することとなった。国王に代わり執政《しっせい》をとってきた王太子の突然《とつぜん》の不在に、クレイトスは内政への不安がささやかれている。

だが当の国王本人はあっけらかんとしたものだった。

「いやぁ、護剣だけでも返してくれて助かったよ。僕もまだ若いつもりだけどね、護剣を奪われてもガッツで復活させるとかは無理な気がするんだよ、さすがに」

政治の混乱は必至《ひっし》だろうに、それも気にせずからから笑っている。調印のときも今もずっとジルが目を光らせているのだが、嬉《うれ》しそうなのが不気味でしょうがない。

「そうですか」

「そっけないな竜妃《りゅうひ》ちゃん。せっかく見送りにきてくれたのに」

「見送りじゃなくて、見張りです」

ルーファスはサーヴェル家にある転送装置から帰還《きかん》して頂くことになった。行き先の設定は王都になっているが、元々転送装置自体がクレイトス王国の管轄《かんかつ》にある。確実性はないが、さっさとここから離《はな》れてくれればそれでいい。しかし、転送装置に入るまでは目を離すわけにいかないので、ジークとカミラをつれジルが立ち会いにきたのだ。

「そうだ、最後に息子に会わせてくれないかな。それとももう護送された？　今どのへん？」

「教えるわけないってわかってて訊《き》いてますよね」

「冷たいなあ。息子の屈辱にまみれた顔なんて珍《めずら》しいんだ。見るだけでも」

「ジェラルド王太子に父親との面会について希望を聞きましたが、死んでも嫌《いや》だと回答されました」

その気持ちがわかってしまうのが嫌だ。ははははとルーファスが軽く笑ったあと、まばたく。

「おや」

ナターリエがこちらに駆《か》けてきた。ジルは眉《まゆ》をひそめる。

「ナターリエ殿下、危険です。離れてください」

「わかってるわ、少しだけ。あの……」

なんと呼びかけるか迷ったようだが、ナターリエは胸に抱《だ》いたものをルーファスに差し出した。紐《ひも》で括《くく》られた、本だろうか。

「これ。持ってきちゃったから、返そうと思って……大事なものでしょ」

「なんだ、お兄様やお姉様に渡《わた》さなかったのかい？」

「どうせ、封印《ふういん》されてるじゃない。渡したって読めないわよ」

「ふむ。竜帝《りゅうてい》くんなら力業《ちからわざ》で封印を解けそうだが……いいよ、君に預けよう」

「え」

ナターリエも驚《おどろ》いたようだったが、ジルも驚いた。魔力《まりょく》の気配があるそれは大事なものに見える。あるいは、何か秘密がありそうなものだ。なのに、ナターリエに預けるとは。

「君なら扱《あつか》いに細心の注意を払《はら》うだろう。よかったら息子とあけてみるといい」

「えっ」

「なんだ、できないのかな。僕をお義父《とう》様と呼ぶと豪語《ごうご》しておきながら」

ナターリエが眉をひそめて黙《だま》る。迷っているようだ。その背を押すように、驚くほど優《やさ》しい声色《こわいろ》でルーファスが言った。

「預けるよ、君に。竜妃ちゃんも捨てがたいが、君が義理の娘《むすめ》になるのも面白《おもしろ》そうだ」

ナターリエは、唇を引き結んで、書物を抱き直した。

「わかったわ。預かるだけなら……いずれちゃんと、返すから」

「せいぜい殺されないよう、立ち回りたまえ」

顔色を変えたジルを目で制して、ナターリエは南国王を正面からにらむ。

「殺されないわよ。なめないで」

「頼《たの》もしいな。さて、そろそろ行こうか。えーっと、ロレンス君だったかな」

「はい。準備はできております、国王陛下」

右手首に包帯を巻いたロレンスが応じる。ジェラルドの直属の部下だったロレンスだが、ジェラルドがラーヴェ帝国にひとりで留学することになったので、ルーファスが目をつけたらしい。複雑だろうが、おくびにも出さないのはさすがだ。

ちなみに右手首は、カミラとジークの接近を許し乱戦になりかけたとき、ジルの最後の一撃で吹《ふ》き飛ばされ転んで捻《ひね》ったそうだ。運がいいのだか悪いのだかわからない。

「お大事にね～狸坊《たぬきぼう》や」

それでもカミラとしては、してやったつもりなのだろう。にやにやしている。

「お前、先に発見されて完全に追い詰められそうになってたくせに」

「うっさいわね熊《くま》。アタシが囮《おとり》になったから接近できたんでしょうが」

「まあ、なんにせよお前鍛《きた》えとけよ。接近戦になったら弱すぎるだろ」

「言っておきますけどカミラさんもジークさんも、俺におびき出されたんですからね？」

だがロレンスも負けていない。言い返そうとするふたりをジルは抑《おさ》える。

「やめろ、お前たち。収拾がつかない。国王陛下、もう時間です」

「残念だ。竜帝くんには、お大事にと伝えてくれ。あと、息子の身代金はさっさと請求《せいきゅう》してくれ。待遇《たいぐう》には十分に配慮《はいりょ》を頼むよ。お高くつくだろうから」

それは、決してまだラーヴェを攻《せ》めることを諦《あきら》めていないことを含《ふく》んでいた。

目を細めたジルに、ルーファスは目元を緩《ゆる》めて言い聞かせる。

「これで終わりだと思わないことだ、竜妃ちゃん。決着はつけなければならない。こちら風に言うなら、竜神が償《つぐな》うまでは。そちら風に言うなら、女神《めがみ》が屈《くっ》するまでは」

そういうものなんだよ。

最後にそれだけ言い残して、ルーファスは自ら転移装置の中に入っていった。ロレンスもそれに続く。

真っ先に踵《きびす》を返したのは、ナターリエだった。ルーファスから預かったものを胸に抱いて歩くナターリエに、ジルは控《ひか》えめに声をかける。

「ナターリエ殿下《でんか》。南国王から何を預かったんですか？」

「大したものじゃないわ。でも……ハディス兄様たちには黙っててくれないかしら。あまり憶《おく》測《そく》や好奇心《こうきしん》で暴いていいことじゃないと思うから……必要なときがきたら話すわ」

ナターリエはジルから目をそらさなかった。決意を感じ取って、ジルは頷《うなず》く。

「わかりました。何かあったらちゃんと話してくださいね。みんな、心配しますから」

「わかってるわ、ちゃんと相談する。ありがとう」

「ところで、そろそろ出立の時間ですよね。エリンツィア殿下はどうなさって——」

「ナターリエ、ここにいたのか。さっさと帰るぞ！　準備をしろ」

エリンツィアの怒《いか》りに満ちた声が響《ひび》く。ナターリエが嘆息《たんそく》した。

「準備ができてないのはエリンツィア姉様でしょ。もういいの、クリス・サーヴェルは」

「は？　あいつがよかったことなど一度もない！　なんなんだあの男は、最後まで……檻《おり》に入らないんだ、などとよくも！　皇女どころか人間扱いしないままか！　ジル！」

「はい！」

軍人よろしく反射で背筋を伸《の》ばして応じる。エリンツィアも上官のように声を張り上げた。

「こんなことは言いたくないが、君の長兄は最低だ！　縁《えん》を切れ！」

温厚なエリンツィアが肩《かた》を怒《いか》らせてナターリエをつかみ、歩いていく。

今からエリンツィアとナターリエは元の道程を辿《たど》ってラーヴェ帝国に帰還する。それまでに機《き》嫌《げん》が直ることを願うばかりだ。

エリンツィアと反対方向、サーヴェル家の屋《や》敷《しき》に向かうジルの横にジークとカミラが並ぶ。

「隊長の兄貴、姿が見えねーんだけど、まだいるのかこの本邸《ほんてい》に」

「エリンツィア殿下しか目撃《もくげき》情報聞かないのよねぇ。素早《すばや》すぎて誰《だれ》も見えないっていう」

「クリスお兄様は人前に出たがりませんから」

むしろエリンツィアにわざわざ声をかけにいっているのが、ジルには信じられない。実妹のジルの前にも未《いま》だ姿を見せない長兄である。

「まともに一対一でやり合える、しかも女性っていうのが珍しいんだと思いますけど……」

「えっやだ、まさかエリンツィア殿下に春がきたり……いやないわね」

「あのふたりが戦った場所、焦土《しょうど》になってたからな……」

「でもクレイトスだからすぐに緑が戻《もど》るんでしょ？　便利よねえ、女神の加護。我らがラーヴェ帝国とは大違《おおちが》い」

「そのかわり、うちは空が使えるじゃないですか」

ローザは一刻も早くジェラルドをラーヴェ帝国に運ぶため、リステアードが借りていった。そろそろ帝都についていてもおかしくはない。

ただそれだけのことなのに、カミラが意味深に微笑《ほほえ》む。

「そうね、うちはそうよね」

「で？　うちの皇帝の容態はどうなってる」

「熱は引きましたよ。そろそろ帰れると思うんですけど」

「ジル。こっちにいらっしゃい。ハディス君が目をさましたから、お茶を運んであげて。あと簡単な食事もね」

屋敷の玄関《げんかん》に入るなり、厨房《ちゅうぼう》から顔を出した母親に声をかけられた。急いで厨房へ向かうと、手でつまめるサンドイッチと切り分けられた果物、お茶とお菓子《かし》が載《の》った盆《ぼん》を渡される。中ではハディスの看病をしているはずの双子《ふたご》の弟たちが、のんびりお茶を飲んでいた。

「お前たち、なんで陛下を放置してるんだ」

「父様に追い出された。な、アンディ」

「は⁉　なんで止めないんだ！」

「家長の命令だよ。そんなに心配ならジル姉がべったりついてなよ」

「そうしたくてもできないからお前たちに頼んだんだろうが！」

「大丈夫《だいじょうぶ》よ、ジル。今のハディス君は竜帝じゃなくて、ジルのお婿《むこ》さんってみーんなわかってるから。ちょっと暗殺をたくらむくらいしかしないわよぉ」

全然駄目《だめ》である。リックが行儀悪《ぎょうぎわる》くクッキーを食べながら言った。

「もっぺん料理作ってくんないかなー。兄ちゃんとか呼びかけたら一発っぽい？」

「あり得るね。あの竜帝、変なところで甘いよ」

「妙《みょう》な作戦立てようとするんじゃない！　もう、お母様も止めてくださいよ！」

「だって面白そうなんだもの。そうそう、ハディス君にお薬は塗《ぬ》っておいたからね。いい腕《うで》の筋肉してるのねえ……」

「手のひらに薬塗るのになんで腕までさわってるんですか、怒りますよ！」

笑う母親をにらんでから、厨房を出る。盆を持とうかというカミラの申し出は断って、ずんずん廊下《ろうか》を歩く。

「まったく、お母様もお父様もみんな、陛下に手を出したら許さないって言ってあるのに！」

「この状況下で『里帰り』を続行するジルちゃんも大概《たいがい》よ。ねえ、本当にアタシたちエリンツィア殿下たちと一緒《いっしょ》に帰っちゃっていいの？」

「はい。陛下は病み上がりですし、わたしたちの迎《むか》えには竜を呼べますから」

ハディスとジルだけならば、竜を一頭迎えにこさせれば、ラキア山脈を越《こ》えて帰れる。ならカミラとジークは、陸路と海路で戻るエリンツィアたちと一緒に帰ってくれたほうが手間がかからない。

「陛下と話し合って決めたことですから、大丈夫ですよ。ローとも連絡《れんらく》とれますし」

「まあ、陛下の回復を待って帰るだけだものね。でもいくら陛下が毎度おなじみの昏倒《こんとう》をかましたからとはいえ、リステアード殿下とかよく許したわよね、この滞在《たいざい》」

「あのときの隊長に逆らえる奴《やつ》なんていなかっただろ。逆らったら鞭《むち》が飛んでくるんだぞ」

うしろで部下が何やら失礼なことを言っているが無視だ。それよりハディスである。客間の扉《とびら》はカミラに開いてもらった。

寝台《しんだい》で上半身を起こしたハディスと、話しかけている父親の背中が見える。

「しかしハディスさん、体が弱いのは大変ですなあ。いくら強くてもちょっと戦闘《せんとう》したくらいで倒《たお》れてしまうとは。まだお若いのに」

「お父様、何してるんですか！」

テーブルに盆を置き、腰《こし》に手を当ててすごむ。ビリーはふんと大人げなく鼻を鳴らした。

「何って、目をさましたと聞いたから、一緒に訓練でもと」

「できるわけないでしょう、陛下は病み上がりですよ」

「お父様だって病み上がりだぞ、ジル。どこの馬の骨とも知らぬ礼儀《れいぎ》知《し》らずに全身ばきばきにされて！　まあもう治ったがな、鍛え方が違うんですかねえ！」

ちらと嫌《いや》みっぽく父親に目配せされたハディスは、眉《まゆ》をひそめて気の毒そうに言った。

「大変でしたね、いったいどこの誰がそんなひどいことを」

「本気で言っとるなお前！　ジル、やっぱりやめなさいこんな男は！」

未だ声高に結婚《けっこん》反対を叫《さけ》ぶ父親に両肩《りょうかた》をつかまれた。ジルはうんざりして答える。

「まだ言うんですか。契約《けいやく》書にサインしたじゃないですか、お父様も」

「そりゃあお前がうしろで神器の鞭をびしばし鳴らすからだろう！　そうだジル、鞭はやめなさい。お母様を思い出してみんなが脅《おび》える」

そんなこと百も承知でやっている。

「いい加減、諦めてくださいよ。強いが正義の家訓はどうしたんですか」

「あれは軍事演習だ！　サーヴェル家は負けてないし、お父様もまだ負けてないぞ！」

「陛下にぼっこぼこにされたって聞きましたよ」

「いいか、ジル。結婚したら離婚《りこん》できるんだ、よく覚えておきなさい」

なんてことを真顔で言うのだ。ジルは父親の腕を引っ張って立たせ、背中を押した。

「もういいですから、お父様は出てってください！　陛下の体に障《さわ》ります。カミラ、ジーク、お父様が入ってこないよう見張っててください」

「そんな、ジル。ふたりきりなんて駄目だ！」

「そんなに暇《ひま》ならカミラとジークの魔力《まりょく》の開花訓練でもしといてくださいよ！　何かあったら呼びますから！」

ぎょっとしたふたりの部下と目を丸くした父親を部屋から追い出し、扉を閉める。そばにあったチェストを移動して扉の前に置いておいた。防御壁《ぼうぎょへき》というにはこの家ではほぼ紙同然だが、ないよりましだ。

「いいお父さんだね」

ぽつんとハディスがつぶやく。ジルは肯定《こうてい》も否定もせず、寝台脇《しんだいわき》に腰かけた。

少しだけ前とは違う沈黙《ちんもく》が流れた。初めての大喧嘩《おおげんか》からの、変化だと思う。でも気まずくはない。耐《た》えかねたようにハディスがひっついてくるのは、変わらない。

ただ、這《は》うようにジルの腰に抱《だ》きついている格好は、かなりみっともないが。

「陛下……自分で言って不安になるなら、言わなきゃいいじゃないですか」

「だって君がすぐに『でもわたしは陛下と結婚しますよ』とかなんとか言って僕を安心させてくれないから！」

「言わなくてもわかってるじゃないですか」

「わかってるよ……それは、さすがに」

もそりと起き上がったハディスは複雑そうな顔をしている。

「ラーヴェ様は、まだ寝《ね》てますか」

「うん。だいぶ振《ふ》り回したからね。それに、ラーヴェに戻るまで油断はできないし。……今はふたりきりだよ」

「でもここじゃ、どこで誰が監視《かんし》してるかわかりませんよ。気づいてるんでしょう？」

わかりやすくハディスがむくれた顔になる。ふふっと笑って、ジルはその胸にもたれかかった。もし前と違うとしたら、こうして自分から寄りかかるようになったことだ。

きっといつまでも同じ形の恋《こい》なんてないと、気づいてしまったからだろう。

「油断しちゃだめですよ、陛下。お母様が帝都《ていと》を観光したいって言ってます」

「え、それ完全に王太子救出部隊か帝都奇襲《きしゅう》部隊だよね」

「でしょうねえ。どうしますか」

うーん、と声をあげながらハディスがかがんでジルの靴紐《くつひも》を解《ほど》いて、脱《ぬ》がせる。別段珍《めずら》しいことではないのに、このあとのふたりの段取りを示唆《しさ》されてるみたいで、気恥《きは》ずかしい。

「兄上たちは反対するだろうなあ。でも君は、ご家族にきてほしいんだよね」

「はい。陛下のすごさを見せつけてやるんです！」

「君はいっつもそれだなあ。最近、ものすごい無茶振《ぶ》りをされてる気になる」

「陛下ならできますよ」

「ほら、すぐ簡単にそう言う。でもあんまり今回みたいな喧嘩したくないんだよ、僕は」

「わたしは受けて立ちますよ。どうせ勝ちますから」

「えーやだなあ、負けっぱなしなんて」

ハディスにかかえられるのと同時に、両腕を首に回す。そうするとハディスが勢いに負けたみたいに、うしろに倒れた。もちろん、わざとだ。いつもの流れだから知っている。

「じゃあ、ふたりで一緒に考えようか」

でも、きっと変わっていくものはある。

優《やさ》しく髪《かみ》を梳《す》く手つきも、お互《たが》いに絡《から》めた視線にこめる熱量も。

「最初っからそう言えばいいんですよ、陛下は」

「その点については反省してる」

「わたしも今回は反省しました、いっぱい」

「君は悪くないよ」

「嘘《うそ》はだめですよ、陛下。わたしに怒《おこ》ってたでしょう」

「……。そりゃまあ、ちょっと、くらいは？」

「ほら。陛下の悪い癖《くせ》ですよ。すぐ全部自分が悪いことにして、わたしを甘やかす」

起き上がって、ジルはハディスを見おろした。ここははっきりさせておかねばならない。

「陛下はわたしを信じなかったけどわたしも覚悟《かくご》がたりなかったし、陛下は正しかったけどわたしだって間違《まちが》わなかった。だから、おあいこです。そこを陛下が悪いでごまかしちゃだめです。ちゃんと次は、うまくやれるように」

そうやって努力して、関係を保つのだ。

恋が燃え上がりすぎないように、冷えすぎないように、きちんとふたりで温める。

悲しい形にだけは変わってしまわないように。

「……君が、僕が思ってる以上に僕をすごく好きだってことは、わかった」

こんなことをしみじみ言い出すから油断ならない。つんとジルはそっぽを向いた。

「ご愁傷様《しゅうしょうさま》です。そう簡単に嫌ってやりませんから」

「でも僕も、君が思っている以上に君のことがすごく好きだよ」

両目を見開いたあと、そうっと視線を戻《もど》す。笑っているかと思ったハディスは真顔だ。

困ったように、すねたように、ほんの少しだけ頬《ほお》を赤らめて薄《うす》い唇《くちびる》がつぶやく。

「こんなに好きで、どうしようか」

薄い唇から出たかすれた声色《こわいろ》は、背を指先でなでるような艶《つや》があった。一瞬《いっしゅん》で熱くなった顔を隠《かく》すためにうつむいて、ジルは唸《うな》る。

「そ、そんなの……簡単ですよ」

「そう？　どうすればいいの」

ハディスの指先がジルの唇をかすめるようにして頬にそえられた。その仕草だけでお互いどうしたいか伝わるから、恋はすごい。

ハディスが起き上がって、ジルと額を合わせた。熱が同じ温度になる。

「わからないから教えて、ジル」

嘘をつけ。ジルが薄い唇から目を離《はな》せないことにも気づいているくせに。でもここで十一歳の子どもにそんなことを訊《き》くなと返してしまったら、今までと同じだ。

ただし、ここは実家だという引け目がある。

「……盗聴《とうちょう》とかされてますよね、この部屋」

「そんなの簡単だよ」

ハディスがにっこり笑った瞬間、ぱんと何かが破裂《はれつ》するような音がして、客室にしかけられた魔術の気配がすべて霧散《むさん》した。もうジルの家族や故郷にいい顔をする気はないらしい。

いい傾向《けいこう》だが、開き直りが早くないか。少し呆《あき》れながら、ジルは忠告する。

「お父様あたりがすぐ気づいて飛びこんできますよ」

「ならどっちが早いか、ためしてみようか」

でも、悪戯《いたずら》っ子みたいな笑《え》みを浮《う》かべているハディスは可愛《かわい》い。

いつもとは違い、ゆっくり近づいてきたハディスの唇が、ジルの額に押し当てられる。いち、にい、さん、と目を閉じて数えたあたりで、ハディスが離れた。

「ご両親には内緒《ないしょ》だよ。できる?」

「もちろん。夫の秘密は守ります」

真面目《まじめ》に答えてからすぐおかしくなって、ふたりでくすくす笑う。次の瞬間、客室の扉《とびら》が木《こ》っ端微塵《ぱみじん》に吹《ふ》き飛んだ。姿を現したのは案の定、体積が変わった父親だ。

でも平気だ。もうどっちの味方になるのか、ジルの覚悟は決まっている。

「もう、いきなりなんですか、お父様」

まるで何もなかったような顔をして、ジルは夫を背にかばい、父親の前に立ちはだかった。


久しぶりの王座だった。放置して数年、律儀《りちぎ》な息子《むすこ》は戯《たわむ》れでも座ったりしない。それ故《ゆえ》にまったくひとが寄りつかなくなった王座は、手入れこそされているが廃墟《はいきょ》のような空気の中に佇《たたず》

んでいた。

そこに今、堂々と腰《こし》かけている小さな人影《ひとかげ》に、ルーファスは目を細めた。

「お久しぶりです、お父さま」

「ああ、久しぶりだフェイリス。……五年ぶりくらいかな？　大きくなったね」

「そうでしたかしら。もう、十年ぶりのような気がいたします」

「十年ぶりはさすがに言い過ぎだ。君はまだ十にもなっていないのに」

国王を差し置いて玉座に座る少女が、小首をかしげて小さく笑った。

そう、まだ娘《むすめ》は十四歳になっていない。だからまだ、女神《めがみ》ではない。

娘が王笏《おうしゃく》のように片手で持っている黒い槍《やり》に、ルーファスは視線を向けた。女神の聖槍《せいそう》。竜《りゅう》
妃《ひ》があの戦場でどこぞに投擲《とうてき》したが、フェイリスの手に戻っていたらしい。それ自体は何もお
かしくはない――女神の聖槍の正統な使い手は、クレイトスの王女だ。

「体調はいいのかい。大体この時期は、避暑《ひしょ》地にいるんだろう」

「大丈夫《だいじょうぶ》です。竜妃の力が、女神の力をうまく調節してくれています」

「そうか。ならいいが……驚《おどろ》かないんだね、僕が君の近況《きんきょう》を知っていることに。ジェラルドな
ら激昂《げっこう》しそうなものだが」

「大人になったんです、わたくしも」

十にもならぬ娘の可愛い発言だ。だが、少しも笑えないまま、ルーファスは王座に上る階段
に足をかけた。

「なら、フェイリス。玉座からおりなさい。そこまで君が背負う必要はないのだよ」

「そうですわね。今までは」

「――なんだって？」

「玉座をくださいな」

まるで玩具《おもちゃ》をねだるような声で、軽やかにねだられた。

「お兄さまは反対するでしょう。ですからお兄さまのいない今のうちに、わたくしを女王にしてください。お父さまならできるでしょう？」

「……それは、女神の要望かな？」

「わたくしと女神の願いです。今度こそ理《ことわり》を滅《ほろ》ぼすために――時間がありません。この先、また竜神ラーヴェが神格を堕《お》として消える前に、決着をつけなければ」

「この先、また？」

おかしな未来の仮定に、娘は迷わず首肯《しゅこう》した。

「なぜ神格を堕とすのかは不明です。できるだけ同じ事態は招かぬよう手を打ちましたが、確実なのは今、討《う》つことです。竜帝《りゅうてい》、竜の王、かって竜神ラーヴェだったものがすべてそろっている今でなければ、わたくしたちは救われない」

「……少し、僕の理解と違うかな。たとえ竜帝と結ばれることが叶《かな》わずとも、竜神ラーヴェさえ消えれば、僕らの勝ちだと」

「それでは駄目《だめ》でした」

きっぱりと娘が言い切った。未来でも視《み》てきたような顔だ。

「正解はわかりません。ですがもう一度やり直す力は、女神にはありません」

目を伏《ふ》せてから、ルーファスは階段の一段目から足をおろした。

「もとよりこの国は女神のもの。異論はないよ。根回しに少々時間はかかるが」

「急いでください」

「だがひとつだけ確認《かくにん》したい。君は、僕の娘なのかな。それとも女神なのかな」

脳裏《のうり》にちらつくのは、女神が怖《こわ》い、器《うつわ》なんて嫌《いや》だ、自分は食べられてしまうのかと泣いていた小さな娘だ。あの子はどこにいってしまったのか。

愛する妻を死に追いやり、息子がそれでもと必死に守ろうとした娘は。

「両方です、お父さま」

胸に手を当てて、フェイリスが玉座から立ち上がった。

「確かにわたくしは、女神クレイトスの現《うつ》し身であることを嘆《なげ》き、女神の愛を解さぬまま運命という名の理に従い、兄も父も不幸にした愚《おろ》かな少女でした。ですが今は違う」

凛《りん》とした眼差《まなざ》しには、女神に似た強さが宿っていた。

「わたくしはフェイリス・デア・クレイトス。女神クレイトスと共に、竜神の課した理を打ち砕《くだ》く者。運命を、越《こ》える者」

ルーファスは大理石の床《ゆか》に膝《ひざ》を突《つ》く。息子は怒るだろう。だが、これが正しい姿なのだ。

竜妃も女神の守護者も、所詮添《しょせんそ》え物。

この戦いは、最初から、竜神ラーヴェと女神クレイトスの戦いなのだから。

「仰《おお》せのままに、我らが女神」

だが、どの運命でも自分はろくな死に方をしないに違いない。そんなふうに確信できてしまうのが、少しだけおかしかった。

# 終章

黒竜が一頭、ラキア山脈を越えて飛んできたのは、よく晴れた日のことだった。

「レア！　お迎《むか》えありがとうございます」

両手を広げて迎え入れたジルに、広々とした牧草地に舞《ま》い降りた竜の女王は鼻白む。

「しかたあるまい。竜帝と竜妃の迎えなど、我でなければつとまらぬ」

「ローはどうしてます？」

「大丈夫だ。もし帝都から一歩でも出たらその瞬間《しゅんかん》に我は自害すると告げてきた」

紫《むらさき》の目が本気だ。ローも大変な奥《おく》さんを持ったなとしみじみしていると、見送りに出てきたリックとアンディが目を輝《かがや》かせる。

「すげー！　ほんとに黒竜だ！　しかもしゃべってなかったか、今!?」

「さすがに黒竜の記録はほとんどないからね、ちょっと乗せてもらっても」

「駄目に決まってるだろう、お前たちはクレイトスの人間なんだから」

レアがにらむ前にジルがそう告げると、双子《ふたご》たちは顔を見合わせた。

「そりゃそうだけどさ。可愛《かわい》い弟のお願いだろー竜妃の力で、そこをなんとか！」

「竜妃だから簡単にしちゃいけないんだ。陛下がいいって言うならともかく」

「よっしゃハディス兄——」

　張り切ってハディスに狙《ねら》いをさだめたリックが、振《ふ》り向いて勢いをなくす。アンディが肩をすくめた。

「行かないほうがいいね、今は」

「いやぁハディス君、やっとお帰りくださるのか！　さみしいねえ！　竜を使うとはいえ帰路は大変だろうから、娘を置いて帰ってもいいんだがねえ！」

「お世話になりました、義母上《ははうえ》」

「遠慮《えんりょ》しないでずっといてくれてもいいのよ。やりくり上手だし繕《つくろ》い物はまかせられるし、お掃除《そうじ》上手で厨房《ちゅうぼう》もぴかぴか。……ハディス君なしでどうしようかしら、今日のご飯」

「今日の分は下ごしらえはしておきましたから。作り置きもありますし、作っておいたソースも保存がきくので、それと野菜で数日まわしてください。それで今月の食費はかなり楽になるはずなので、その分予算の補塡《ほてん》ができるかと」

「おいなんでこいつがうちの台所事情に詳《くわ》しくなっとるんだ、シャーロット！」

「頼《たよ》りになるわねえ。何かあったらお手紙で相談してもいいかしら」

「はい。僕も帝都についたらご連絡《れんらく》します」

「そろって無視か！　今、君と握手《あくしゅ》をしとるのは儂《わし》なんだがな!?」

　握《にぎ》るより潰《つぶ》そうとしている父親との握手をすまし顔で受け流していたハディスが、うんざりしたように嘆息《たんそく》した。

「いつか皆《みな》さんでいらしてください、帝都に」

「ほお言ったな！　行くぞ！　絶対行くからな！　娘を取り返しに！」

「まず国境でノイトラール竜騎士団《りゅうきしだん》を迎えにやらせますね」

「それ開戦してるじゃん」

両手を頭のうしろで組んだリックが呆《あき》れる。横に並んだアンディが、静かな声で告げた。

「いよいよお別れか、ジル姉と」

「なんだ、もう二度と会えないみたいな言い方して」

「またそういう、甘いことを言う」

「別に甘さからじゃない。火種は山のようにあるし、さけられない争いだってあるとわかってるよ。お前たちも忙《いそが》しいみたいだしな」

ハディスの療養《りょうよう》中、アンディとリックはしょっちゅう領地を出入りしていた。ジェラルド救出の手はずを整えているのか、政治的な混乱が起きたのか、原因はわからない。家族から説明は当然、ない。だがそれでいい。さぐればまた争いになるだろう。

いずれにせよクレイトス側がその矛《ほこ》を収めるつもりはないことは、わかっている。

「でも、いつかなんとかしてくれる気がするんだ。わたしの陛下なら」

「……ベタ惚《ぼ》れ」

半眼になったアンディを、照れ隠《かく》しに小突《こづ》く。そうしていると、ひょいと抱《だ》き上げられた。

「帰るよ、ジル」

父親にからまれて疲《つか》れたのか、素っ気なくハディスが告げる。ジルは頷《うなず》いた。

「はい、頑張《がんば》りましょう」

「うん……って頑張るって、何を？」

首をかしげたハディスに、リックがやれやれと首を振る。

「はーまだわかってねえな、ハディス兄。竜帝《りゅうてい》をただで帰すわけねーじゃん、うちが」

「総員、戦闘《せんとう》配備！」

アンディが声を張った。ざっと周囲から領民たちが出てくる。ビリーが叫《さけ》ぶ。

「竜帝夫婦《ふうふ》のお見送りだ！」

真顔のまま固まっているハディスの手を引っ張って、ジルはレアに飛び乗った。

「ほら早く、陛下！　撃《う》ち落とされちゃいますよ！」

「なんで⁉　契約《けいやく》書の意味は⁉」

「療養させてもらったんだから、これくらいサービスしましょう！」

「サービスの概念《がいねん》がおかしい！」

ハディスは不満そうだが、あっという間にレアは浮《う》かび上がった。生半可な魔術《まじゅつ》など蜘蛛《くも》の糸のように引きちぎり、眼前に出てきた対空魔《ま》法陣《ほうじん》もくるりと回転し優雅《ゆうが》によける。

「ふん、この程度。他愛《たわい》もな――」

レアの動きが急停止した。尻尾《しっぽ》を母親の鞭《むち》がつかんだのだ。そこをすかさず拳《こぶし》で追撃《ついげき》しようとするのは、サーヴェル家当主である。

「覚えておけ、竜帝。戦争が起これば、この拳がお前の民も家族も殺す」

まばたいたハディスが、唇《くちびる》に笑《え》みをのせて、天剣《てんけん》を振りかざした。

「それはこちらの台詞《せりふ》だ」

天剣が一閃《いっせん》で、父親を叩《たた》き落とし、レアをとらえた鞭を断ち切る。本気ではない、ただ見せつけるだけの威力《いりょく》だ。父親も綺麗《きれい》に屋敷《やしき》の屋根に着地した。地上では「天剣じゃあぁー！」「生きて拝めるとは」とか感動の声で溢《あふ》れている。ジルは大声をあげた。

「またくるときは、竜妃《りゅうひ》の神器をお見舞《みま》いしますよ！」

竜妃の存在を忘れてもらっては困る。おおと下から喜びの声があがり、大きく手を振ってもらえたが、ハディスはげんなりしている。

「いいんだ、それで……」

「もちろん。陛下はまだサーヴェル家への理解が甘いですね」

ぐん、と高度があがった。雲をひとつこえて、レアが大きく翼《つばさ》を動かす。

「帝都までどれくらいかかりますか？」

「普通《ふつう》なら四日くらいだけど……」

「休みなしで全速力で飛べば明日には着く。ローが油断ならん、急ぐぞ！」

黒竜だからこそできる荒業《あらわざ》だろうが、本当にあっという間に山頂が見えてきた。だがそこにもう、国境を遮《さえぎ》る魔力の気配はない。

「……ラキア山脈の魔法の盾《たて》、なくなっちゃいましたね」

ハディスは黙《だま》って頷いた。はあ、とジルは嘆息してハディスの胸に背中を預ける。

「これから女神《めがみ》はまた、ラーヴェ帝国に入ってきたい放題ですか」

「そうなる、かな……えっと、ジル。もし」

「今ならまだ戻《もど》れるとか言ったら陛下を蹴落《けお》として、わたしひとりで帝都に帰りますよ」

ぐっと詰《つ》まるあたり、予想は当たっていたらしい。

「しっかりしてくださいよ。今後を考えてるわたしが馬鹿《ばか》みたいじゃないですか」

「今後？　今後って、帝都に戻ってから？」

「そうです。やることがたくさんあるんですよ。まず、先代竜妃たちのお墓参りです」

左手を開いて前に出すと、薬指の金の指輪が日の光に反射した。

「あと、ラーデアもどうしようかなって。わたし、大公なんですよね。年齢《ねんれい》を言い訳にいつまでも陛下たちにまかせっぱなしじゃ、竜妃失格でしょう——陛下？」

ハディスが無言で額をジルの肩の上にのせてきた。

「君の成長が早すぎて、僕がついていけない……」

「そりゃ、陛下に追いつこうとしてるんですから、同じ速度じゃ困りますよ」

「故郷じゃなく僕を選んだだけで、竜妃としては十分だよ。十一歳としてはできすぎ」

「甘いです、陛下！　竜妃だから安泰《あんたい》ってことじゃないんですよ！」

女神もそうですけど、と前置きしてジルは拳を握る。

「わたしはこれから陛下に言い寄る女をばったばったとなぎ倒《たお》せるようになるんです！」

「君に勝てる女性なんて、そういないよ」

「だからそういうことじゃないんですってば！　三百年前の竜妃の話、したでしょう？」

戦う力があればいいなんて大間違《おおまちが》いだ。だが、ハディスは鼻白む。

「あんなの女神の作り話かもしれないじゃないか。ラーヴェは何も覚えてないし、参考にすべきじゃない」

「だからって、全部嘘《うそ》ってことはないでしょう。女神につけ込まれるくらい竜妃が傷ついたのは事実です」

「でもラーヴェが覚えてないってことは、そのとき神格を堕《お》としたってことだ」

思わぬ視点に、ジルはまばたく。ハディスの声は冷静だった。

「竜帝が理《ことわり》に背《そむ》けば、当然、竜神は神格を堕とす。歴代の竜妃の最期について、ほとんどラーヴェは覚えてない。覚えてたのは初代の竜妃くらいだ。あのときはまだラーヴェ本人が竜帝だったから記憶《きおく》がはっきりしているだけかもしれないけど、竜妃の死後は曖昧《あいまい》なままだ」

「……何かの理に背いたってことですよね。まさか、竜妃を失ったのが原因ですか？」

「さあ。何か女神が関係してるのかもしれないし。でも、君から聞いた三百年前の竜妃の死に様が本当なら――」

途中《とちゅう》で口をつぐんだハディスが、背後から抱きついてきた。恨《うら》みがましくつぶやく。

「たぶん、ものすごく面倒《めんどう》な理だと思う。竜妃を失うとき、竜帝は何か失敗してるってことだから、僕も同じことをする可能性が高い」

「竜帝がそろって同じ理に背くなんて、そうあり得ない気がしますけど……」

「でも僕が失敗したら、ラーヴェが神格を堕として、消える」

そこで初めて、ジルはハディスの手が冷えていることに気づいた。唇を嚙《か》みしめて、急いでその手に触《ふ》れる。うかつにしていい話ではなかった。ジルにとっては他人事《ひとごと》の終わった話だが、ハディスにとってはこれから先起こりえるとても怖《こわ》い話なのだ。

立派な皇帝らしくしているだけ——ラーヴェにも言えない内緒《ないしょ》の話を思い出す。ハディスがそうあろうとするのは育て親を失わないためだ。皇帝として間違《まちが》った選択《せんたく》をすれば、ラーヴェが消えてしまう可能性が常にある。

だからハディスは、絶対に間違うことができない。竜帝の理に背けない。

(……今回のことも、そうなんだ。クレイトスとの和平だって、本当はあぶないのかも)

今更《いまさら》気づく自分が歯がゆい。でも今、気づけてよかった。

「大丈夫《だいじょうぶ》ですよ、陛下」

両腕《りょううで》を伸《の》ばして、ハディスに抱《だ》きついた。小さな手が、体が、もどかしい。もっと大きかったら、全部、抱きしめてあげられるのに。

「陛下はひとりじゃありません。竜妃がきっかけなら、わたしだって他人事じゃない。それに今の陛下にはお兄さんもお姉さんも妹も弟も、たくさんの味方がいます。みんなが陛下を立派な皇帝にしてくれますから」

「だといいけど、あんまり自信がないな」

「何を弱気な。わたし、悔《くや》しいですけど今回惚れ直しましたよ、陛下の強さに」

ハディスがまばたく。睫《まつげ》の先まで見える近さで、ジルはむくれてみせた。

「きっと陛下は、わたしにさよならって言われても平気——陛下！」

ふらりと体を横に傾《かたむ》けたハディスを、ジルは慌《あわ》てて支える。手綱《たづな》を握《にぎ》っているのは格好だけでレアは勝手に飛んでくれるが、ここは空の上だ。倒れれば落ちる。

浅く呼吸をしながら、顔面蒼白《そうはく》のハディスが目を開いた。

「い、今、何か、この世の終わりを告げる言葉を聞いたような……」

「……聞き間違いですよ。夢です、夢」

「だよね！　あやうく心臓が止まるかと思った……」

言うのはできるのに言われるのは駄目《だめ》なのか。ジルはハディスのためにさよならを告げるなんてできないので、おあいこだが。

(お似合いってことにしとこう)

平和な結論を出せたが、長い溜《た》め息を吐《つ》いてしまった。それだけでハディスが焦《あせ》り出す。

「何⁉　今の溜め息、僕を捨てたい思いがこめられてなかった⁉」

「捨てられたらどんなに楽かとは思いました……もう、陛下！」

「はい！」

「忘れてるでしょう、幸せ家族計画！」

強い呼びかけにつられてしゃんと背筋を伸ばしたハディスが、目を丸くした。黄金の目をしっかり見つめ返して、ジルは言い切った。

「やり遂《と》げますよ。ふたりで、絶対」

妻と夫だけじゃない。不仲の家族も、敵の義実家も、神様だってしあわせになれる、壮大《そうだい》な計画を完遂《かんすい》するのだ。

ぽかんとしていたハディスが、笑い出した。むっとしたジルは拳を振《ふ》り上げる。

「真剣《しんけん》なのに！　殴《なぐ》りますよ、へい――」

腕を背中に回されるのと一緒《いっしょ》に、薄《うす》い唇《くちびる》が、ジルの小さな唇の上をかすめていった――気がした。ぎょっと両目を見開いて固まる。だがハディスは何事もなかったように、ジルを抱きしめているだけだ。

（き、気のせいか？　今、あ、あたっ……）

でも、確認《かくにん》なんてできるわけがない。どきどきうるさい心臓の音に、からかうような声がかぶさる。

「ジル、背が伸びたよね」

「えっ!?　そ、そりゃ……伸びるとは思いますけど」

「伸びたよ。出会った頃《ころ》にくらべたら、大人になってきてる。どんどん、可愛《かわい》いだけじゃなくなってくなあ」

頭の上に顎《あご》をのせられているので、ハディスが溜め息をつくのがわかった。でもなんだか楽しそうだ。

「今までの竜帝《りゅうてい》が、何を間違ったかわかった気がする」

「ええ!? なんですかそれ、いったい」

「恥《は》ずかしいから内緒」

「はあ!?」

「あーなんだなんだ、また喧嘩《けんか》か？　いい加減にしろよもー」

ハディスとジルの隙間《すきま》からラーヴェが出てきた。口をつぐむジルとは対照的《たいしょう》に、ハディスが素っ気ない口調で返す。

「いい加減にするのはお前だ。いつまでもぐうたらして」

「クレイトスで散々力を使わせたのはお前だろうが！　天剣振《てんけんふ》り回すわローと中継《ちゅうけい》させるわローザの加護まで！　やっとラーヴェに帰ってきたんだから休ませろ」

その言葉につられて、ジルは背後を見た。

いつの間にか国境を越《こ》えていたらしい。ラキア山脈の山頂が、遠ざかっていく。

もう故郷は見えない。

「帰さないよ」

頭上でハディスがつぶやいた。ラーヴェが呆《あき》れる。

「まだやってんのか、それ。嬢《じょう》ちゃんはちゃんとお前を選んだだろー」

「うるさいな、僕の気持ちの問題だよ」

「はいはい。おい、レア。疲《つか》れてないか、大丈夫か。ローが心配してるぞ」

そう言ってラーヴェがレアの頭の上へ移動する。それを見ながら、ジルはハディスの胸に背中を預けた。

ぴったりくっつくと、心臓の音が聞こえる気がする。

「帰りませんよ」

「うん。でもたまに里帰りするのはいいよ。ご家族を帝都に招待するのもね」

「いきなり寛大《かんだい》になりましたね」

「そりゃあ、幸せ家族計画だから。僕と君のね」

嬉《うれ》しくなって、ジルは笑う。少し背伸《せの》びして、そっとハディスに耳打ちした。

「子どもは十人ですね」

「そうだよ、頑張《がんば》ろう。――ラーヴェにも、内緒で」

そうしてふたりで、愛の炎《ほのお》にも焼かれず、理の氷にも凍えない、新しい竜帝と竜妃《りゅうひ》の愛の理《ことわり》を敷《し》こう。

約束したお互《たが》いのしあわせは、きっとその先にある。

# あとがき

こんにちは、または初めまして。永瀬《ながせ》さらさと申します。

拙作《せっさく》を手に取ってくださり有り難《がと》うございます。おかげさまでジルたちのお話も4巻まで出すことができました。加筆修正に書き下ろしも頑張《がんば》りましたので、WEB版を読んでくださった方もそうでない方も楽しんで頂けたら嬉《うれ》しいです。

それでは謝辞を。素敵《すてき》なイラストを描《えが》いてくださった藤未都也《ふじみつや》先生。今回は特にかっこいい構図で仕上げてくださって、本当に有り難うございます。他《ほか》にもコミカライズを引き続き担当してくださる柚《ゆず》アンコ先生、担当編集様、編集部の皆様《みなさま》、デザイナー様、校正様、印刷所の皆様、この作品に携《たずさ》わってくださった方々に厚く御礼《おれい》申し上げます。

そして、この本を読んでくださった読者の皆様。これからもこの物語を楽しんで頂けるよう頑張りますので、引き続きジルたちを応援《おうえん》して頂けたら嬉しいです。

それでは、またお会いできますように。

永瀬さらさ

BEANS BUNKO

「やり直し令嬢は竜帝陛下を攻略中4」の感想をお寄せください。
おたよりのあて先
〒102-8177　東京都千代田区富士見2-13-3
株式会社KADOKAWA　角川ビーンズ文庫編集部気付
「永瀬さらさ」先生・「藤未都也」先生
また、編集部へのご意見ご希望は、同じ住所で「ビーンズ文庫編集部」
までお寄せください。

やり直《なお》し令嬢《れいじょう》は竜帝陛下《りゅうていへいか》を攻略中《こうりゃくちゅう》4

永瀬《ながせ》さらさ

角川ビーンズ文庫　23137

令和4年4月1日　初版発行
令和6年8月30日　7版発行

発行者———山下直久
発　行———株式会社KADOKAWA
〒102-8177　東京都千代田区富士見2-13-3
電話 0570-002-301（ナビダイヤル）
印刷所———株式会社KADOKAWA
製本所———株式会社KADOKAWA
装幀者———micro fish



●お問い合わせ
https://www.kadokawa.co.jp/（「お問い合わせ」へお進みください）
※内容によっては、お答えできない場合があります。
※サポートは日本国内のみとさせていただきます。
※Japanese text only

ISBN978-4-04-112323-2 C0193 定価はカバーに表示してあります。

◆◇◇

乙女ゲーム世界に、悪役令嬢として転生したアイリーン。前世の記憶だと、この先は破滅ルートだけ。破滅フラグの起点、ラスボス・クロードを攻略して恋人になれば、新しい展開があるかも!? 目指せ、一発逆転で幸せをつかめるか!?

●角川ビーンズ文庫●

角川ビーンズ小説大賞
原稿募集中!
君の"物語"がここから始まる!
角川ビーンズ小説大賞がパワーアップ!
https://beans.kadokawa.co.jp
詳細は公式サイトでチェック!!!
【一般部門】&【WEBテーマ部門】
賞金 大賞100万円
優秀賞30万円
他副賞
締切 3月31日
発表 9月発表(予定)
イラスト／紫　真依